Dangereuse vision

HEATHER GRAHAM

Dangereuse vision

BestSellers

Titre original : THE VISION

Traduction française de KATIA NOVET SAINT-LOT

HARLEQUIN®
est une marque déposée par le Groupe Harlequin

BEST-SELLERS®
est une marque déposée par Harlequin S.A.

Photos de couverture
Barque : © RAY KACHATORIAN / GETTY IMAGES
Paysage : © MICHAEL MCQUEEN / GETTY IMAGES
Paysage : © ROYALTY FREE / PHOTODISC

83/85 boulevard Vincent-Auriol 75646 PARIS CEDEX 13.
Service Lectrices — Tél. : 01 45 82 47 47

ISBN 978-2-2808-4473-4 — ISSN 1248-511X

Ce livre est dédié à Victoria Jane Graham Davant, ma sœur. Elle s'en est allée avant moi, mais il ne se passe pas un jour sans qu'elle ne me parle, au plus secret de mon cœur.

Prologue

Cette forme, là… Cette forme qui oscillait doucement au gré du courant…

Intriguée, Genevieve Wallace plissa les yeux à l'intérieur de son masque de plongée.

Etrange… De loin, ce qu'elle distinguait ressemblait à la silhouette d'une femme.

Genevieve regarda sur sa gauche et vit son compagnon de plongée, Victor Damon, en train d'étudier un récif de corail dont l'arête en saillie ressemblait à l'entrée d'une cave. La découverte récente du navire *La Doña* leur avait rappelé l'une des règles de base de l'archéologie : sous l'eau, le chasseur d'épaves ne peut pas se permettre d'ignorer le moindre détail parce que, bien souvent, ce qu'il cherche se cache juste là, au vu de tous.

Tandis que le rythme régulier de sa respiration lui emplissait les oreilles, Genevieve consulta son manomètre, qui indiquait 140 bars, et son profondimètre : elle se trouvait entre douze et quatorze mètres au-dessous de la surface de l'eau. Elle pouvait donc se rapprocher de cette forme étrange sans craindre pour sa sécurité.

L'eau, pure comme le cristal, avait des reflets

émeraude et saphir. La température était parfaite. C'était l'après-midi idéal pour explorer tranquillement les fonds sous-marins, songea la jeune femme, se rappelant les mauvaises conditions de plongée de la semaine précédente, lorsqu'ils avaient commencé à explorer la zone. Le tout premier jour, trois des cinq membres avaient souffert de nausées épouvantables, tant la mer était agitée. Même Marshall Miro, le propriétaire de la compagnie Deep Down Salvage. Genevieve n'avait pas été malade, mais, avec tout ce monde autour d'elle en train de hoqueter et de vomir, la sortie n'avait pas été plaisante. Heureusement, le vent était tombé. La surface de l'eau était à présent lisse comme le verre, le sable était retourné se poser sur le fond, et la visibilité était excellente.

Le regard toujours tourné vers cette forme qui paraissait l'attirer comme si elle lui faisait signe, Genevieve donna deux coups de palmes et se dirigea vers le fond.

Tout d'abord, elle eut l'impression qu'on avait laissé tomber un mannequin de femme dans l'océan. Ses cheveux blonds flottaient dans l'eau, créant une sorte de halo autour de sa tête. L'image avait quelque chose d'irréel, empreinte de beauté et de douceur.

En s'approchant, le bruit de sa respiration toujours régulier dans ses oreilles, Genevieve vit que le mannequin portait une longue robe blanche. Le mouvement de l'eau la faisait gonfler autour d'elle, comme la corolle d'une fleur.

Le visage évoquait non seulement la douceur, mais aussi une immense tristesse.

Genevieve eut presque envie de tendre la main en signe de compassion…

Elle écarquilla les yeux, comprenant brusquement

pourquoi le mannequin se trouvait là, au fond de l'eau : il était retenu par un poids. Une corde enroulée autour des chevilles était attachée à un sac de grosse toile apparemment rempli de briques.

L'espace d'un horrible instant, Genevieve n'entendit plus le bruit de son propre souffle.

Elle dut faire un effort pour se remettre à respirer normalement.

Car la silhouette n'était pas celle d'un mannequin. C'était celle d'une femme. Une femme bien réelle.

Elle sentit son sang se glacer dans ses veines.

Poussée par le besoin irrépressible de toucher le visage de l'inconnue, Genevieve tendit la main, consciente que cette femme ne pouvait être encore en vie. Aucune bulle d'air ne sortait de sa bouche. Et aucun autre bateau n'avait effectué de sortie dans les environs. Mais ce fut plus fort qu'elle : elle voulut toucher la noyée — s'assurer qu'il n'y avait vraiment plus rien à faire pour la sauver.

Au moment où ses doigts se posaient sur le visage de la morte, sa tête se redressa. Ses paupières s'ouvrirent sur de grands yeux bleus et se posèrent sur Genevieve. Ils exprimaient une tristesse infinie.

La peau de la noyée était presque grise, les lèvres bleues.

L'inconnue regarda fixement Genevieve, ses lèvres formant un O silencieux. Puis elle leva une main, et la tendit vers la plongeuse — comme pour demander un geste de consolation.

L'ombre d'un sourire se dessina sur ses lèvres, le sourire triste d'un cœur brisé.

Un sourire terrible, un petit sourire entendu. Un sourirc sans vie.

Puis les lèvres bleues de la morte articulèrent un mot.

Attention !

1

— Personne n'a jamais réfuté le fait que le soleil peut taper sur la tête, déclara Jack.

Jack Payne, plongeur expérimenté, avala une gorgée de bière à la bouteille et regarda Thor Thompson d'un air amusé.

Thor, lui, observait Genevieve Wallace.

Il l'avait vue pour la première fois quelques heures plus tôt, lorsque, à bord de son bateau, le *Seeker*, il avait fait la connaissance du groupe de plongeurs engagé par l'Etat de Floride.

Les deux palanquées étaient chargées de la même mission d'exploration subaquatique, et Thor ne voyait aucun inconvénient à ce qu'ils se partagent la tâche, surtout sur un projet de cette envergure. L'Etat, les écologistes et les historiens avaient pris conscience de l'importance des fonds sous-marins pour l'équilibre de la planète, et ils s'opposaient désormais à certaines méthodes utilisées autrefois par les chasseurs de trésors. Les coraux étaient fragiles, et si l'on pouvait se permettre de déranger un peu la nature lorsqu'on avait la certitude de faire une découverte importante, rien n'autorisait la destruction aveugle du fond des océans.

Des historiens étaient à l'origine de cette expédition, et ils se basaient, pour le moment, sur des théories. Les plongeurs avaient donc pour mission de découvrir des preuves plus substantielles de la présence de l'épave historique qu'ils recherchaient, avant que la Floride n'autorise le déploiement de matériel nécessaire pour dégager cette beauté des coraux.

De son côté, Thor avait été engagé par le gouvernement fédéral. Et comme la palanquée de Deep Down Salvage travaillait pour l'Etat de Floride, il n'y avait pas vraiment de concurrence. Si la *Marie Joséphine* était enfouie quelque part sous le sable et les coraux, et s'ils réussissaient à découvrir une cache de pirates, ce serait un beau succès pour les deux équipes. Et, de toute façon, l'Etat de Floride et le gouvernement des Etats-Unis d'Amérique s'approprieraient l'essentiel du butin.

Thor avait consacré la majeure partie de sa carrière à travailler sur des épaves anciennes, et il pouvait se targuer d'avoir réussi. Mais s'il appréciait volontiers le confort, et même le luxe, il n'avait jamais exercé cette profession pour faire fortune, contrairement à la plupart des plongeurs qui se lancent dans l'aventure. Il aimait son travail, l'Histoire le passionnait, et l'intense satisfaction qui accompagnait chaque nouvelle découverte était sa meilleure récompense.

La découverte du navire *La Doña,* au large de Calliope Key, avait fait circuler un grand frisson d'excitation dans le milieu des plongeurs, confirmant le fait qu'il existait sans doute encore des milliers d'épaves le long des côtes de Floride. Il était même probable que certaines de ces épaves se cachaient là, pratiquement au vu de tous ceux qui s'aventuraient sous l'eau. Trop souvent, les plongeurs ne savaient tout simplement pas reconnaître ce qu'ils cherchaient. La mer pouvait camoufler les restes d'un navire après des siècles. Les chercheurs le comprenaient de mieux en mieux, depuis que toutes sortes de vaisseaux devenus inutiles avaient été coulés, exprès, afin de créer des récifs artificiels.

Heureusement, l'élan de passion engendré par la découverte de *La Doña* avait été tempéré par les historiens et les écologistes soucieux de préserver l'environnement. Un certain nombre des zones sous-marines dans lesquelles les chercheurs subodoraient la présence possible de la *Marie Joséphine* étaient des sanctuaires sous-marins. Il leur faudrait donc dénicher plus que quelques pièces d'or, un peu de vaisselle ou même un ou deux canons pour obtenir l'autorisation de lancer une véritable opération de fouilles.

La palanquée de Thor et son bateau n'étaient pas seulement appelés pour des chasses au trésor. Il arrivait que le travail soit bien plus pénible, notamment lorsqu'ils devaient retrouver les survivants d'un accident. Et le décor n'était pas toujours celui des Caraïbes, des détroits de la Floride ou du golfe du Mexique. Il y avait aussi les plongées dans les marais, et celles-là étaient particulièrement éprouvantes.

Cette expédition-ci faisait partie de celles que Thor préférait. Ils étaient sur la piste de pirates. Les recherches préliminaires effectuées par les historiens les avaient envoyés tout droit dans des eaux qui figuraient parmi les plus belles du monde. Et puis il y avait l'aspect incertain de leur recherche, le fait qu'ils travaillaient à l'aveuglette : c'était ça, la véritable exploration sous-marine. Bien sûr, ils disposaient d'un sonar et d'un radar, mais les ravages que les tempêtes causaient aux vestiges du passé les forçaient à tout reprendre de zéro et à se fier principalement à leurs yeux et à leur instinct. Les investissements importants, en dépit de l'attrait que constituait l'éventualité d'un gros gain, n'étaient pas faciles à obtenir. Mais peu importait : les êtres humains comptaient plus que l'équipement. Et c'était précisément ce qui préoccupait Thor à cet instant.

La femme qu'il regardait fixement était une plongeuse expérimentée. Du moins, c'est ce qu'on lui avait affirmé. Mais après ce qui s'était passé cet après-midi, il ne savait que penser.

Le *Seeker* se trouvait à quelques dizaines de mètres de leur bateau lorsque Genevieve Wallace avait jailli brusquement à la surface, criant et agitant les bras comme une forcenée. Il se serait bien lancé à la rescousse, mais les membres de sa palanquée étaient déjà là. La jeune femme avait évoqué la présence d'un corps au fond de l'eau.

Thor avait aussitôt enfilé son matériel de plongée et il était descendu. Au fond de l'eau, il n'avait vu que des bandes de poissons-perroquets, et des algues…

Ils étaient maintenant au bar de l'hôtel où ils résidaient tous, et les plaisanteries allaient bon train.

L'affaire était d'autant plus étrange que Genevieve Wallace ne ressemblait pas vraiment à une personne capable de perdre facilement son sang-froid. A dire vrai, c'était plutôt le genre de femme qui suscitait chez les hommes les fantasmes les plus lubriques. Grande — elle mesurait au moins un mètre quatre-vingts — elle était élégante et raffinée. Même à cet instant, alors qu'elle essuyait les railleries de ses collègues, son visage et sa posture exprimaient un calme et une assurance imperturbables. Elle avait de longs cheveux auburn, un visage en forme de cœur, des traits réguliers et parfaits, et sous la courbe gracieuse de ses sourcils foncés brillaient des yeux d'un vert perçant. Thor avait rarement vu une femme aussi belle en maillot de bain. Avec un corps pareil, elle aurait facilement pu être mannequin. Ou strip-teaseuse, songea-t-il.

Dommage qu'elle soit folle à lier.

— Les *Conchs* ont la réputation d'être un peu zinzins, reprit Jack, interrompant le fil de ses pensées.

— Pardon ?

— Je disais, reprit Jack en allumant un cigare, que les *Conchs* ont la réputation d'être siphonnés. Vous savez, les *Conchs* ? Les natifs de Key West. Comme moi.

— Ah ! Content que tu aies ajouté une sous-catégorie, déclara Thor.

— Ouais, c'est vrai que tu es de Jacksonville, toi. Le nord de la Floride, c'est le bout du monde. Autant dire une autre race, hein ?

— Une autre race, vraiment ? suggéra Thor avec un petit sourire dur.

Jack tira sur son cigare et regarda la flamme de l'allumette avant de secouer la main pour l'éteindre. Agé d'une soixantaine d'années, il avait des cheveux gris qu'il portait longs. Il arborait une grosse boucle d'oreille en forme de crâne avec deux os croisés dessus et, autour du cou, une chaîne au bout de laquelle pendait un doublon. Il était bâti comme un homme qui aurait eu la moitié de son âge et aurait passé plusieurs heures par jour dans une salle de gym, et il ne manquait jamais une occasion de rappeler à ses coéquipiers qu'il plongeait déjà du temps où ils étaient encore en culotte courte. Il était sûr de lui.

— T'as entendu parler du comte Von Cosel ? reprit-il.

Thor secoua la tête et Jack sourit.

— C'était un immigrant allemand, pas un vrai comte, et il travaillait ici, à l'hôpital. Il était tombé amoureux d'une jolie Cubaine qui s'appelait Elena. Il savait qu'elle souffrait de la tuberculose et il avait inventé pour elle je ne sais quelle cure, mais, en dépit de tous ses efforts, Elena est morte. Quelques années plus tard, il a décidé de construire une espèce de mausolée : c'était censé être l'endroit où le corps d'Elena reposait. Mais, avec le temps, les gens commencèrent à remarquer des trucs bizarres. Par exemple, ils passaient devant chez lui et le voyaient en train de danser avec ce qui leur semblait être une très grande poupée. Il s'avéra que le pauvre fou avait déterré Elena et avait essayé je ne sais quels trucs abracadabrantesques pour la ramener à la vie. Il passa des années à dormir avec son cadavre. Finalement, la famille de la pauvre fille a eu vent de l'histoire, et la sœur est venue le trouver. Ça a fait toute une histoire, mais il y a eu prescription. Non seulement il n'a pas été inquiété, mais des tas de gens lui ont envoyé de l'argent pour l'aider à vivre.

— Et tu penses que je vais avaler cette histoire à dormir debout ? demanda Thor.

— Je te jure qu'elle est vraie. Demande à n'importe qui. Elle a fait la une des journaux, et pas seulement ici.

Il marqua une pause et tira une nouvelle bouffée de son cigare.

— Ce que j'essaie de te dire, c'est que, tout bien considéré, la jeune femme que tu regardes fixement est aussi saine d'esprit qu'il est possible de l'être.

Et drôlement plus jolie à regarder que la plupart des spécimens féminins que mes vieux yeux ont eu l'occasion de voir durant une vie bien remplie.

Thor secoua la tête.

— La plongée est une occupation sérieuse, Jack. On ne peut pas se permettre de travailler avec des fous. Invite-la à sortir, si tu veux, mais ne l'invite pas sur mon bateau. L'enjeu est trop important.

— J'ai plongé avec cette fille plus de fois que je ne peux les compter, Thor. C'est une vraie pro. Quant à l'inviter à sortir, je pourrais être son père. Et je la connais depuis toujours : depuis qu'elle était gosse.

Thor haussa les épaules et tourna la tête vers le rivage. C'était la fin de l'été, et une brise légère soufflait toujours de la mer. Les journées étaient chaudes et les nuits, magnifiques. Quant aux couchers de soleil, ils étaient spectaculaires. Il était près de 20 heures, et le ciel n'allait pas tarder à changer. Bientôt, il deviendrait rose, mauve, doré et bleu, et ces couleurs fonceraient lentement. Une demi-heure plus tard, la nuit tomberait brusquement.

Thor se tourna de nouveau du côté de la jeune femme. C'était difficile de ne pas la regarder, songea-t-il en essayant de comprendre pourquoi elle agissait sur lui comme un aimant. Elle n'était pas seulement belle : il y avait en elle une sensualité absolument naturelle dont elle semblait n'avoir pas conscience et dont elle ne jouait pas.

— Il n'y a plus de soleil, fit remarquer Jack. Tu peux retirer tes lunettes.

Thor sourit de nouveau. Certainement pas. Il appréciait les verres sombres de ses Ray Ban. Grâce à eux, personne ne pouvait deviner la direction que prenait son regard.

— Tu n'arrives pas à détacher tes yeux d'elle, hein ? reprit Jack.

— Pourquoi s'interdire de regarder ce qui est beau ? Ça ne m'empêche pas de penser qu'un homme raisonnable, *a fortiori* un plongeur, ne devrait jamais trop s'approcher d'une personne imprévisible.

— Tu veux que je te raconte l'histoire du type qui pensait que sa poupée était vivante pendant que tous les gens la croyaient maudite ?

— Jack ! s'exclama Thor d'un air désapprobateur.

— Hé, c'est vrai ! Tu sais d'où vient le nom de Key West ? Quand les Espagnols ont débarqué, cette île était pleine d'ossements humains. Peut-être ceux d'une ancienne tribu indienne qui avait été massacrée. Personne ne le sait. Mais il y en avait partout. Alors, ils l'ont appelée *Cayo Hueso.* L'île des ossements… Crois-moi, Thor, Key West est un endroit unique.

Thor fit la grimace.

— Je ne sais pas si tu espères me convaincre que cette fille est saine d'esprit, mais tu n'y arriveras pas comme ça. Elle prétend avoir vu un corps dans l'eau. Et comme si ça ne suffisait pas, ce corps lui aurait parlé.

— Hé, quelle que soit l'histoire, il y a toujours un fond de vérité !

— A-t-on signalé la disparition d'une femme ? La police recherche-t-elle la victime d'un meurtre ? Pas que je sache. Et je me tiens au courant !

— Tu joues les durs à cuire, les mecs blasés, mais ça ne prend pas avec moi, Thor. Ton problème, c'est que tu es tellement obsédé par la plongée que tu n'as pas le temps de te fixer sur une fille. Tu préfères te servir d'elles comme on se sert d'une boîte de Kleenex.

Thor haussa les sourcils d'un air surpris.

— Ah oui ? Mais dis-moi, tu vis seul, toi aussi !

— Je n'ai jamais rencontré une femme qui aurait pu suivre mon rythme, voilà pourquoi.

— Je ne mélange pas le plaisir et le travail, murmura Thor.

Jack s'esclaffa.

— Normal ! La seule femme de notre palanquée est mariée, et c'est une sacrée amazone, par-dessus le marché !

— Pas très gentil, ce que tu viens de dire.

— Pourquoi ? J'adore Lizzie. Mais c'est une dure. Je pense qu'elle serait capable de me battre si je faisais un bras de fer avec elle. Et même si je gagnais, pourquoi est-ce que je voudrais me mettre Zach à dos ?

Thor secoua la tête d'un air amusé. Lizzie — Elizabeth Green — était presque aussi grande que lui, et elle pouvait tenir tête à n'importe quel homme. Son mari, Zach, avait joué en professionnel dans une équipe de basket, et, à eux deux, ils formaient un couple impressionnant.

— Lizzie a les pieds sur terre, et elle ne risque pas de voir des cadavres là où il n'y en a pas, rétorqua Thor.

— Allons, nous avons tous eu une frayeur, un jour ou l'autre, lors d'une plongée !

— Mouais.

— Et il lui suffirait de lever le petit doigt pour que tu accoures, la langue pendante, mon vieux.

— Ah, tu crois ça ? riposta Thor, feignant l'indifférence.

Jack avait vu juste. Cette fille lui faisait un effet du tonnerre. Mais il n'avait pas menti lorsqu'il avait dit qu'il ne mélangeait pas le travail et le plaisir. Même lorsqu'ils partaient sur de très longues expéditions, il y avait toujours un moment où ils finissaient par s'arrêter dans un port, et c'est là que Thor s'amusait. Il n'y avait pas de place pour les complications, au cours d'une mission.

— Ouais, répondit Jack. Je dis ce que je pense. Personne ne m'a jamais accusé d'être un menteur.

— C'est pourtant ce que je fais, en ce moment ! riposta Thor.

Jack éclata de rire, remarquant que Thor regardait encore du côté de l'autre table.

— N'oublie pas, Thor, même les puissants peuvent tomber.

— Ouais, ouais, j'entends ça depuis mon plus jeune âge !

Thor fit signe au barman de leur servir une autre tournée de bière.

— On a tous regardé, Genevieve, dit Victor. Il n'y avait rien.

— Et je te dis, moi, que j'ai vu le corps d'une femme, répéta Genevieve avec entêtement. Je ne sais pas si c'était une plaisanterie, mais je sais ce que j'ai vu. Je n'ai encore jamais eu d'hallucinations : il n'y a aucune raison pour que ça commence aujourd'hui.

Bethany Clark toucha doucement le coude de son amie.

— Il nous arrive à tous de voir des trucs sous l'eau, Genevieve. Notre vision est déformée.

— Prends une autre bière, dit Victor. Ça ira mieux.

Comment leur reprocher de ne pas avoir réagi de manière adéquate lorsqu'elle était remontée à la surface ? Elle se représentait très bien la scène de leur point de vue, une scène grotesque où elle avait craché son détendeur et avalé un grand bol d'eau salée avant d'agiter les bras comme une folle.

Marshall Miro, leur chef de palanquée, était à bord du bateau, et il l'avait aidée à sortir de l'eau, tandis qu'elle parlait et criait tout à la fois. Victor avait refait surface derrière elle. Puis Bethany et Alex, qui n'étaient pas très loin, les avaient rejoints. Alex et Victor étaient repartis sous l'eau pour chercher le corps de la femme, tandis que Bethany restait avec elle. Le *Seeker*, l'autre bateau qui participait à cette mission d'exploration, s'était approché également, et plusieurs membres de leur équipe avaient plongé.

Nul n'avait rien vu.

Avait-elle imaginé les yeux bleus de la femme fixés sur elle, la main qui se tendait, la bouche qui semblait lui parler ? Peut-être. Mais elle était *sûre* d'avoir vu un corps.

Malheureusement, elle avait commis l'erreur de leur dire à tous que le corps avait bougé, qu'il lui avait parlé, et maintenant, même Bethany, sa meilleure amie, la prenait pour une folle.

Elle laissa son regard embrasser la plage sur laquelle étaient installés les bungalows de leur hôtel. Elle avait sa maison, non loin d'ici : une maison qu'un de ses ancêtres avait fait construire juste avant la guerre de Sécession. Mais l'hôtel était un point de rencontre pratique. Jack y amarrait son vieux bateau de pêche, et trois policiers locaux, leur bateau. Il y avait également le bateau de plongée de Marshall, et maintenant, le *Seeker*. L'hôtel n'offrait pas de Spa, mais l'endroit n'en était pas moins bourré de charme. La structure principale avait été construite dans les années 1800, et les bungalows ajoutés après la Seconde Guerre mondiale. Enfin, il y avait le bar, le Tiki, qui était leur point de chute préféré, et restait ouvert de 7 heures du matin à minuit, voire plus tard. Le barman qui assurait le service du soir était le fils du propriétaire, et il ne fermait que lorsque ses clients décidaient d'aller se coucher. Ils offraient des plats simples, à base de poissons qui étaient toujours frais et délicieux.

C'est là qu'ils s'étaient tous retrouvés pour dîner, comme souvent quand ils rentraient de plongée. Simplement, ce soir, il était tard parce qu'à leur retour sur la terre ferme, Genevieve avait insisté pour parler à la police.

Elle avait retrouvé son sang-froid, à ce moment-là, et s'était donc bien gardée de mentionner le fait que le cadavre lui avait parlé ou avait paru bouger. Elle avait juste expliqué qu'elle avait vu un corps sous l'eau.

— Hé, Genevieve, t'as encore une vision ? lança Victor d'une voix railleuse, l'arrachant au cours de ses pensées.

La jeune femme haussa les épaules.

— Moquez-vous de moi autant que vous voudrez, dit-elle. Je sais ce que j'ai vu.

Bethany baissa la tête, tandis que Victor, Alex et Marshall échangeaient des regards en s'efforçant de ne pas sourire.

— Genevieve, regarde : il y a une femme au bar qui veut t'offrir une bière ! reprit Victor. Ah ! trop tard ! Tu n'as pas été assez rapide : elle a disparu.

Genevieve le foudroya du regard, songeant qu'elle lui aurait volontiers tordu le cou. Victor, plus que tout autre, aurait dû la soutenir. Ils se connaissaient depuis toujours, ils avaient fait toute leur scolarité ensemble, et aussi les quatre cents coups. A l'adolescence, ils avaient eu la sagesse de ne pas s'aventurer sur le terrain accidenté de l'amourette, ce qui aurait gâché leur belle amitié. Malgré cela, Victor pouvait l'irriter aussi profondément que s'ils avaient été un vieux couple.

— Victor..., commença-t-elle sur un ton menaçant.

— Ouais, ouais ! Je sais où je peux aller me faire voir.

— Allez, allez, ne vous chamaillez pas ! intervint Marshall.

Marshall était le propriétaire et le fondateur de Deep Down Salvage, lui aussi un natif de Key West. Enfant, il avait été fasciné par les histoires de naufrages et de découvertes sous-marines qui abondent dans le folklore de l'île. Certaines de ces histoires contaient les exploits de plongeurs qui avaient sauvé la vie des pauvres naufragés dont le vaisseau était venu s'abîmer sur les dangereux récifs. D'autres, au contraire, contaient les exactions de plongeurs attendant comme des vautours les navires chargés de cargaisons d'or qui viendraient s'échouer dans ces eaux. Bien des fortunes s'étaient constituées ainsi, au fil des siècles.

Marshall avait une dizaine d'années de plus que la plupart des membres de son groupe, et il avait construit sa réputation en effectuant des plongées difficiles dans les eaux glacées au large du Massachusetts. Mais Key West était son port d'attache, l'endroit où il se sentait bien. Il avait attendu patiemment d'avoir réuni les fonds nécessaires pour financer son rêve, et il était revenu s'installer à son compte. Chez lui. Il avait acheté son bateau, ses équipements, et ouvert sa boutique. Il gagnait bien sa vie. Surtout, il ne refusait jamais une expédition d'archéologie sous-marine. Il éprouvait une véritable passion pour les récifs, pour la mer et pour le passé. Le visage et le corps burinés par le soleil, il était grand, mince, et se rasait la tête, ce qui allait étrangement bien avec ses yeux et ses sourcils d'ébène.

Il étendit ses jambes devant lui, les Ray Ban vissées sur le nez en dépit du soleil couchant, et déclara avec une grimace :

— Je suis sûr qu'on finira par découvrir qu'il y avait quelque chose sous l'eau. Une épave, un truc…

Alex sifflota une version très personnelle du thème de *La Quatrième Dimension*.

— Ouais, fit-il sur un ton railleur. Une épave avec un visage et des cheveux.

Genevieve le regarda en fronçant les sourcils.

Alex était de Key Largo, à une heure à peine au sud de Miami — autant dire un autre monde. Il était blond et bronzé, un véritable enfant du soleil et de la mer, diplômé d'histoire et plongeur professionnel. Mais c'était grâce à Genevieve qu'il avait découvert les secrets du récif que seuls les autochtones connaissaient.

— Oh, vous m'agacez tous ! s'exclama-t-elle en se levant brusquement.

— Eh, ne pars pas fâchée ! lui cria Alex.

Elle se retourna, s'efforçant de sourire.

— Attendez, et vous verrez ! Tôt ou tard, ça vous arrivera…

— Eh, ne sois pas fâchée contre moi ! lança Bethany.

— Je ne suis pas fâchée, affirma Genevieve.

Elle se dirigea vers le ponton, sirotant sa bière et admirant le coucher du soleil. Le spectacle était grandiose, mais elle avait du mal à l'apprécier, ce soir. Que s'était-il donc passé ? A deux reprises, déjà, elle avait participé à des opérations de sauvetage au cours desquelles elle avait dû retrouver, puis sortir des corps de l'eau. La première fois, c'était après un accident d'avion au sud des Everglades ; la seconde, à la suite du naufrage d'un bateau au large de Key West.

Mais les morts ne l'avaient pas regardée.

Un jour qu'elle plantait des fleurs dans son jardin, elle était tombée sur des ossements. Ça ne l'avait pas choquée. Pas ici, sur *Cayo Hueso*.

Mais ces ossements n'avaient pas disparu.

Soudain, elle sentit une présence près d'elle. Elle se raidit, et se retourna.

— Ça va ?

Jay Gonzales venait de la rejoindre, encore vêtu de son uniforme de policier, la casquette enfoncée sur la tête, le regard masqué par ses lunettes noires.

Elle sourit. Elle aimait beaucoup Jay. Il approchait de la quarantaine, maintenant. La première fois qu'elle l'avait vu, elle était encore au lycée. Elle se promenait en voiture avec plusieurs amis. Il leur avait demandé de s'arrêter sur le bas-côté, et il avait trouvé des canettes de bière sur la banquette arrière.

Au lieu de leur dresser un procès verbal, il les avait tous emmenés chez lui.

Il faisait partie des quelques flics qui amarraient leur bateau ici, mais il ne sortait presque plus en mer depuis que sa femme était tombée par-dessus bord et s'était noyée. Il gardait tout de même le bateau et continuait de l'entretenir. Il se sentait plus près de sa femme lorsqu'il était à bord. Mais Genevieve était sûre qu'il n'était pas venu pour le bateau, cette fois.

— Ça va, répondit-elle. Aussi bien qu'il est possible d'aller quand tous tes amis te prennent pour une cinglée.

Elle hésita une fraction de seconde avant d'ajouter :

— Merci de m'avoir écoutée, aujourd'hui.

Il hocha la tête.

— Je ne pense pas que tu sois cinglée, dit-il avec un sourire.

— Que Dieu te bénisse !

Jay laissa son regard se perdre du côté de l'eau.

— Je voudrais juste pouvoir t'aider. Je n'ai rien qui corresponde au signalement que tu m'as donné. Cela dit, il est possible qu'une personne ait disparu et que nous ne le sachions pas encore. J'ai envoyé deux plongeurs sur le récif, après t'avoir parlé, mais ils n'ont rien trouvé non plus.

Il marqua une pause, parut hésiter, puis reprit :

— Ça peut paraître bizarre, compte tenu des litres d'alcool qui sont consommés à Key West, mais nous n'avons pas vraiment de meurtres, par ici. Les délits d'ébriété et les accidents de voiture sont nos faits divers les plus fréquents.

— Jay, j'ai vu une femme sous l'eau.

— Je te crois, Genevieve. Espérons quand même

qu'il s'agit d'une farce, même si elle est du plus parfait mauvais goût.

— Bien sûr.

— Nous ne le saurons peut-être jamais. Mais en tout cas je te crois.

Genevieve sourit.

— Merci, dit-elle. Je t'offre une bière ?

Il secoua la tête.

— Je suis encore de service. Il faut que j'y aille, d'ailleurs. Prends soin de toi, d'accord ? Et appelle-moi, quoi qu'il arrive. Je ne te prends pas pour une cinglée.

Il lui toucha gentiment le bras et s'éloigna vers le parking.

Genevieve remercia le ciel en silence. Il y avait au moins une personne qui la prenait au sérieux, songea-t-elle en le suivant du regard. Elle aimait bien Jay. Il était parfait dans son rôle d'adjoint du shérif. Grand, plutôt ténébreux et silencieux, il émanait de lui un air de compétence et de sereine assurance. Genevieve éprouvait de la peine pour lui : sa femme était morte cinq ans plus tôt, alors qu'ils étaient en vacances. Depuis, il menait une vie solitaire.

Genevieve se tourna de nouveau vers l'horizon et avala une gorgée de bière.

— Salut, ma puce ! La journée a été longue, hein ?

La jeune femme se tourna vers le nouveau venu et lui sourit. Elle avait toujours eu un faible pour Jack Payne. C'était l'un de ses plongeurs préférés, et ils avaient souvent travaillé sur le même bateau. Cette fois, cependant, il était sur le *Seeker.*

— Il n'y a vraiment que toi pour me comparer à une puce, vu ma taille !

— J'aurais aussi bien pu dire « ma belle. » Et ne te mets pas martel en tête pour cette histoire.

Il glissa un bras autour des épaules de la jeune femme et la serra contre lui en un geste paternel.

— Je te crois, moi. Et on aura peut-être du nouveau bientôt. L'annonce d'une disparition, par exemple.

— Je n'y tiens pas, tu sais ? répondit Genevieve. Je préfère encore avoir des visions, dit-elle en jetant un regard du côté du coéquipier de Jack. Il n'a pas l'air commode, ton nouveau partenaire, ajouta-t-elle un ton plus bas. Je parie qu'il cherche à te convaincre qu'il faut me virer de l'expédition.

Thor. Quel drôle de nom ! Oh, il jouissait d'une bonne réputation sur le plan professionnel. Et il avait le physique qui allait avec : grand, baraqué et les traits rudes d'un ancien dieu du tonnerre. Genevieve ignorait pourquoi, mais ce type lui avait tout de suite déplu. Trop prétentieux. Arrogant.

— Viens faire sa connaissance, dit Jack qui avait suivi le regard de la jeune femme. Il n'est pas si terrible.

— Sans blague ?

— Hé, tes potes ne t'ont pas vraiment épargnée non plus, hein ? lui rappela Jack.

Genevieve haussa les épaules, songeant qu'en effet ses propres amis allaient sans doute lui rappeler cet incident pendant au moins les dix prochaines années.

— Allez, viens ! insista Jack.

Elle hésita un instant, puis le suivit.

En les voyant approcher, Thor se leva pour la saluer, et elle se dit qu'au moins il était bien élevé.

Elle ne voyait pas ses yeux, dissimulés derrière des Ray Ban, mais les pommettes hautes et la mâchoire carrée semblaient indiquer une force de caractère et une assurance peu communes. Malgré cela, Genevieve ne parvint pas à étouffer l'antipathie immédiate qu'il lui inspirait.

— Thor, je te présente Genevieve Wallace, dit Jack. Genevieve, Thor Thompson.

Il lui tendit la main, sans sourire.

— Thor, murmura Genevieve, serrant la main tendue aussi brièvement que le permettait la bienséance. C'est un nom pour le moins intéressant.

L'ombre d'un sourire passa alors sur les lèvres de Thor.

— Mes grands-parents étaient norvégiens. Ils se sont installés dans le Minnesota. C'est un nom assez commun, là-bas.

— Assieds-toi, je vais te chercher une bière, dit Jack. Ah, tu en as déjà une. Assieds-toi quand même.

Il tira une chaise pour elle.

— C'est drôle que vous ne vous soyez encore jamais rencontrés, enchaîna-t-il avant de reprendre sa place.

— Le monde est grand, Jack, fit remarquer Thor.

— Sans doute, mais tu as déjà travaillé dans les Keys.

— Oui, en effet, admit Thor. Mais rarement dans cette zone.

— En tout cas, nous avons de la chance de participer à ce projet, poursuivit Jack qui faisait manifestement de gros efforts pour relancer la conversation.

— Oui. Du moment que personne n'oublie que nous sommes là pour travailler, murmura Thor.

Genevieve se raidit. Elle ne voyait toujours pas

les yeux de l'homme mais il était clair que cette remarque lui était adressée.

— Je travaille, monsieur Thompson, et personne ne m'a jamais accusée de ne pas prendre mon job au sérieux, déclara-t-elle froidement.

— Monsieur Thompson ? s'exclama Jack. Genevieve, on bosse tous ensemble, ici. On forme une palanquée, et les membres d'une même palanquée se tutoient et s'appellent par leur prénom.

— Vous avez de drôles de méthodes de travail, répliqua Thor, comme si Jack n'avait rien dit.

— Dites-vous bien, monsieur Thompson, que je connais probablement ces coraux mieux que vous ne les connaîtrez jamais.

— Vraiment ? fit Thor en se penchant en avant. Et d'où vous vient cette certitude, mademoiselle Wallace ? Du fait que vous voyez flotter des créatures sous-marines ? Quel dommage que vous n'utilisiez pas ce don exceptionnel pour localiser les épaves ! Cela nous serait très utile.

— Allons, intervint de nouveau Jack, qu'est-ce qui vous prend de vous donner du mademoiselle et du monsieur ?

Cette fois, ce fut le tour de Genevieve d'ignorer Jack.

— Ma réputation est absolument sans tache, monsieur Thompson.

— Bon, je crois que je vais aller voir nos amis à la table voisine, murmura Jack en se levant.

Quand il se fut éloigné, Thor ôta ses lunettes de soleil et regarda Genevieve droit dans les yeux.

— Sans tache ? fit-il avec douceur. Jusqu'à aujourd'hui, peut-être. Maintenant, comprenez bien ceci : je me contrefous de votre réputation. Nous avons beau ne pas descendre dans des eaux très profondes, chacun de nous doit remplir sa mission. J'ai vu trop de gars expérimentés mourir en plongée. Si vous voyez des cadavres qui ouvrent les yeux et qui cherchent à communiquer avec vous, nous avons un sérieux problème. Je suggère donc que vous consultiez un psy avant de retourner sous l'eau.

Genevieve fut tellement choquée par la véhémence de cette attaque qu'elle en demeura sans voix.

Thompson avait des yeux bleus tranchants comme un morceau de glace brisée, et sa mâchoire paraissait coulée dans le béton. Le cœur battant, la jeune femme se dit qu'il ne la connaissait pas, qu'il ne savait rien d'elle et que, pourtant, il l'avait déjà jugée et condamnée.

Finalement, elle se pencha en avant, elle aussi, et sourit en soutenant son regard.

— Je suis une meilleure plongeuse que tous ceux avec lesquels vous pouvez espérer travailler un jour. Et je suis réputée pour trouver ce que je cherche. Alors, si vous ne m'aimez pas, pardonnez la crudité des propos qui vont suivre, mais je ne peux que vous dire ceci : allez vous faire foutre !

Puis, sans se départir de son sourire, elle se leva et s'éloigna, la tête haute.

Jay Gonzales longeait l'avenue Roosevelt en se demandant pourquoi les événements de l'après-midi l'avaient autant perturbé.

Il n'y avait rien, sous l'eau. Rien du tout. Mais il avait plongé suffisamment souvent pour savoir que la vision est déformée sous la mer.

Comme il l'avait dit à Genevieve, on ne déplorait

que très peu de délits à Key West, et la plupart étaient des vols, quelques cambriolages et, bien sûr, les affaires liées à la drogue. Les meurtres, en revanche, étaient rarissimes.

La jeune femme disait avoir vu un corps, mais ils n'en avaient retrouvé aucun. Il s'agissait peut-être d'une mauvaise farce. A en croire Marshall, il n'y avait pas de bateau dans les parages, cet après-midi. Mais cela ne signifiait pas grand-chose. Des gosses qui ont décidé de faire une blague sont capables de développer des trésors d'invention.

Tout de même, cette histoire le chiffonnait. Il avait de l'affection pour Genevieve. Vraiment. Et il n'aimait pas la voir ainsi bouleversée.

Les fantômes faisaient partie du folklore à Key West. On affirmait volontiers qu'Hemingway se promenait en ville, et grâce aux ossements indiens, aux épaves et à l'imagination fertile des autochtones, la population spectrale paraissait parfois aussi importante que celle des touristes sur Duval Street. Mais Genevieve n'était pas le genre de personne à inventer des histoires à dormir debout.

Alors, qu'avait-elle vu ?

Les affaires de meurtres n'étaient pas fréquentes, mais cela ne signifiait pas pour autant qu'il n'y en avait pas. Jay le savait mieux que personne.

Il arriva sur la nationale US 1 et actionna sa sirène avant de se faufiler entre les voitures à l'arrêt. Il y avait eu un accident, un peu plus loin. Il s'arrêta à proximité des deux véhicules qui étaient entrés en collision et pria pour ne pas voir de cadavres, lui aussi. Pas ce soir.

2

Le lendemain matin, Thor fut le premier à se lever et à sortir de son bungalow. Ils devaient tous se retrouver au Tiki pour le petit déjeuner. Une centaine de mètres plus loin, il y avait une petite boutique de plongée où ils se rendaient tous pour remplir leurs bouteilles et faire réparer les pièces d'équipement abîmées.

Thor passa un moment sur le ponton à admirer le lever du soleil. La journée s'annonçait belle — ou du moins la matinée. Il était prévu qu'ils sortent très tôt, chaque matin, afin de rentrer aux alentours de 15 heures, moment où les pluies de la fin de l'été avaient tendance à tomber. Ces orages de fin de journée étaient souvent violents mais ils ne duraient guère plus de une heure et s'arrêtaient aussi soudainement qu'ils avaient éclaté.

Il sirota son café tandis que les autres arrivaient. La palanquée de Marshall Miro forçait l'admiration. Ils étaient tous en excellente forme physique et paraissaient très à l'aise dans l'eau, quelles que soient les circonstances. Ils respectaient l'océan et ils étaient conscients de son pouvoir, ce qui était essentiel. Thor n'avait pas envie de perdre des plongeurs. Même

Genevieve Wallace avait paru tout à fait maîtresse d'elle-même quand elle l'avait envoyé paître. Il avait bien aimé son air déterminé et un peu crâne.

Justement, elle sortait de son bungalow. Elle vit son amie Bethany et se dirigea vers elle. Bethany Clark, la deuxième femme dans la palanquée de Marshall, était tout le contraire de Genevieve. Même si elle était de taille moyenne, elle paraissait presque petite à côté de son amie. Elle semblait aussi plus gaie et plus amicale que Genevieve, songea Thor en la voyant faire signe à Lizzie et à Zach, tandis que le couple longeait le sentier de sable menant au Tiki. Puis Victor et Alex arrivèrent à leur tour depuis la plage, portant des pièces d'équipement sur leur dos.

— Hé, Thor, j'ai cru que tu faisais la grasse matinée ! s'exclama Marshall en le rejoignant sur le ponton.

— Tu crois que je prendrais le risque de manquer la découverte du siècle ? répliqua Thor sur un ton railleur. Jamais de la vie !

— Tu doutes que l'on trouve quelque chose ? demanda Marshall en plissant les yeux contre les rayons du soleil.

— Non, j'ai bon espoir. Mais je serais curieux de savoir ce qu'ils ont prévu de faire si jamais on ne trouve rien. On ne peut tout de même pas ignorer le fait que les gens plongent dans cette zone depuis des années.

— Il nous faut juste une preuve que l'épave est là, dit Marshall en haussant les épaules. Les écologistes et les historiens pourront ensuite se disputer pour savoir comment aborder l'étape suivante.

Il regarda Thor bien en face.

— Quant à moi, je t'avoue que j'aimerais beaucoup

faire une vraie découverte historique. S'il suffit pour ça d'être déterminé, crois-moi, on trouvera quelque chose.

— La détermination est toujours un atout, c'est sûr, murmura Thor.

Il regardait les autres. Victor Damon venait de donner un coup de coude à Genevieve tandis qu'ils marchaient, et la jeune femme s'était tournée vers lui et agitait son doigt tout en parlant. Damon lui répondit, et elle lui prit sa casquette de base-ball, avant de la replanter aussitôt sur sa tête. Ils étaient en train de chahuter dans la bonne humeur et ils riaient tous de bon cœur.

— Tu as une équipe bien soudée, dit Thor.

Marshall sourit et hocha la tête.

— Genevieve, Victor et Bethany étaient à l'école ensemble. Trois inséparables. Le pauvre Alex est la pièce rapportée : il est arrivé il y a seulement trois ans. Il est de Key Largo : autant dire un autre monde, conclut Marshall sur un ton railleur. Et ton équipe ?

— Ce sont les meilleurs, répondit Thor. Lizzie et Zach ont tout fait : plongée de sauvetage, de récupération, de renflouage. Ils forment un superbe binôme. Et tu connais Jack mieux que moi. On m'a proposé ce projet au dernier moment, et plusieurs des plongeurs avec lesquels je travaille habituellement étaient déjà pris. Mais je suis content d'avoir Jack.

— Il a plus d'expérience que nous tous réunis, c'est certain, déclara Marshall.

Thor consulta sa montre.

— Je vais sonner le rappel, dit-il. Plus vite on sera sous l'eau, plus longtemps on pourra profiter de la bonne visibilité avant que les orages ne remuent trop le sable.

Il émit un sifflement afin d'attirer l'attention des membres de sa palanquée, et ceux-ci se dépêchèrent d'avaler leur café.

Genevieve Wallace passa devant lui et le regarda droit dans les yeux, sans un mot.

— Belle matinée, vous ne trouvez pas, mademoiselle Wallace ? dit Thor.

— Très belle, en effet, répondit la jeune femme poliment avant de s'éloigner.

La journée se déroula sans incident : trois plongées, beaucoup de temps sous l'eau et, un peu avant 15 heures, avec une régularité étonnante, les orages commencèrent à éclater.

Thor avait vu le ciel changer à l'horizon, et les premières pluies s'abattre un plus loin sur la mer. Lorsque les plongeurs remontèrent à la surface pour la troisième fois, il fit signe à Marshall de donner le signal du retrait. Les deux bateaux étant amarrés l'un à l'autre, Thor entendit les commentaires qu'échangeaient les plongeurs de l'autre palanquée, tandis que les membres de la sienne rangeaient leur matériel.

— Je crois qu'on était plus près hier, dit Genevieve.

— Pourquoi ? A cause de la femme que tu as vue ? lui demanda Alex d'un air taquin.

— Non. Parce que j'ai un pressentiment. Je pense qu'on devrait retourner là où nous étions hier, Marshall. Nous n'avons pas entièrement exploré cette zone. Après tout, il ne faut pas s'attendre à ce que les vestiges sortent tout seuls du sable pour arriver entre nos mains.

— On va en parler, dit Marshall.

Entre-temps, les moteurs avaient démarré et ils avaient levé les ancres.

— Tu crois que Genevieve a raison ? demanda Lizzie à Thor.

Ce dernier haussa les épaules. Effectivement, il y avait eu trop d'excitation, la veille, trop de temps passé à essayer de trouver un cadavre de femme au lieu de chercher les traces d'une épave.

— Nous verrons, répondit-il. J'en parlerai à Marshall ce soir.

La sonnerie de son portable retentit, toujours un peu surprenante à bord d'un bateau de plongée, et Thor s'excusa pour aller répondre. Il secoua la tête en reconnaissant la voix du Pr Sheridan, et écouta patiemment son interlocuteur avant de dire :

— Entendu.

Et il referma le clapet de son téléphone en étouffant un juron. Sheridan l'agaçait, surtout depuis qu'il avait voulu l'obliger à engager un autre plongeur. Thor avait pour règle de ne travailler qu'avec des professionnels qu'il connaissait bien, soit personnellement, soit parce qu'ils jouissaient d'une réputation hors pair.

— Réunion au Tiki à 7 h 30 précises, demain matin ! annonça-t-il aux autres.

Genevieve avait pris le parti d'accepter les plaisanteries de ses amis sans s'offusquer. Quoi qu'elle dise ou fasse, l'incident de la veille occuperait leurs conversations pendant un moment. Autant se faire une raison. Mais en dépit de son calme apparent, elle avait passé la matinée à prier silencieusement pour ne pas avoir une autre vision comme celle de la veille.

Durant chacune des trois plongées, elle était restée tout près de Victor. Bien plus près que d'habitude. Si jamais elle voyait quelque chose, il serait également témoin, cette fois.

Ils n'avaient rien découvert mais elle n'avait pas vu de cadavre dans l'eau, non plus. A ses yeux, la journée était un succès.

A 17 heures, elle avait aidé ses coéquipiers à ranger le bateau et elle était rentrée prendre une douche et se changer. Puis, comme elle n'avait aucune envie de rester seule, elle se rendit au Tiki.

En la voyant, Clint lui tendit une Miller Lite.

— C'est ce que tu voulais ?

— Oui, répondit la jeune femme. Merci.

Il sourit.

— C'est la seule boisson appropriée pour les minettes qui déménagent, comme toi.

— Bethany préfère les piñas coladas, lui rappela Genevieve.

— Bon, il y a toujours une exception pour confirmer la règle. Ah, tu vas avoir de la compagnie ! ajouta Clint.

Genevieve se retourna et constata avec ennui que Thor Thompson se dirigeait droit vers elle. Il lui fit un signe de tête, les yeux toujours dissimulés derrière ses Ray Ban, et s'installa naturellement à sa table, sans même lui demander la permission. Clint revint avec une autre bière.

— J'aimerais bien aller plonger avec vous, un de ces quatre, dit-il en tendant la bouteille décapsulée à Thor. Vous croyez que ce serait possible ?

Thor prit la bière et haussa les épaules.

— Quel est votre niveau de qualification ?

— Quatrième. J'ai passé mon brevet de plongeur autonome capacitaire.

Thor hocha la tête.

— Dans ce cas, pourquoi pas ? La semaine prochaine. Mais vous devez savoir qu'une fois sur le bateau je ne suis plus seulement capitaine : je deviens Dieu tout-puissant.

— Ouais, ça va de soi, répondit Clint.

— Si tu veux, tu peux aussi plonger avec nous, un de ces jours, proposa Genevieve.

— Génial ! lança Clint.

Il leur sourit, leva les pouces en signe de victoire, puis s'éloigna.

— Alors, comment s'est passée votre journée ? demanda Thor dès que le garçon se fut éloigné.

— Bien. Très bien, répondit Genevieve.

— Vous n'avez rien vu, sous l'eau ?

— Si j'avais vu quelque chose, je l'aurais dit.

— Rien d'étrange, je veux dire.

Genevieve se força à sourire.

— Je ne sais pas pour qui vous vous prenez, dit-elle, mais il faudrait tout de même que vous soyez conscient d'une chose : j'ai grandi au milieu de ces récifs. Je connais pratiquement chaque recoin. Et je parie que je trouverai quelque chose avant vous.

Thor s'adossa contre le dossier de sa chaise en souriant à son tour.

— Me lanceriez-vous un défi, mademoiselle Wallace ?

— Absolument ! répondit Genevieve tout en se demandant quelle mouche l'avait piquée.

Ce type avait la réputation d'être doué d'un sixième sens au moment de trouver des reliques perdues sous la mer. N'empêche qu'il lui semblait odieux.

— Alors ? demanda-t-elle froidement.

A en croire l'expression de Thompson, il la prenait de plus en plus pour une folle. A la différence près que ce nouveau genre de folie lui paraissait peut-être plus accessible, plus facile à gérer.

— Alors, je relève votre défi, dit-il.

— Très bien.

— Nous sommes d'accord sur le fait qu'il faut trouver une véritable relique. Pas de vision subaquatique, hein ?

— Evidemment ! fit la jeune femme avec un haussement d'épaules.

— Bon. Que parions-nous ?

Genevieve haussa encore les épaules. Elle n'avait pas pensé à ça.

— Une tournée de bières ? suggéra-t-elle.

— Ah non, ce n'est pas suffisant ! dit Thor en secouant la tête.

Genevieve haussa les sourcils d'un air surpris.

— J'avais en tête un pari amical.

— Un pari *amical* ? répéta Thor d'un ton franchement moqueur. Entre nous ?

— Oui, bon, nous ne sommes pas vraiment des amis mais vous comprenez très bien ce que je veux dire.

— Je comprends surtout que vous n'avez pas beaucoup confiance en vous et en vos chances de gagner.

— Que voulez-vous que je parie ? Ma maison ?

Thor secoua la tête, l'air de plus en plus amusé.

— Je ne pourrais jamais vous priver de votre maison.

— Qu'est-ce qui vous fait croire que vous pouvez

me priver de quoi que ce soit ? Et si c'est moi qui gagne, quelle sera ma récompense ?

Thor éclata de rire.

— J'ai une maison plutôt sympathique à Jacksonville.

— Je n'en doute pas mais je n'ai pas du tout l'intention de quitter les Keys.

— Comme je le disais, je ne vous prendrai pas votre maison, moi non plus.

Il n'envisageait même pas un échec, songea Genevieve avec agacement. Elle ne voyait toujours pas ses yeux, dissimulés derrière les lunettes, mais sa mâchoire s'était très légèrement crispée. Son ego de mâle prenait le dessus. La testostérone galopait. Cette conversation était parfaitement ridicule et immature.

Et c'était elle qui l'avait lancée.

— Je ne vous donnerai jamais l'occasion de me prendre ma maison, déclara-t-elle.

— Soit, répondit-il. Une tournée de bières est un enjeu sans intérêt, et vous prendre votre maison n'est pas une option raisonnable. On va bien trouver autre chose. Vous voulez que nous y réfléchissions au cours de la nuit ? On dit qu'elle porte conseil.

— Comme vous voudrez, monsieur Thompson.

— Non, mademoiselle Wallace. C'est comme *vous* voudrez.

— Très bien, nous prendrons donc une décision demain matin.

— J'ai bien une autre idée, reprit Thor avec un petit sourire en coin. Mais je crains qu'elle ne vous plaise pas.

Genevieve comprit aussitôt ce qu'il était en train d'insinuer mais, curieusement, elle n'en conçut aucune colère. Elle se sentait tout simplement prête à relever le défi.

— Je devine vos projets, monsieur Thompson. Et moi, que vais-je obtenir si vous perdez ? Désolée de vous décevoir, mais je ne considère pas une partie de jambes en l'air avec vous comme une récompense.

Il rit doucement.

— Vous faites de drôles de suppositions, dites-moi !

Genevieve sentit le rouge lui monter aux joues, et elle dut faire un effort surhumain pour ne pas laisser éclater sa fureur.

— Peut-on savoir ce qu'est pour vous une « drôle de supposition » ? demanda-t-elle sur un ton doucereux.

Il sourit, et, cette fois, c'était un vrai sourire. Et même un beau sourire, se dit-elle.

— Drôle ne signifie pas forcément…

Il s'interrompit une fraction de seconde, puis reprit brusquement :

— Le *Seeker*.

— Pardon ?

— Le *Seeker*. Si vous gagnez, le bateau est à vous.

Genevieve fronça les sourcils.

— Il vous appartient ?

— De la poupe à la proue, absolument.

— Mais… c'est votre gagne-pain.

— Je ne perdrai pas.

Genevieve était estomaquée.

— Vous seriez prêt à parier votre bateau de plongée ? Contre… ?

Il sourit de nouveau et, cette fois, son sourire était bien trop sexy.

— C'est votre idée.

— Jamais de la vie !

— Je ne me serais jamais aventuré dans cette direction si vous ne m'y aviez pas incité.

— Bien sûr que si !

— Disons que je ne me serais jamais permis d'exprimer une telle pensée si vous ne l'aviez pas fait avant moi, affirma-t-il.

Genevieve hésita un instant, ne sachant plus que penser.

— Vous plaisantez, n'est-ce pas ? demanda-t-elle finalement.

Il se pencha en avant, et elle l'imita, instinctivement.

— Je ne plaisante pas, répondit Thor. Si je perds, je paierai. Et vous ?

— Vous êtes prêt à risquer votre bateau pour une femme que vous prenez pour une folle ? Vous êtes cinglé, ma parole !

Il rit.

— Pas vraiment, puisque je ne perdrai pas.

— C'est ce que nous verrons, murmura-t-elle.

— Alors, le pari est lancé ?

Du coin de l'œil, Genevieve vit Jack en train de tirer une table vers eux. D'ici quelques minutes, le Tiki serait plein. Déjà, Lizzie et Zach longeaient le sentier sablonneux dans leur direction. Bethany, Alex, Victor et Marshall ne tarderaient pas à les rejoindre.

— Nous ne sommes plus seuls, dit-elle à mi-voix.

Thor lui saisit le poignet.

— Vous relevez le défi, oui ou non ?

— Oui, répondit-elle entre ses dents serrées. Et

ne vous inquiétez pas : je m'occuperai bien de votre bateau.

Une lueur amusée brilla dans les yeux de Thor quand il s'approcha d'elle pour lui murmurer à l'oreille :

— Ne *vous* inquiétez pas. Je m'occuperai très bien de vous.

Elle n'eut pas le temps de répondre. Les autres étaient déjà là.

— Ça va ? demanda Lizzie en s'installant à côté de Genevieve.

— Oui, bien sûr. Je suis vraiment désolée d'avoir provoqué un tel raffut, hier.

— Oh, il ne faut pas t'inquiéter pour ça, répondit Lizzie. Moi aussi, j'ai eu de drôles d'expériences sous l'eau.

— Un jour, Lizzie s'est retrouvée nez à nez avec une tête, déclara Zach qui s'était assis de l'autre côté de la table.

— On faisait des recherches sous-marines pour retrouver un avion qui s'était écrasé dans les Everglades, expliqua Lizzie. C'était plutôt glauque.

Genevieve hocha la tête.

— Oui, j'ai plongé plusieurs fois dans les Everglades et ce n'est pas facile.

— Quelle gadoue ! On ne voit rien jusqu'au moment où l'on se retrouve avec un truc devant le nez, et le truc en question se révèle être une tête ou un bras, continua Lizzie en faisant une grimace. Mais toi… tu as dû voir quelque chose, c'est sûr. On découvrira peut-être ce dont il s'agit dans quelques jours.

— Je l'espère, dit Genevieve avec un geste de la main. C'était probablement une mauvaise plaisanterie.

Elle n'en croyait rien mais elle avait hâte de changer de sujet.

— Hé, on va dîner quelque part ? demanda Bethany qui venait d'arriver.

— Je pensais manger ici, répondit Alex. On doit encore se lever tôt, demain matin. Je bois une bière et, juste après, je me remets à l'eau plate.

— Toi ? dit Genevieve, étonnée.

— Il vaut mieux ne pas trop nous attarder, en effet, approuva Thor. Nous avons tous rendez-vous ici à 7 h 30.

— 7 h 30 ? s'exclama Genevieve. Pourquoi si tôt ?

— Une réunion, expliqua Marshall. Preston, des garde-côtes, et le Pr Sheridan ont demandé à nous voir.

— Ah bon ? dit la jeune femme.

— Thor a reçu l'appel de Sheridan tout à l'heure, quand nous étions en mer. Désolé, j'ai oublié de te le dire.

Genevieve hocha simplement la tête, se demandant s'il avait fait exprès de ne pas lui communiquer l'information, après ce qui s'était passé la veille, ou s'il s'agissait effectivement d'un oubli sans conséquences.

— Eh bien, dans ce cas, d'accord pour se coucher tôt, en effet, dit-elle.

Elle fit mine de se lever, mais Marshall posa une main sur son épaule pour l'arrêter.

— Je crois que l'équipage du *Seeker* devrait nous inviter à dîner, ce soir.

— Excellente idée, répondit Lizzie du tac au tac. Les hamburgers ne sont pas chers, ici. Et vous nous inviterez à manger un bon steak dans un restaurant de la ville quand on aura fait notre première découverte.

— Je vais passer la commande, déclara Thor en se levant. Sachez cependant que tous nos repas sont à porter sur nos notes de frais. Alors ? Hamburgers ? Cheeseburgers ? Est-ce qu'il y a des végétariens dans l'assemblée ?

Il regarda Genevieve avec insistance. Il la trouvait déjà étrange, alors pourquoi ne serait-elle pas végétarienne, par-dessus le marché ? Elle décida de l'ignorer et se leva.

— Je crois que je vais m'éclipser, dit-elle. A demain, 7 h 30. Bonne nuit !

Lizzie l'enveloppa d'un regard soucieux.

— Tu devrais manger quelque chose, d'abord.

— Ouais, Lizzie a raison, dit Bethany.

— J'ai ce qu'il faut dans mon bungalow, répondit Genevieve avec un sourire.

Et elle s'éloigna.

Thor, qui passait la commande au bar, ne lui accorda même pas un regard.

Les bungalows se trouvaient tous à quelques mètres les uns des autres. Ils étaient nichés contre une mince forêt de raisins de mer, de pins et de chênes malingres qui les protégeaient de l'animation sur Duval Street et au-delà. Un bout de plage s'étirait devant certains, tandis que les autres étaient flanqués par la mer et les pontons. La propriété n'était pas immense ; il y avait seulement trois appontements : un pour les bateaux des autochtones, comme le vieux rafiot de pêche de Jack qui tanguait doucement, et deux autres pour les invités.

La jeune femme entra dans son bungalow et regarda autour d'elle, admirant, une fois de plus, la configuration des lieux. Chaque maisonnette disposait d'un petit réfrigérateur, d'un four à micro-ondes, d'un évier, et un écran séparait le coin kitchenette et le salon de la chambre à coucher.

Elle alluma la télévision car elle éprouvait le besoin d'entendre des gens parler sans songer à la taquiner.

Puis elle sortit deux barres de céréales d'un placard et s'installa devant l'écran pour les manger d'un air distrait tandis qu'elle zappait d'une chaîne à l'autre, à la recherche d'un programme susceptible de lui changer un peu les idées. Mais elle ne trouva rien, et les éclats de rire qui lui parvenaient depuis le bar ne faisaient qu'exacerber son humeur morose. Comme ils s'entendaient bien ! Les moqueries de ses amis l'avaient affectée bien plus qu'elle n'était prête à l'admettre. Sans parler de Thor Thompson et de son intolérable arrogance.

Finalement, elle se jeta sur son lit et contempla le plafond. Elle n'avait pas le choix : elle devait coûte que coûte découvrir le premier vestige de cette expédition.

Ce pari était ridicule. Immature. Elle avait intérêt à l'annuler dès demain matin. Seulement voilà : c'était elle qui avait commencé.

Peu à peu, la fatigue de la journée s'insinua dans chacun de ses membres. Elle ôta ses vêtements, enfila un large T-shirt et éteignit les lumières. Elle garda la télévision allumée, cependant, pour avoir un léger bruit de fond…

Au moins, elle n'avait rien vu de suspect sous l'eau, aujourd'hui. Rien que des coraux et des poissons. Donc, tout allait bien.

« Foutaises ! » lui murmura une petite voix à l'oreille.

Finalement, elle s'assoupit.

Dans ses rêves, elle plongeait de nouveau. Le bruit de sa respiration dans le détendeur était régulier, apaisant. L'eau était claire. Elle croisait des poissons chirurgiens et des poissons clowns. Un gros mérou rôdait près de la barrière de corail. Les rayons du soleil transperçaient la surface. Des anémones de mer dérivaient, portées par le courant.

Soudain... elle vit la femme. Ses cheveux dorés flottaient dans l'eau. Elle avait la tête baissée, les bras soulevés par le courant doux, et sa robe blanche frémissait lentement le long de son corps. Ses pieds étaient attachés aux poids qui la retenaient au fond.

Puis la tête se leva. Les yeux s'ouvrirent. Les lèvres bougèrent. Aucun son n'en jaillit, mais le regard bleu exprimait une tristesse infinie... et une supplique aussi.

Derrière elle se dressèrent lentement des squelettes aux lambeaux de chair en cours de putréfaction. Ils brandissaient des couteaux, des épées, et leurs vêtements flottaient autour d'eux comme des haillons colorés.

Ils avançaient au fond de l'eau, les orbites aveugles de leurs yeux fixées sur Genevieve, les mâchoires crispées dans une expression déterminée.

Paralysée, elle les regardait fixement.

Elle avait découvert quelque chose. Une chose qu'elle n'était pas censée savoir.

Et maintenant...

Le bruit de sa respiration cessa.

L'armée de squelettes l'avait pratiquement rejointe. Elle se tourna, prête à fuir, puis découvrit qu'elle était cernée.

Un bras putréfié, à peine couvert de guenilles, se dressa vers son visage et aussitôt des dizaines de bras s'agitèrent autour d'elle, les doigts osseux la touchant presque.

Elle sentit l'avertissement muet de la jeune femme. *Attention !*

Elle pouvait presque respirer l'odeur de pourriture qui émanait de toutes ces chairs putréfiées. Mais c'était impossible, voyons ! On ne sentait rien sous la surface de l'eau.

Elle se réveilla brusquement et s'assit sur son lit, le cœur battant. Elle se força à respirer lentement, profondément. C'était un rêve. Seulement un rêve.

Au bout de quelques secondes, elle serra les dents, furieuse. Tout ceci était absurde. Elle avait toujours eu la tête sur les épaules. Elle était une personne raisonnable.

La bouche et la gorge sèches, elle éprouva brusquement le besoin de boire un grand verre d'eau. Ou plutôt un thé. Elle pouvait se préparer du thé. Le lever du jour devait être proche.

La télévision était toujours allumée et un type vantait les vertus de sa nouvelle machine de cardio-training. Elle le voyait à travers l'écran qui séparait la chambre du salon.

Elle le laissa parler. Elle aimait bien cette voix, et la lumière frémissante qui jaillissait du poste de télé. D'ailleurs, elle voulait davantage de lumière. Elle se pencha et alluma sa lampe de chevet.

Au moment de se lever, elle s'aperçut qu'elle était mouillée. Mouillée et salée. Comme si elle sortait de la mer.

Elle déglutit péniblement et se précipita vers la salle de bains, allumant toutes les lumières sur son passage. Elle commença par s'asperger le visage d'eau froide. Puis elle leva les yeux vers le miroir et son cœur cessa de battre.

Elle avait des algues dans les cheveux.

3

Une cacophonie de bruits tira Marshall Miro des profondeurs du sommeil. A croire que quelqu'un jetait des casseroles tout près de lui. Ou bien on secouait furieusement un gros paquet de chaînes. Marshall grogna et se retourna dans son lit. Il fut bien près de se réveiller. Mais ces bruits étaient trop étranges, trop déroutants. Ils lui rappelaient… quoi donc ?

Quelque chose de désagréable.

Il chassa la sensation et le bruit. Son horloge interne l'informa qu'il était encore trop tôt pour se lever. Alors, il se rendormit.

Jack Payne prit vaguement conscience d'un bruit insistant, à la périphérie de ses rêves. Il s'y voyait en train de jouer à un jeu vidéo. Le jeu était intitulé « Du Feu de Karena ». De superbes femmes se battaient entre elles et contre le joueur. Le plus fort gagnait, et alors tout lui était dû : l'alcool, le sexe et la victoire.

Ce bruit paraissait faire partie du jeu.

*
* *

Victor se réveilla en sursaut. L'espace de quelques secondes, il demeura immobile dans son lit, se demandant ce qui avait pu l'arracher si brutalement au sommeil.

Il n'entendait plus rien.

Il poussa un grognement et s'enfonça de nouveau entre les draps avec l'espoir de se rendormir.

Jay Gonzales ne se réveilla pas tout à fait. Le bruit lui parvenait comme à distance. Il voulait se lever. Il voulait l'arrêter. Mais il lui arrivait trop souvent de s'endormir avec les lumières et la télévision allumées et de vouloir ensuite tout éteindre, d'aspirer au silence sans avoir la force et l'énergie de se lever.

Il n'ouvrit pas les yeux, en dépit de ce bruit qui le dérangeait profondément. Il lui rappelait des choses… douloureuses.

« Ignore-le, se dit-il. Dors. Il n'y aura plus de bruit, demain matin. »

Thor s'assit brusquement dans son lit. Que se passait-il ?

Il se leva sans allumer. Il avait appris que l'obscurité est la meilleure des amies lorsqu'on souhaite voir sans être vu. Pieds nus, il marcha jusqu'à la porte de son bungalow et jeta un coup d'œil dehors.

Une lune bienveillante baignait le sable, l'eau et les bungalows voisins d'une douce lumière laiteuse, créant un tableau serein. Une nuit dans un paradis semi-tropical.

Alors, d'où était venu ce bruit ?

Le bungalow voisin du sien était entièrement allumé. C'était celui de Genevieve.

Thor fronça les sourcils, songeant qu'elle avait bien le droit d'aimer les éclairages forts. On ne pouvait pas la pendre pour ça.

Puis il crut entendre un cri. Il n'en était pas sûr. Ou plutôt il se demandait si ce cri n'avait pas résonné à l'intérieur même de son cerveau.

Il considéra le bungalow voisin, puis, étouffant un juron, il ouvrit sa porte et se dirigea vers l'une des fenêtres allumées de la jeune femme.

Genevieve regardait fixement son reflet dans le miroir, paralysée par le choc.

Cette fois, elle avait vraiment peur. Faire des rêves étranges était une chose. Sortir de son lit au beau milieu de la nuit pour aller piquer une tête dans la mer en était une autre. Que lui arrivait-il ?

Elle sursauta violemment en entendant frapper à sa porte. Elle consulta sa montre. Il était 5 h 35. Un peu tôt pour recevoir une visite.

Puis elle entendit quelqu'un prononcer son nom, de l'autre côté de la porte.

— Genevieve ?

Elle se raidit, reconnaissant la voix.

— Genevieve, est-ce que ça va ?

Elle alla ouvrir et trouva Thor Thompson sur le seuil. Mais il n'avait plus l'air goguenard. Au contraire, il semblait préoccupé, presque inquiet.

— Euh, bonjour, murmura-t-elle. Bien sûr que ça va. Pourquoi ?

Il la regardait fixement, comme si elle souffrait d'une maladie contagieuse, et elle se rappela qu'elle avait encore des algues dans les cheveux.

— Vous n'avez pas entendu du bruit… comme un grand fracas ? demanda Thor.

— Pardon ?

Il poussa un soupir et fit un signe du menton en direction du bungalow voisin.

— Je suis là, la porte à côté, reprit-il. J'ai cru entendre un drôle de bruit. Puis comme un cri.

— Un bruit ? répéta Genevieve.

Thor haussa les épaules, l'air mal à l'aise.

— Ouais. Comme un bruit de casseroles… ou de chaînes. Vous n'avez rien entendu ?

— Désolée. Je devais dormir.

— Vous dormiez ou vous nagiez ?

— Je vous demande pardon ?

— Vous êtes trempée, et vous avez des algues dans les cheveux.

— Oh ! Eh bien… j'aime piquer une petite tête dans l'eau, de temps à autre, très tôt le matin.

— C'est ça, fit Thor en la regardant fixement. Vous vous levez et vous éprouvez le besoin d'aller vous baigner dans le noir ?

— De temps à autre, oui, répondit Genevieve sur un ton léger, tout en se demandant si elle n'était pas en train de devenir folle.

Il hocha la tête.

— Intéressant, murmura-t-il. Bon, puisque vous allez bien, je vais retourner me coucher.

Elle n'allait pas bien du tout, mais Thor était la dernière personne au monde à qui elle l'aurait avoué.

— Oui, oui, je vais tout à fait bien, dit-elle en forçant un sourire sur ses lèvres. Et vous ? On dirait que vous entendez des choses ? Moi, je les vois et vous, vous les entendez ?

— Il y a eu un bruit, une espèce de tintamarre, déclara Thor froidement.

Elle haussa les épaules.

— Eh bien, ce n'était pas moi.

— En effet, puisque vous nagiez.

— Je m'apprêtais à faire du café, enchaîna la jeune femme d'un air parfaitement naturel. Vous en voulez ?

Thor la regarda comme si elle venait de prononcer une nouvelle absurdité. Puis il haussa les épaules.

— Pourquoi pas ? Je suis bien réveillé, maintenant.

Il la suivit à l'intérieur du bungalow et elle alla brancher la cafetière. Elle sortit le café d'un placard, tandis que Thor s'installait sur le futon qui servait de canapé — ou de lit d'appoint. Elle sentait son regard sur elle et se dit qu'elle devait avoir l'air pour le moins étrange avec son T-shirt mouillé qui lui collait à la peau et des algues dans les cheveux. Elle n'en continua pas moins à se comporter comme si tout était parfaitement normal.

— Comment prenez-vous votre café ?

— Noir.

— En bon macho, hein ?

— Pas du tout. C'est simplement comme ça qu'on le boit si l'on se retrouve en mer avec juste du lait qui a tourné et pas de sucre. Alors, je me suis habitué pour éviter une mauvaise surprise.

— Bien sûr. L'esprit pratique jusqu'au bout.

La cafetière se mit à gargouiller et la jeune femme remplit deux tasses. Elle lui en tendit une en précisant :

— Moi, je l'aime clair et très sucré.

Puis elle alla s'asseoir dans un fauteuil en face du futon.

— J'ai vu quelque chose sous l'eau, hier, déclara-t-elle. Aujourd'hui, j'ai l'intention de découvrir ce que c'était et aussi de trouver un premier vestige.

Thor haussa les sourcils.

— Vous n'allez pas seulement le trouver, vous allez aussi le trouver *aujourd'hui* ?

Genevieve eut un haussement d'épaules nonchalant.

— Et vous me trouvez arrogant ? murmura Thor.

— Ma foi, oui, répondit-elle sèchement.

Mais lorsqu'elle vit qu'il était prêt à se lever, elle s'aperçut brusquement qu'elle n'avait pas du tout envie de rester seule, et elle enchaîna bien vite :

— Savez-vous ce que ces messieurs vont nous dire, ce matin ?

— La même chose que d'habitude, sans doute. Il faut préserver l'environnement, etc.

— Nous sommes pourtant très prudents.

— Oui, mais ils ont besoin d'intervenir à intervalles réguliers, dit Thor. Je dois admettre que les recherches de Sheridan sont solides, et sa logique me paraît tout aussi valable.

— Oui. J'ai lu les lettres qu'a écrites Antoine D'Mas, le pirate qui a vu sombrer la *Marie Joséphine*. Les déductions du professeur tombent sous le sens.

— Eh bien, voilà au moins un point sur lequel nous sommes d'accord, murmura Thor.

Des bruits de pas retentirent, dehors. Puis on frappa à la porte.

— Genevieve, tu es réveillée ? cria Bethany.

La jeune femme alla ouvrir. Bethany était prête à

affronter la journée. Elle portait un short par-dessus son maillot une pièce et ses cheveux étaient attachés.

— Ah ! tu es debout. Tant mieux. Je n'avais pas envie d'être seule et il n'y a rien d'intéressant à la télé…

Elle s'interrompit brusquement en découvrant Thor.

— Oh, salut !

— Salut ! répondit Thor en se levant poliment.

Bethany regarda son amie et fronça les sourcils en remarquant son étrange accoutrement.

— Mais tu es trempée ! Et tu as des algues dans les cheveux. Qu'est-ce que… ?

Tournant le dos à Thor, Genevieve regarda Bethany en ouvrant de grands yeux.

— Tu me connais. Je me suis réveillée tôt et je n'ai pas pu résister à l'envie de piquer une tête.

— Par ici ? fit Bethany, incrédule.

— Du côté de la plage, répondit Genevieve. Je fais ça souvent, tu le sais bien.

— Oh ! Mm… Oui, bien sûr, murmura Bethany.

— Tu veux du café ? proposa Genevieve, pressée de changer de sujet.

— Oui, je veux bien. Merci.

Bethany se laissa choir sur le futon et Thor reprit sa place.

— Alors, ça tient toujours pour ce soir ? demanda-t-elle.

— Oui, pourquoi pas ? répondit Thor.

L'air surpris, Genevieve tendit une tasse de café à son amie, et Bethany lui expliqua :

— On va faire la tournée des bars. Tous ensemble.

— La tournée des bars ? Est-ce que le moment est bien choisi ? demanda Genevieve.

— Nous ne sommes pas forcés de boire partout comme des trous. Thor, Lizzie et Zach n'ont pas passé beaucoup de temps à Key West. Nous allons faire le circuit touristique et leur montrer nos endroits préférés. Nous rentrons vers 16 heures, en général, souvent un peu avant. Le temps de prendre une douche, on peut avaler un morceau dans un restau sympa, faire quelques bars, et être de retour avant minuit. Marshall est d'accord, et Thor est le chef de sa palanquée, alors…

Bethany sourit et haussa les épaules.

— Ça va être sympa.

— Mouais.

— Depuis quand es-tu devenue aussi rigide ?

— Prenez votre café tranquillement, murmura Genevieve en guise de réponse. Je vais me doucher.

— Tu te douches pour aller plonger ? demanda Bethany.

— Ouais, lui répondit son amie avec humeur. J'aime avoir des algues fraîches dans les cheveux.

Genevieve alla s'enfermer dans la salle de bains et regarda fixement son reflet dans le miroir. Elle était furieuse et elle ne savait même pas pourquoi.

Avec un soupir, elle se glissa sous la douche, se lava les cheveux, puis enfila le maillot une pièce qu'elle portait la veille, un short, une chemise en jean. Lorsqu'elle retourna dans le salon, Thor et Bethany étaient en train de bavarder.

— Oui, c'est bizarre, disait Bethany. Moi aussi, j'ai eu l'impression que ça venait d'ici.

— Quoi donc ? demanda Genevieve.

— De drôles de bruits, répondit Bethany dans un

rire. Si je ne te connaissais pas aussi bien, j'aurais dit que tu étais en train de cuisiner.

— Toi aussi tu as entendu des bruits ?

— Ouais. Un vrai boucan. C'est pour ça que je me suis levée. Tu me connais : je ne suis pas du genre à bondir hors du lit avant que ce ne soit absolument nécessaire. Surtout que je vais avoir besoin de toute mon énergie pour la soirée à venir… Qu'est-ce que tu faisais ?

— Rien. Je nageais, répondit Genevieve sur un ton bref.

Il y avait vraiment de quoi enrager. Elle voyait un corps et elle était la seule. Par contre, lorsque Thor entendait des bruits, tous les autres les entendaient aussi.

C'était bien moins grave, cependant, que de se réveiller avec des algues dans les cheveux, dégoulinante d'eau comme si elle venait de se baigner dans la mer, alors qu'elle ne se rappelait absolument pas avoir quitté le bungalow, songea-t-elle avec un frisson.

— Le Tiki doit être ouvert, maintenant, dit-elle. J'ai faim.

Thor et Bethany se levèrent aussitôt et Thor leur fit un signe de la main avant de se diriger vers son bungalow.

— Je vous rejoins dans quelques minutes.

Bethany le regarda s'éloigner.

— Super ! murmura-t-elle. Il est parfait, ce type : beau cul, beaux pectoraux, beaux biceps, beaux yeux, bonne réputation…

— Eh bien, qu'est-ce que tu attends ? grommela Genevieve en levant les yeux au ciel. Fonce !

— Oh, il n'en est pas question, répondit Bethany. Il ne mélange jamais le plaisir et les affaires.

— Ah bon ? Qui te l'a dit ?

— Je l'ai lu dans un article qui lui était consacré, il n'y a pas longtemps. C'est le genre de type qui est marié avec son boulot. Il n'a pas eu une enfance facile, apparemment. Milieu pauvre, le père les a abandonnés quand ils étaient gosses, et sa mère est morte d'une crise cardiaque à quarante ans, alors qu'elle travaillait comme une forcenée pour essayer d'élever seule ses enfants. Je ne crois pas que fonder une famille fasse partie de ses objectifs.

— Il faudra penser à lui donner une médaille, marmonna Genevieve.

— Mais enfin, qu'est-ce qui te prend ? s'exclama Bethany. Tu préfères travailler avec un type qui ne pense qu'à te mettre dans son lit ? Là, au moins, on est tranquilles : Thor ne s'intéresse qu'au boulot.

Elle marqua une pause et considéra son amie un instant avant de reprendre :

— Evidemment, il a peut-être été un peu dur avec toi au sujet de… de ce que tu as cru voir sous l'eau.

— Un peu dur ? Il pense que je suis folle à lier, oui.

Bethany pouffa de rire, puis se reprit.

— Allons, nous avons tous, un jour ou l'autre, cru voir sous l'eau des choses qui n'y étaient pas vraiment.

Sans doute, songea Genevieve. Mais qui d'autre qu'elle se réveillait avec des algues dans les cheveux ?

— Allons manger un morceau, dit-elle. Il faut qu'on fasse notre première découverte, aujourd'hui.

*
* *

Thor connaissait toute l'histoire dans ses moindres détails. Il ne se lançait jamais dans un projet sans étudier soigneusement toutes les informations disponibles. Pourtant, il était là, comme les autres, assis autour des tables de pique-nique près de l'appontement, à écouter ce qu'il savait déjà.

Henry Sheridan avait le physique parfait du professeur d'histoire. Il portait des lunettes aux verres aussi épais que des fonds de bouteilles de Coca-Cola et une monture en plastique noir qui devait être brisée car il avait fixé un pansement adhésif entre les deux verres pour la maintenir en place. Ses cheveux jaillissaient de son crâne en touffes brunes parsemées de gris et son visage était aussi émacié que son corps. Sans doute oubliait-il régulièrement de manger, tant il était absorbé dans un monde d'idées.

Le garde-côte, le lieutenant Larry Preston, était tout le contraire. Grand, fort et baraqué, il nageait et plongeait aussi bien qu'eux. Sa tâche consistait à s'assurer qu'ils respectaient les lois de l'Etat, et, en dehors de cela, Thor avait l'impression que l'Histoire avec un grand H l'ennuyait à mourir. Preston était un homme d'action, pas un intellectuel. Il portait une casquette d'uniforme, un short et une chemise blancs, et ses yeux étaient dissimulés derrières des lunettes noires. Peut-être dormait-il ?

Tous les autres membres des deux palanquées semblaient écouter le professeur avec toute l'attention dont ils étaient capables.

— Ainsi que vous le savez très certainement, nous estimons qu'il existe au moins deux mille épaves dissimulées dans les eaux de la Floride. Mais la mer est sans pitié. Les vaisseaux ne coulent pas intacts, en général. Les mâts et le bois d'œuvre se fendent sous la pression du vent et de la pluie. Tandis qu'ils sombrent, les bateaux sont à la merci des marées, des courants, ainsi que de leur propre poids. Parfois, les petites embarcations s'en tirent mieux que les gros vaisseaux, mais bien sûr, même lorsqu'ils sont brisés, ces derniers sont plus faciles à retrouver. Un bâtiment comme la *Marie Joséphine* a pu semer des vestiges dans un rayon de plus de deux kilomètres. Elle a été maltraitée par les pirates, au beau milieu d'une tempête. Il est probable qu'elle se soit brisée en deux, voire trois morceaux. En dépit de cela, nous n'utiliserons pas d'appareils d'aspiration. D'abord, nous ne travaillons qu'à partir de spéculations. Si vous parvenez à retrouver l'endroit où elle repose, vous commencerez probablement par dénicher de petits vestiges. Des pièces de monnaie, bien sûr. Des morceaux de poterie, de porcelaine. L'année dernière, Thor peut le confirmer, nous avons dégagé un chaland de la guerre de Sécession dans la rivière St Johns, après que notre ami ici présent eut retrouvé un rasoir datant de 1860, conclut Sheridan avec un hochement de tête en direction de Thor.

Lizzie applaudit et Alex émit un petit sifflement admiratif.

— Super ! dit Bethany en souriant à Thor.

Mais celui-ci regardait Genevieve Wallace, qui avait les yeux fixés sur le Pr Sheridan, son visage ne trahissant pas la moindre émotion.

Cette femme était vraiment bizarre. Elle sortait de chez elle en chemise de nuit pour aller plonger dans la mer, la nuit, alors que de drôles de bruits émanaient de son bungalow…

— Des racoons, entendit-il chuchoter.

Victor Damon avait un coude sur la table et il souriait à Bethany.

— Que dites-vous ? demanda le lieutenant Preston sur un ton vif.

— Pardon, dit Victor. Bethany a entendu des bruits étranges, la nuit dernière. Elle oublie le nombre de chats et de racoons qui rôdent dans les environs.

— Ils ne vont pas sous l'eau, que je sache ! lança Preston.

— Non, en effet, admit Victor.

Sheridan s'éclaircit la voix.

— Je pense qu'il est important que vous compreniez tous l'histoire complète de cette épave. Les Espagnols se sont installés en Floride au début du XVIe siècle : Saint-Augustine est la plus ancienne ville des Etats-Unis d'Amérique. Les Anglais commencent alors à s'inquiéter de la proximité de ces Espagnols et les Français voudraient bien un morceau du gâteau, eux aussi. En 1763, La Grande-Bretagne gagne le contrôle de la Floride en échange de Cuba. Puis la guerre d'Indépendance éclate et la Floride reste fidèle à la couronne d'Angleterre. En 1783, deux traités de paix signés en France, le même jour, mettent fin à la guerre d'Indépendance et permettent aux Espagnols de reprendre le contrôle de la Floride. Puis, en 1821, l'Espagne cède l'Etat de Floride aux Etats-Unis.

Alex bâilla. Puis, surprenant les regards que lui jetaient les autres, il se redressa brusquement sur sa chaise.

— Désolé mais j'ai grandi ici, moi. J'ai appris ça à l'école, murmura-t-il.

— Ouais, mais est-ce que tu écoutais en classe ? lui demanda Victor.

— Ceci est très important, reprit Sheridan avec

impatience. Ça explique pourquoi notre vaisseau se trouve là où il est. Pendant la guerre d'Indépendance, les Français aidèrent les Etats-Unis. Et les Espagnols aidèrent les Français à nous aider, même si ce n'était pas officiel. Avant de devenir pirate, José Gasparilla était dans la Marine Royale Espagnole. Il connaissait ces eaux pour y avoir souvent navigué durant sa carrière militaire. Puis il est devenu pirate et l'est resté jusqu'à sa mort, en 1821. D'après la légende, il se serait jeté à l'eau avec des poids attachés aux pieds, avant que son vaisseau ne soit saisi. C'est ainsi qu'il se débarrassait de ses prisonniers. Mais peu avant sa mort, il a entendu parler de la *Marie Joséphine*.

Sheridan marqua une pause, comme pour donner plus de poids aux propos qui allaient suivre.

— La *Marie Joséphine* était un vaisseau anglais, ainsi que son nom ne l'indique pas, intervint Genevieve.

— Oui, en effet. Et Gasparilla demeurait fidèle à l'Espagne. Sauf lorsqu'il y avait un bon gros vaisseau espagnol à attaquer, évidemment, ajouta-t-il dans un rire. Quoi qu'il en soit, la *Marie Joséphine* était dans les parages : elle avait juste déposé un chargement tardif de prisonniers sur Cuba en échange de rançons. Autrement dit, elle repartait vers l'Angleterre avec des coffres bien remplis.

— Et Gasparilla a sûrement pensé qu'il avait parfaitement le droit, peut-être même le devoir, de se les approprier, commenta Marshall avec un haussement d'épaules.

— Exactement, acquiesça Sheridan.

Thor fut stupéfait lorsque Genevieve intervint de nouveau, mais pour exprimer son désaccord, cette fois.

— Je ne pense pas que les choses se soient déroulées de cette façon, dit-elle. Gasparilla était tombé amoureux de la fille du capitaine, Anne. Celle-ci avait réussi à voyager avec son père et les prisonniers jusqu'à Cuba parce qu'elle voulait être avec un jeune homme de la noblesse espagnole que les Anglais allaient échanger contre l'une des rançons. Ce jeune noble et la fille du capitaine avaient tous deux été les prisonniers de Gasparilla ; c'est ainsi qu'ils s'étaient rencontrés. Puis ils avaient été rachetés par les Anglais et bien sûr, le jeune Espagnol, Aldo Verdugo, était devenu leur prisonnier. D'après certains écrits, Anne aurait trompé la vigilance de son père et réussi à monter secrètement à bord du bateau afin de rester avec Aldo. Et Aldo, qui aurait dû être en sécurité sur l'île de Cuba, était resté caché à bord. Mais Gasparilla était tombé amoureux d'Anne, lui aussi, durant le temps où elle était sa prisonnière. Il l'avait rendue aux Anglais à cause de la rançon, parce que les autres pirates voulaient l'argent. Mais il la recherchait. C'est pour ça qu'il s'est lancé à la poursuite de la *Marie Joséphine*.

Alex secoua la tête.

— Genevieve, qu'est-ce que c'est que cette histoire à dormir debout ? Tu crois vraiment qu'un pirate aurait attaqué un bateau rempli d'or pour une femme et non pas pour les coffres que contenait la cale ? Ce type pouvait avoir toutes les femmes qu'il voulait.

Mais Genevieve balaya cet argument d'un geste de la main.

— Il a écrit des lettres dans lesquelles il parle de son amour pour Anne, déclara-t-elle.

— Où sont ces lettres ? demanda Sheridan, les sourcils froncés.

— A la bibliothèque de votre université, répondit

la jeune femme qui sentait tous les regards fixés sur elle. Eh bien quoi ? J'y suis allée pour étudier tout ce que j'ai pu trouver au sujet de la *Marie Joséphine*, de Gasparilla, de la tempête. Je faisais des recoupements et c'est comme ça que je suis tombée sur ces lettres.

— Allons, tu ne peux pas attribuer des intentions romanesques à un pirate ! s'exclama Victor. Ils étaient tous de sales voleurs sans foi ni loi.

— Si tu avais lu ces lettres, tu saurais que même un sale voleur de pirate sans foi ni loi peut tomber amoureux, riposta Genevieve.

— Mais Alex a raison : il pouvait sûrement avoir toutes les femmes qu'il désirait.

— Peut-être, mais c'était celle-là qu'il voulait. Qui peut expliquer les raisons pour lesquelles on tombe amoureux ? En tout cas, il parle d'elle dans ces lettres et il dit qu'il l'aime.

— Il fallait bien que ce soit une fille ! s'exclama Victor en levant les yeux au ciel.

— Tu veux dire que seule une fille pouvait te battre au poteau, riposta Genevieve dans un rire.

Une fois de plus, Thor sentit la complicité qui les unissait. Ils se chamaillaient volontiers mais, sous les taquineries, on sentait une profonde amitié. Il leur enviait cela. Son équipe était formidable, aussi, mais ses membres ne travaillaient pas toujours ensemble. Zach et Lizzie étaient solides comme des chênes et on pouvait compter sur eux. Malgré tout, leur relation de couple était trop intime, trop omniprésente pour qu'ils puissent créer avec d'autres un lien aussi fort que celui qui unissait les membres de la palanquée de Marshall. Thor avait toujours favorisé une approche froidement professionnelle de son travail, mais la relation presque familiale qui liait les plongeurs de Marshall le laissait songeur — voire un peu jaloux.

— Hé, poupée, ne me bats pas trop fort ! fit Victor en levant les coudes comme pour se protéger. Alex, fais gaffe : notre Genevieve est une dure !

Il glissa sur le banc pour s'approcher de la jeune femme et lui passer un bras autour des épaules, puis ajouta sur un ton railleur :

— Sauf quand elle voit des trucs sous l'eau, bien sûr.

Genevieve se dégagea et lui offrit son plus joli sourire.

— Ta gueule, Victor !

— Bon, arrêtez un peu vos conneries, tous les deux ! cria Marshall. C'est sérieux, tout ça.

— Mais j'étais sérieux ! affirma Victor. Genevieve est la meilleure.

— Au moins, fit remarquer la jeune femme, j'ai fait des recherches.

— Oui, ça semble évident, dit Sheridan, visiblement troublé par ce qu'il venait d'entendre. Je... l'art d'éplucher des archives est souvent bien ingrat. On peut passer des mois, voire des années à chercher, et voilà que le néophyte débarque et bénéficie de la chance des débutants, n'est-ce pas ?

Thor se dit qu'il allait sûrement se précipiter à la bibliothèque de l'université pour retrouver ces lettres à la seconde où il les quitterait.

— Coup de bol ou pas, si Genevieve dit que ces lettres existent, c'est qu'elles existent, déclara Victor d'un air très sérieux, cette fois.

— Allons, fit Marshall d'un ton las. Peu importe la raison pour laquelle Gasparilla a attaqué le vaisseau. Ce qui compte, c'est qu'il l'a fait, et au même moment une tempête s'est abattue sur eux. Gasparilla a survécu mais la *Marie Joséphine* a sombré. Il semble qu'il ait essayé de retrouver le trésor par la suite, mais la tempête avait remué les fonds et il est reparti bredouille. Cela signifie que le vaisseau est resté au fond de la mer avec son trésor — c'est du moins ce que l'on imagine.

— Oui, c'est ça, dit Sheridan, l'air froissé.

Il n'avait visiblement pas apprécié qu'une plongeuse lui fasse la leçon, dans sa spécialité par-dessus le marché.

— Les lettres que je connais ont été écrites par l'un des hommes de Gasparilla. D'après les descriptions qu'il a laissées de leur position au moment où ils attendaient la *Marie Joséphine* pour l'attaquer, et si l'on calcule les courants, les effets de la tempête et les mouvements dus au passage du temps, j'ai la conviction que vous vous trouvez exactement sur l'emplacement où le vaisseau a sombré. Mais vous devez détecter des preuves tangibles de sa présence avant que nous obtenions l'autorisation d'effectuer des recherches plus poussées dans la zone.

— Combien de fois devrons-nous entendre cette histoire ? demanda quelqu'un doucement.

Thor regarda autour de lui. Jack Payne était en train de secouer la tête.

— Autant de fois que le Pr Sheridan éprouvera le besoin de la raconter, répondit Marshall d'un ton sec. Nous sommes payés par l'Etat, enchaîna-t-il. Avec de l'argent réuni en grande partie grâce aux efforts du Pr Sheridan.

Thor se pencha en avant et parla pour la première fois.

— Nous nous sommes basés sur bien plus que

des histoires de pirates pour déterminer notre zone d'intervention. Rappelez-vous qu'au moment où le vaisseau a sombré, la moitié des terres que vous voyez aujourd'hui n'existaient pas encore. Toute la zone a été draguée, remplie, agrandie et littéralement recréée par l'armée, par la marine et par Henry Flagler. Lorsque Flagler construisait son chemin de fer, il n'y avait aucun endroit où installer un dépôt, alors il a littéralement fait bâtir ce dont il avait besoin. Nous avons tenu compte de tout cela, en même temps que des cartes climatiques, des phénomènes de marées, etc. Nous devons garder constamment à l'esprit que notre vaisseau s'est sûrement brisé en plusieurs morceaux et que les pièces de cette épave sont probablement réparties sur une très large surface au fond de l'Océan.

Satisfait de constater que tout le monde l'écoutait attentivement, Thor fit signe à Sheridan de rependre la parole.

— L'Etat fera main basse sur tout ce que vous trouverez et chacun de vous recevra un pourcentage, expliqua le professeur sur le ton de la conclusion.

Marshall se leva alors, et échangea un regard avec Thor, qui hocha la tête d'un air entendu.

— Nous allons constituer de nouvelles équipes, aujourd'hui, déclara Marshall.

C'était une idée de Sheridan. De nature méfiante, le professeur avait tenu à mélanger les membres des deux équipes, craignant apparemment qu'un groupe cache des choses à l'autre. Les noms avaient été inscrits sur des morceaux de papier jetés dans un vieux seau et Sheridan lui-même les avait tirés un par un.

— Nous avons effectué un tirage au sort, reprit Marshall. Pour éviter les protestations. Il n'y a aucune raison de protester, de toute façon. Nous sommes tous impliqués de la même manière dans cette expédition. Alors, voici la nouvelle composition des binômes, pour cette journée. Bethany, tu plonges avec Zach. Vic, tu es avec Lizzie. Je resterai sur le pont. Alex va plonger avec Jack et Genevieve, tu seras avec Thor. Preston va nous accompagner, aujourd'hui, et il restera sur le pont du *Seeker*.

Thor ouvrit de grands yeux stupéfaits. Il allait plonger avec Genevieve ? C'était la meilleure de l'année. Enfin, comme ça, il pourrait toujours lui remettre les idées en place si jamais elle croisait encore des morts.

— Nous sommes en train de revenir sur une zone où le sonar a détecté du métal, conclut Marshall. Nous ne trouverons peut-être qu'une montre de plongée perdue le mois dernier, mais, de toute façon, nous cherchons une aiguille dans une botte de foin, alors il faut bien commencer quelque part. Tout le monde est prêt ?

S'il en croyait l'expression fermée de Genevieve Wallace, elle n'était pas ravie de devoir plonger avec lui, songea Thor, tandis qu'ils se dirigeaient tous vers les bateaux.

Jack la rejoignit et glissa un bras autour de ses épaules.

— Tu veux que je porte ton sac ? lui demanda-t-il gentiment.

— Jack, j'ai toujours trimballé mes équipements moi-même, et tu le sais très bien, répondit la jeune femme en attrapant le gros sac.

Mais elle lui sourit.

Thor les suivait, l'air soucieux. Il continuait de penser aux bruits qui l'avaient réveillé si brusquement, et au fait qu'il avait trouvé la jeune femme chez elle, vêtue d'un T-shirt mouillé, avec des algues dans les cheveux.

Cette fille était totalement imprévisible. Sur terre, ce n'était pas bien gênant. C'était même plutôt intéressant, et cela expliquait peut-être la fascination qu'elle lui inspirait. Mais sous l'eau ?

Il secoua la tête.

Décidément, c'était une drôle de journée.

4

Ni Genevieve ni Alex n'étaient encore montés à bord de son bateau, et Thor ne put s'empêcher d'éprouver un sentiment de fierté en voyant la manière dont ils regardaient autour d'eux. Le *Seeker* était une belle embarcation, avec une large cabine, des moteurs puissants et une vaste plate-forme de plongée facile d'accès, tant pour sortir que pour remonter à bord.

Il prit la barre et le lieutenant Preston le rejoignit aussitôt.

— Sheridan est un crétin ! lança-t-il par-dessus le ronflement des moteurs.

Thor haussa les épaules.

— Il est surtout passionné par l'histoire, je pense.

— Peut-être, mais vous avez vu sa tête quand Genevieve lui a parlé de ces lettres dont il ignorait totalement l'existence ? J'ai cru qu'il allait avoir une attaque.

— Ce qui compte avant tout, c'est de retrouver l'épave, non ?

— Oui, bien sûr, acquiesça Preston avant de se perdre dans l'étude de la console.

— Quelle beauté ! murmura-t-il. Vous avez une autre barre à l'intérieur de la cabine ?

— Oui.

— Radar. Sonar. GPS. Il se pilote pratiquement seule, hein ?

Thor sentit une présence derrière eux, et il se retourna. Genevieve les avait rejoints, en combinaison de plongée. Derrière elle, Alex et Jack avaient attaché le gilet de stabilisation à leur bouteille et vérifié le détendeur et l'air. Ils étaient prêts.

— Superbe bateau ! dit la jeune femme d'un air très sérieux, avec une pointe de défi dans la voix et dans le regard. Je vais l'apprécier.

Thor ne put retenir un sourire. Puis il se tourna de nouveau vers ses commandes pour dissimuler sa fierté. Marshall filait devant eux et, d'ici quelques minutes, ils jetteraient l'ancre et les pavillons de plongée.

— Je vous la confie, dit-il à Preston.

Celui-ci hocha la tête et Thor alla enfiler ses équipements. Quelqu'un avait déjà vérifié son gilet de stabilisation et sa bouteille, mais il essaya quand même le détendeur et répéta tous les gestes de sécurité.

— Vous ne me faites aucune confiance, hein ? murmura Genevieve en s'asseyant pour finir d'attacher sa veste.

— Il ne faut faire confiance à personne quand on va plonger.

— Oui, bien sûr. Mais si vous plongez avec l'un d'entre nous, vous n'aurez jamais à vous soucier d'autre chose que des dernières vérifications d'usage. Nous veillons les uns sur les autres.

Thor serra les dents. Suggérait-elle qu'il n'avait jamais plongé avec des personnes de confiance avant elle ?

Les bateaux s'arrêtèrent et le silence tomba autour d'eux. Le ciel était bleu, la mer tranquille et claire.

Genevieve se leva, en parfait équilibre malgré le poids de la bouteille dans son dos. Puis elle se dirigea vers la plate-forme, prête à sauter dans l'eau.

— Hé, nous sommes ensemble, aujourd'hui ! lança Thor.

Elle lui fit un signe de la main.

— Je vous attends à la surface. Prenez votre temps, ajouta-t-elle d'un air doucereux.

Thor ne répondit rien. Il était de plus en plus agacé. Quelques minutes plus tard, il sautait à son tour, et ils descendirent lentement.

A trois mètres d'eux, Alex et Jack leur firent signe, indiquant les chemins qu'ils allaient suivre, parallèles aux leurs.

Thor avait une confiance absolue dans les méthodes de quadrillage qui leur avaient permis de déterminer leur zone d'investigation, mais une fois sous l'eau, à une profondeur de quinze mètres, il n'était plus si sûr de découvrir quoi que ce soit. Ils se trouvaient un peu à l'ouest et au sud des zones les plus fréquentées par les plongeurs, mais ils auraient tout aussi bien pu être des amateurs.

Les récifs étaient majestueux, par ici. Et infiniment dangereux. En certains endroits, l'affleurement de coraux — avec son abondance de vie sous-marine — laissait brusquement la place à de plus grandes profondeurs, et, là, des coraux éventails jaillissaient brusquement vers la surface. Les couleurs étaient magnifiques, aujourd'hui. Des coraux mauves, puis une explosion de corail rouge. Des poissons chirurgiens bleu et jaune. Des poissons clowns. Un énorme mérou… Un barracuda solitaire.

Thor crut voir briller quelque chose, au fond, et il donna des coups de palme pour s'enfoncer plus avant.

L'objet était couvert de sable. Il le prit entre ses doigts, le cœur battant, puis une vague de déception le submergea. C'était un couteau de plongeur. De belle qualité, mais malheureusement il n'était là que depuis peu de temps. Il était bien trop neuf.

Thor jeta un coup d'œil par-dessus son épaule et vit Genevieve derrière lui, parfaitement immobile. Elle hocha la tête, lui signifiant ainsi qu'elle était parvenue à la même conclusion que lui, et il continua son exploration.

Non ! Seigneur, non !

Elle était là. Thor était parti un peu en avant, mais *elle* était là. La femme aux cheveux blonds.

« Je ne vous vois pas ! » cria Genevieve intérieurement.

La femme leva la tête en ébauchant son sourire si triste, poignant.

« C'est un fantôme, se dit Genevieve. Je ne la vois pas. Elle n'est pas là… »

Non : elle ne pouvait se mentir à elle-même. La femme tendit la main… sans toucher Genevieve. Puis, un fantôme de fantôme — comme une image de la femme, mais encore plus pâle — s'éleva de la créature retenue au fond de la mer par les poids attachés à ses chevilles. Elle s'éleva et… elle tendit le doigt.

Thor tourna la tête. Genevieve s'efforça de garder son calme, et, à son tour, elle tendit le doigt en direction du fantôme.

Thor ne vit rien, apparemment, car il fronça les

sourcils, puis nagea dans la direction qu'elle lui indiquait. Il s'arrêta tout près de la femme et se mit à déplacer doucement le sable.

« Donc, je suis folle », conclut Genevieve.

Mais le spectre, ou l'aura du fantôme, continuait de pointer son doigt, lui aussi. Alors, Genevieve se força à respirer, et écouta le bruit régulier dans le détendeur. Bon, d'accord, elle était folle. N'empêche qu'elle suivit la direction dans laquelle le fantôme semblait vouloir l'entraîner…

Rien. Rien que du sable. Thor regarda de nouveau par-dessus son épaule. Genevieve s'éloignait. Elle lui fit signe de la suivre. L'expression de ses yeux verts était étrange. Troublée.

Venait-elle d'avoir une vision ?

Thor fronça les sourcils et lui fit signe à son tour, bien déterminé à l'arracher à ses hallucinations.

Mais la jeune femme secoua la tête et continua, lui indiquant d'un geste qu'ils devaient contourner l'affleurement.

Elle ne semblait pas avoir peur. Peut-être s'était-il trompé.

Thor la suivit tandis qu'elle s'enfonçait plus profondément sous l'eau, descendant encore de trois mètres environ en direction du fond sablonneux. Elle paraissait savoir exactement où elle allait. Ses mouvements ne trahissaient aucune hésitation.

Arrivée au fond, elle s'arrêta, regarda le sable et se mit à chercher.

« Elle est cinglée, décida Thor en secouant la tête. Complètement cinglée. »

Il la rejoignit, cependant. Après tout, il n'avait rien à perdre.

Lui aussi se mit à chercher, très doucement, veillant à ne pas soulever trop de sable. Il dérangea une petite raie, qui s'éloigna aussitôt.

Genevieve fouillait le sable, elle aussi. D'abord calmement. Puis ses gestes devinrent plus rapides, plus saccadés.

Thor s'interrompit pour la regarder. Il allait lui passer le savon du siècle, une fois qu'ils seraient remontés à la surface. Et il ne plongerait plus jamais avec elle. D'ailleurs, à quoi bon perdre plus de temps ?

Il lui prit le bras, mais la jeune femme se dégagea brusquement. Ce faisant, sa main atterrit lourdement sur le sable et les grains dansèrent tout autour d'eux, obscurcissant l'eau. Thor allait insister lorsqu'il remarqua quelque chose : un objet qui ne paraissait pas avoir sa place ici. Une chose noire et ronde, à la surface granuleuse.

Il tendit la main pour la ramasser, et aussitôt il sentit une violente poussée d'adrénaline. Il n'en était pas entièrement sûr, mais…

Il tira son couteau de plongée de l'étui attaché à sa cheville et gratta doucement l'objet. Puis il leva les yeux, tandis que s'émiettait la couche noire formée par le temps, l'oxydation et tout ce que la mer avait fait pousser sur la surface ronde.

Genevieve le regardait fixement, dans l'expectative. Parfaitement calme. Elle semblait flotter dans l'air. Et ses yeux, à l'intérieur du masque…

Elle savait.

Thor la regarda et hocha la tête.

Il venait de ramasser une pièce d'or.

*
* *

— Je ne comprends pas, dit Bethany en passant une main dans ses cheveux encore mouillés. Tu devrais être aux anges. Tu as trouvé une pièce d'or espagnole. Marshall a l'air de penser qu'elle a été battue à Cuba. Il n'en est pas entièrement certain, mais si c'est le cas, les chances qu'elle provienne de la *Marie Joséphine* sont énormes.

Genevieve hocha la tête, tout en finissant de brosser ses propres cheveux devant le miroir.

— Je suis ravie, dit-elle, se demandant si elle pouvait confier la vérité à son amie.

— Tu es ravie mais fâchée parce que c'est Thor qui l'a ramassée, pas vrai ?

— Quoi ?

— C'est lui qui l'a ramassée, pas toi, hein ?

— Quoi ? Qu'est-ce que tu racontes ? C'est pas du tout ça !

— Ne t'énerve pas ! Vous étiez ensemble. La première découverte vous revient à tous les deux, en tant que binôme. Ça lui apprendra à te traiter de folle. Ils vont tous se mordre les doigts, ajouta Bethany dans un rire. Je te parie que Victor est furieux. Après tout, tu plonges avec lui, normalement.

Genevieve posa sa brosse à cheveux et se tourna vers son amie.

— Et si je te disais que je l'ai revue ?

— Revu quoi ?

— La femme !

Bethany éclata de rire, pensant d'abord que son amie plaisantait. Puis, devant son air grave, elle se rembrunit.

— C'est une blague ? demanda-t-elle. S'il te plaît, dis-moi qu'il s'agit d'une blague.

— Si jamais tu répètes ce que je vais te dire, je t'accuserai de mentir comme une arracheuse de dents, je te préviens, déclara Genevieve en venant s'asseoir près de Bethany.

Son amie la regarda longuement, puis ferma les yeux.

— Je ne crois pas que j'aie envie d'entendre la suite, Genevieve.

— Très bien. Je me tais.

— Non ! Non, bien sûr que non.

Elle poussa un soupir et hocha la tête.

— Allez, je t'écoute.

Genevieve déglutit péniblement, hésita encore une fraction de seconde, puis se lança :

— J'étais sous l'eau avec Thor. Il se trouvait devant moi. Et, d'un seul coup, je l'ai vue. La femme. Exactement telle qu'elle était la première fois.

Bethany fronça les sourcils mais ne dit rien.

— Je ne sais pas trop comment expliquer ça, continua Genevieve. Tu as entendu parler de ces gens qui meurent sur la table d'opération et qui flottent au-dessus de leur corps, n'est-ce pas ? C'était un peu comme si son fantôme l'avait quittée devant moi, la laissant là où elle était, retenue par les poids attachés à ses chevilles. Et... cette espèce de fantôme m'a amenée à l'endroit où il fallait chercher.

Bethany la regardait fixement.

— Est-ce que Thor l'a vue, lui aussi ?

— Non.

— Genevieve...

— Je te raconte la vérité, Bethany.

— Tu as revu cette femme. Une femme morte.

Puis… son fantôme t'a indiqué l'endroit exact où vous avez trouvé la pièce d'or ?

— Exactement.

Bethany hocha simplement la tête, sans cesser de la regarder.

— Dis quelque chose ! s'exclama Genevieve.

— Que veux-tu que je te dise ?

— Que tu me crois !

— Eh bien…

— Oh, peu importe, après tout ! Contente-toi de te taire. Il me ferait enfermer.

— Qui ça ?

— Thor Thompson, évidemment.

— Oh, Genevieve, je ne crois pas que…

— Je te garantis qu'il remuerait ciel et terre pour qu'on me vire de l'expédition.

Bethany réfléchit un instant, puis hocha la tête.

— Oui, tu as peut-être raison. Il est préférable de ne rien dire à personne.

— Mais je te jure que c'est la stricte vérité, affirma Genevieve. J'ai vu cette femme. J'ai vraiment vu ce que je t'ai raconté.

— Mais Thor était avec toi et il n'a rien vu, lui !

Genevieve serra les dents.

— Non, en effet, murmura-t-elle. Il n'a rien vu.

— Et aujourd'hui elle ne t'a pas fait peur ? demanda encore Bethany.

— Non. Enfin, si. Au début, j'étais terrifiée. J'ai même fait semblant de ne pas la voir, mais c'était impossible. Je ne pouvais pas l'ignorer. C'était plus fort que moi.

Genevieve marqua une pause, le front plissé,

comme si elle essayait, elle aussi, de comprendre ce qui s'était passé.

— Je ne peux pas vraiment t'expliquer, reprit-elle. Avant-hier, j'ai eu tellement peur en la voyant que j'en ai pratiquement oublié de respirer, et je suis remontée bien trop vite à la surface. Mais aujourd'hui, je crois que je lui ai donné une chance. Peut-être parce que j'avais encore plus peur de Thor. Je sais que tu vas me prendre pour une folle, toi aussi, mais j'ai l'impression qu'elle veut que nous retrouvions cette épave.

— Génial ! marmonna Bethany. C'est ce que je veux, moi aussi.

Genevieve se leva et alla se poster devant la fenêtre. Elle repensait à ce qui s'était passé au cours de la nuit, au fait qu'elle s'était réveillée trempée, avec des algues dans les cheveux.

— Je crois que je vais aller parler à Jay Gonzales, dit-elle finalement.

— Pourquoi Jay ? demanda Bethany. Il n'a rien vu de plus que les autres, l'autre jour.

— Il pourrait essayer de nouveau. Des femmes disparaissent toutes les semaines, peut-être même quotidiennement. Des jeunes femmes qui s'enfuient et qu'on retrouve mortes, un jour, sans pouvoir les identifier.

— Mais Genevieve... si tu vois un corps, une espèce de fantôme qui semble vouloir t'aider à retrouver un navire perdu, tu ne penses pas que ce fantôme pourrait être de cette époque-là ?

Bethany se tut et secoua la tête.

— Voilà que je me mets à parler de fantômes, moi aussi.

— Pourquoi pas ? fit Genevieve. Elle est réelle, je t'assure. Et le fait que Thor Thompson ne l'ait pas vue ne signifie pas grand-chose, dans le fond. Je ne pense pas que ce type admettrait qu'il a vu un fantôme, même si le fantôme en question lui donnait de grands coups sur la tête… Je ne comprends pas ce qui se passe ni pourquoi je suis la seule à la voir, mais ça doit signifier quelque chose, tu ne crois pas ?

Elle marqua une pause, hésita un instant, puis décida de tout raconter à son amie. Elle ne pouvait pas garder ça pour elle plus longtemps. Elle devait se confier, sinon elle risquait de perdre vraiment l'esprit.

— Ce n'est pas tout, dit-elle. Cette nuit…

Bethany écarquilla les yeux, comme quelqu'un qui s'attend au pire. Puis, voyant que Genevieve s'interrompait de nouveau, elle l'encouragea :

— Oui ? Quand il y a eu ces bruits étranges ?

— Je ne sais pas ce que vous avez entendu mais moi, j'ai fait un rêve vraiment abominable.

Elle lui parla alors des squelettes décharnés des pirates, des algues dans ses cheveux…

Lorsqu'elle eut terminé, Bethany garda le silence un long moment. Puis elle poussa un long soupir.

— Mince alors !

— Ouais. Comme tu dis, commenta Genevieve.

Puis Bethany brisa le silence, d'un seul coup.

— Je sais à qui il faut que tu parles !

— Ah bon ? Qui ça ?

— Audrey Lynley.

— Audrey ? Celle qui était en classe avec nous ? demanda Genevieve en regardant son amie comme si c'était elle qui venait de perdre l'esprit.

— Oui, répondit Bethany.

Genevieve secoua la tête.

— Allons, elle ne cherche même pas à défendre la légitimité de ce qu'elle fait.

— Pardon, mais n'est-ce pas toi qui vois des fantômes ? riposta Bethany.

— Elle lit les lignes de la main, Bethany ! Ou plutôt elle fait semblant de les lire. Et elle tire les cartes de tarot. Elle a même une boule de cristal... Allons !

— J'ignorais que tu la méprisais autant.

— Je n'ai jamais dit ça. Elle joue avec la naïveté des touristes, elle les distrait mais elle ne prétend pas connaître vraiment les réponses... Cela dit, ça ne me dérange pas.

— Dans ce cas, tu peux lui parler : tu n'as rien à perdre, déclara Bethany.

Genevieve soupira.

— Imagine les réactions si quelqu'un de l'expédition apprend que je suis allée la consulter.

— C'est une vieille copine. Aucune loi ne nous empêche de parler avec une ancienne camarade de classe.

Genevieve hésita encore, et soudain la voix de Victor résonna, dehors.

— Hé, les filles, vous êtes prêtes ? Je meurs de faim. Allons-y !

— On arrive ! cria Bethany.

Puis elle s'adressa de nouveau à Genevieve, à voix basse :

— J'ai le numéro d'Audrey, si tu veux. De toute façon, il est affiché partout dans Key West...

— Moi aussi j'ai son numéro, répondit Genevieve en poussant son amie vers la porte. Et ne t'avise pas de parler de ça à qui que ce soit.

— Bien sûr que non !

*
* *

— Est-ce que vous croyez aux fantômes, Thor ? demanda Bethany quand ils furent installés dans leur restaurant de fruits de mer préféré, sur Whitehead Street.

Thor la regarda et sourit d'un air amusé. Elle était mignonne, avec son visage rond qui la faisait paraître plus jeune que ses vingt-cinq ou vingt-six ans, et ce côté sincère et spontané. En plus, c'était une excellente plongeuse. Elle était vraiment très différente de Genevieve qui, elle, dégageait une intense sensualité sans paraître en avoir conscience.

— Aïe ! s'écria brusquement Bethany.

Thor avait senti le coup de pied que Genevieve venait d'envoyer sous la table en direction de son amie.

— C'est une question innocente ! protesta la jeune femme.

Thor regarda Genevieve, assise près de lui, et elle soutint son regard sans exprimer la moindre émotion. Après quoi elle sourit.

— Désolée, dit-elle.

Puis elle regarda Bethany.

— Nous n'allons pas parler de fantômes, déclara-t-ellc d'un ton ferme.

— Je demandais juste à Thor s'il y croyait, reprit Bethany.

— Non, répondit-il en regardant Genevieve.

— Est-ce que vous vous êtes rendu au cimetière de Key West ? demanda encore Bethany.

— Arrête, s'il te plaît ! lui lança Genevieve. Il vient de te dire qu'il ne croyait pas aux fantômes.

— Je sais, j'ai entendu. Mais s'il n'est jamais allé

au cimetière, je pense qu'il devrait y faire un tour. C'est un endroit intéressant.

— A une époque, on essayait d'y entraîner les filles pour leur faire peur, intervint Victor qui était assis à côté de Bethany. C'est vrai que c'est un endroit intéressant. Il date des années 1840, après le passage d'un ouragan qui avait déterré une série de vieux cercueils. Les tombes ne sont pas positionnées comme à La Nouvelle-Orléans, mais il y a une série de mausolées. Ils sont empilés les uns sur les autres. On peut y voir aussi un joli monument dédié au vaisseau *Maine*. Le soir, l'endroit donne la chair de poule. J'ai essayé d'embrasser Genevieve là-bas, la première fois.

— La première fois ? s'exclama la jeune femme.

— Ouais, bon, la seule fois, admit Victor dans un rire. C'était un peu triste. Elle mesurait au moins cinquante centimètres de plus que moi, à l'époque.

— Très drôle ! dit Genevieve.

Il lui envoya un baiser du bout des doigts.

— Et si on faisait le tour des endroits hantés de la ville ? suggéra Bethany.

— Pas question ! s'exclama Genevieve. On a dit qu'on faisait la tournée des bars.

— Et c'est ce qu'on fait, déclara Alex depuis le bout de la table.

— D'ailleurs, c'est généralement pendant la tournée des bars que les gens voient des fantômes, intervint Jack.

— Ouais. On pourrait commencer par le Hard Rock Café, dit Bethany.

— Non ! cria Genevieve.

Puis elle se tourna vers Thor et ajouta plus calmement :

— Le Hard Rock Café a la réputation d'être hanté. Un membre d'une des plus anciennes familles de Key West s'est suicidé au premier étage du bâtiment, et un autre citoyen connu s'est tiré une balle devant la cheminée. Le service est impeccable et la nourriture est bonne, mais vous ne croyez pas aux fantômes, de toute façon… Au fait, vous savez que Clint va jouer, ce soir ? Il faut aller l'écouter !

Les plats arrivèrent et toute l'équipe se mit à manger de bon appétit. Quand le serveur déposa l'addition sur la table, Thor s'en empara immédiatement.

— On fera nos calculs plus tard ? demanda Marshall.

— Il n'y a pas de calculs à faire, répondit Thor. Nos repas sont remboursés. Je mettrai ça sur la note de frais.

Marshall hocha la tête et, un moment plus tard, ils se retrouvèrent tous dehors. Les rues de Key West étaient animées pratiquement toute l'année, mais la ville était relativement tranquille, ce qui n'était pas le cas pendant la saison touristique. La tournée des bars sur Duval Street représentait l'une des occupations préférées des visiteurs. Les commerces restaient ouverts jusque tard dans la nuit.

L'équipe entra dans un premier établissement et s'installa autour de plusieurs tables, près d'une fenêtre donnant sur la rue et suffisamment loin de la scène pour pouvoir converser sans avoir besoin de crier.

— Champagne pour tout le monde ! lança Marshall. Il faut célébrer notre première découverte.

— Super ! dit Alex. Mais nous avons perdu Genevieve et Bethany.

— Elles vont nous rejoindre, assura Victor.

— Où sont-elles parties ? demanda Alex. On ne

peut pas sabler le champagne sans Genevieve. C'est elle qui a trouvé la pièce d'or avec Thor.

Victor haussa les épaules.

— Elles connaissent notre circuit. Elles nous retrouveront.

— Bon, eh bien, célébrons sans elles, alors ! murmura Alex.

— Ce serait plus sympa d'attendre, fit remarquer Lizzie.

— Non. Les absents ont toujours tort, déclara Marshall. Tant pis pour elles !

— Si je bois du champagne, je vais avoir horriblement mal à la tête, demain matin, dit Jack. Ça vous ennuie si je m'en tiens à la bière ?

Les autres semblaient partager son point de vue, alors Marshall haussa les épaules.

— La bière coûtera moins cher. Entendu. Bière pour tout le monde !

Thor regarda par la fenêtre et, au même instant, il crut voir Genevieve qui s'engageait dans une allée. Oui, c'était elle, sans aucun doute. La haute taille, les cheveux longs, la petite robe à bretelles jaune.

— Je reviens dans un instant ! dit-il à la cantonade en se levant prestement.

— C'est idiot, décréta Genevieve. On perd notre temps.

Bethany s'arrêta et la regarda fixement.

— Ecoute, on va récapituler. Tu vois des squelettes de pirates se dresser dans la nuit et t'attaquer. Tu penses qu'il s'agit d'un rêve, et c'est en effet la seule explication plausible. Seulement voilà : tu te réveilles dans ton lit, couverte d'eau de mer, avec des algues plein les cheveux. Et quand tu retournes dans l'eau, tu revois une femme morte et son fantôme. Ce fantôme te conduit tout droit à une pièce d'or qui semble avoir été frappée à Cuba.

Genevieve hocha la tête et Bethany se remit à marcher, avant de conclure :

— Et je te dis, moi, que tu as besoin de parler à quelqu'un comme Audrey. Elle connaît cet univers. C'est son domaine de recherche, et ce qui lui permet de raconter toutes ces histoires de fantômes aux touristes qui viennent la voir. Et puis, de toute façon, même si elle ne peut pas t'aider, je ne vois pas ce que tu as à perdre en allant la voir, hein ?

Elles venaient d'arriver près d'un portillon en fer forgé qui s'ouvrait sur une allée étroite, entre deux bâtiments. Au bout de cette allée se dressait une petite maison de la fin du XIXe siècle. Au-dessus du portillon il y avait un panneau qui annonçait : « Oracle. Voyante. Liseuse de tarots. Liseuse des lignes de la main. Sur rendez-vous. »

Genevieve poussa un soupir et ouvrit le portillon, suivie de près par Bethany. Elles avaient appelé Audrey un moment plus tôt, et celle-ci leur ouvrit la porte avant même qu'elles aient le temps de sonner.

— Salut les filles ! dit-elle sur un ton enjoué. C'est dingue : on vit dans la même ville et pourtant on ne se voit pratiquement jamais. Entrez, entrez !

Audrey était grande, avec de très longs cheveux bruns et des yeux sombres. Elle portait des vêtements simples et modernes : un pantalon de toile, un T-shirt dos nu et des sandales plates.

— C'est sympa de te voir, lui dit Genevieve avec un vague sentiment de culpabilité.

Elles habitaient une toute petite communauté. Pourquoi n'avaient-elles pas gardé le contact ?

— Tu as l'air en pleine forme, dit Bethany.

— Vous aussi, répondit Audrey. Mais c'est normal, hein ? Vous êtes des athlètes… Alors, que se passe-t-il ? Je doute que vous soyez venues pour que je vous lise les lignes de la main.

— Genevieve voit des fantômes, déclara Bethany sans aucun préambule.

Audrey haussa les sourcils.

— Toi ? fit-elle en regardant Genevieve d'un air incrédule.

— Non, ce n'est pas ça…

— Ah, tu ne vas pas recommencer ! s'écria Bethany. Dis-lui la vérité.

Genevieve se mordit la lèvre, hésita un instant, puis hocha la tête.

— D'accord, fit-elle avant de prendre une grande inspiration. Je crois que je vois un fantôme, sous l'eau, du côté du site où nous cherchons une épave. Un fantôme de femme. Et qui semble vouloir nous aider.

Audrey n'eut pas l'air particulièrement troublée par cette déclaration.

— Je peux essayer de faire des recherches, si vous voulez.

Elle haussa les épaules et sourit à Genevieve.

— Je n'ai encore jamais vu de fantôme mais je peux lancer des investigations, voir ce que je trouve au sujet de votre épave.

— J'ai fait moi-même des recherches, dit Genevieve. Je ne vois pas du tout qui peut être cette femme.

— Attends, intervint Bethany. Tu as dit que Gasparilla était amoureux de la fille du capitaine.

C'est peut-être elle. Elle l'a peut-être rejeté, et il l'a noyée.

Genevieve regarda son amie fixement, stupéfaite de ne pas avoir pensé à cela.

— Oui, c'est une idée, en effet, admit-elle avant de se tourner vers Audrey. La première fois que je l'ai vue, j'ai paniqué. Mais aujourd'hui, je me suis efforcée de garder mon calme, et elle m'a montré le chemin d'une pièce d'or ancienne.

— Vraiment ?

— Tu n'en parles à personne, hein ? supplia Genevieve.

Audrey sourit et secoua la tête.

— Ne te fais pas de souci. Mais je suis en train d'écrire un livre sur les fantômes de Key West. Est-ce que je peux utiliser l'information dans mon bouquin, si jamais je trouve quelque chose d'intéressant ?

— Oui, bien sûr, répondit Genevieve. Mais pour le moment, si les autres membres de l'expédition apprennent que je vois un médium pour m'aider à communiquer avec les morts, ils ne me garderont pas parmi eux.

Audrey sourit encore.

— Je ne trahis jamais mes clients, encore moins mes amis, dit-elle. Montre-moi ta main.

Genevieve fut tentée de nouer ses mains derrière son dos, comme une enfant effrayée.

— Fais ce qu'elle te dit ! intervint Bethany sur un ton qui trahissait clairement son impatience.

Genevieve obtempéra, et le regretta aussitôt lorsqu'elle vit l'expression qui se peignait sur le visage d'Audrey.

— Quoi ? demanda-t-elle.

— Oh, rien, vraiment ! répondit la jeune femme. Je

ne fais qu'appliquer les règles que j'ai apprises dans les bouquins. Ce sont des tas de sornettes.

— Audrey, qu'est-ce que tu vois ? lui demanda Genevieve.

Audrey la regarda fixement pendant un instant. Puis elle haussa les épaules.

— Tu vois ta ligne de vie ? Elle ne s'arrête pas là..., mais, soudain, elle devient très irrégulière.

— Qu'est-ce que ça veut dire ? demanda Bethany.

— Eh bien... un bouleversement extraordinaire.

— Quel genre ?

— Ecoutez, comme je le disais, ce sont des tas de sornettes.

— Quel genre de bouleversement ? insista Genevieve.

— Une perturbation... une maladie grave... ou un danger mortel. Si l'on en croit la paume de ta main, tu vas affronter un terrible danger. Et il y a une fracture qui peut signifier deux choses : tu survivras ou bien...

Andrey hésita mais ne put retenir une grimace.

— Ou bien ? demanda Genevieve.

— Ou bien tu périras.

5

Audrey plissa les yeux avant d'ajouter :

— Attends, attends, on dirait que la ligne continue, je n'avais pas vu.

— Génial, murmura Genevieve en se retenant pour ne pas lever les yeux au ciel.

— Elle ne va pas mourir et revenir à la vie, hein ? demanda Bethany.

— Bethany ! s'exclama Genevieve.

— Bon, bon, j'essaie juste de me rendre utile.

— Tu appelles ça « te rendre utile » ?

— Non, tu ne vas pas devenir un zombie, déclara Audrey. Simplement, je n'avais encore jamais vu une ligne de vie pareille.

— De mieux en mieux ! grommela Genevieve.

— Ce n'est pas forcément significatif, reprit Audrey avec un petit haussement d'épaules. Je vous l'ai dit : c'est juste mon gagne-pain.

Elle sourit.

— Les agents de voyages organisent pour les touristes des visites des lieux hantés de Key West. Vous croyez que les guides croient tous aux fantômes ? Nous sommes humains et, par conséquent, vulnérables au pouvoir de suggestion. C'est de cette façon que je fais revenir mes clients. Et si vous le répétez à qui que ce soit…

Elle prit un air menaçant, mais ce n'était pas très convaincant.

— Déjeunons ensemble, un jour prochain, dit Bethany. On ne plonge pas, samedi. Tu es libre ?

— Oui. Je ne travaille pas avant la fin de l'après-midi, quand les touristes commencent à remplir les bars. Mes meilleures sessions se déroulent avec les poivrots, ajouta-t-elle, mi-figue, mi-raisin.

— Alors, on se voit samedi, confirma Genevieve. Merci, Audrey.

— De rien. A samedi, répondit la jeune femme.

Elle resta sur le pas de sa porte, tandis que Genevieve et Bethany s'éloignaient.

— Je me sens bête, murmura la première.

— Pourquoi ? Parce qu'on est venues la voir ?

— Non, parce qu'on n'est restées que cinq minutes. Je me sens bête et aussi coupable.

— Tu dois avoir un peu les jetons, non ?

— Absolument pas !

— Après ce qu'elle vient de dire ?

— Elle vient de nous dire que son business était basé sur le pouvoir de suggestion. Autrement dit, elle compte sur la naïveté et la faiblesse des gens. Non, je me sens coupable de ne pas avoir gardé le contact avec elle. Ce n'était pas très sympa.

— Il n'est pas trop tard pour réparer ça, déclara Bethany sur un ton raisonnable. Déjà, on déjeune avec elle samedi. Cela dit, même si tu n'es pas inquiète, moi, je le suis un peu.

Elle ouvrit le portillon en fer forgé et le retint pour permettre à Genevieve de passer.

— De quoi as-tu peur ? De me voir perdre la boule,

ou du fait qu'un fantôme me poursuit ? demanda Genevieve en refermant le portillon derrière elle.

Elle se retourna et se figea.

Il était là.

Thor Thompson. Appuyé nonchalamment contre le mur.

— Vous m'avez suivie ! s'écria Genevieve en marchant vers lui sans pouvoir contrôler sa fureur.

Il paraissait encore plus grand que d'habitude. Genevieve n'était pas petite, surtout quand elle portait des talons, mais il réussissait encore à la dominer.

— Nous avons commandé à boire pour vous. Nous ne savions pas où vous étiez. Il n'y a rien de pire que la bière tiède.

— Vous m'avez suivie ! répéta Genevieve. De quel droit ? Pour qui vous prenez-vous, à la fin ?

Thor sourit d'un air légèrement moqueur.

— Qui vous dit que je ne suivais pas Bethany ?

— Je ferais bien d'aller rejoindre les autres, murmura l'intéressée.

— Non ! crièrent les deux autres d'une seule voix.

— Oh ! fit Bethany, l'air affreusement mal à l'aise.

— A titre d'information, monsieur Thompson, et même si cela ne vous regarde absolument pas, sachez que nous sommes juste passées dire bonjour à une camarade de classe.

Thor regarda le panneau accroché au portillon, et arbora un air dédaigneux.

— Tout ce que vous faites me regarde, déclara-t-il. J'ai besoin que vous soyez totalement efficace et professionnelle.

— *Vous* avez besoin ? Je vous rappelle que je ne travaille pas pour vous, mais pour Marshall.

— Peut-être, mais vous paraissez ignorer un détail qui a son importance, dit Thor sur un ton posé. C'est moi qui ai recommandé votre groupe pour cette expédition. Marshall et moi prenons les décisions ensemble mais j'ai le dernier mot. Sur tout.

Genevieve serra les dents.

— Est-ce une menace ?

— Je ne menace jamais personne. J'agis.

— Est-ce que je vous ai posé des problèmes, aujourd'hui ? demanda encore la jeune femme.

— Pas le moindre.

— Alors, pourquoi m'avez-vous suivie ? Ne recommencez jamais, je vous préviens ! Je préférerais encore démissionner que de me voir traiter comme une prisonnière sous surveillance.

Thor la regarda fixement et elle craignit soudain qu'il ne lui demande de démissionner.

— Ne soyez pas si théâtrale ! Je me moque éperdument que vous restiez ou non. Seulement, si vous restez, j'ai besoin d'être sûr que vous vivez dans le monde réel.

— Espèce de…

— Hé, arrêtez un peu, tous les deux ! intervint Bethany. Est-ce que nous ne venons pas de passer une excellente journée ? Est-ce qu'on ne peut pas oublier le reste ?

— Pour le moment, oui, répondit Thor qui n'avait pas quitté Genevieve des yeux.

— Dans ce cas, allons-y ! conclut Bethany en glissant son bras sous celui de Genevieve. Les autres vont se demander où nous sommes passés.

Genevieve se laissa entraîner, le corps raide. Mais

elle n'avait pas franchi cinq pas qu'elle se retourna brusquement, pointant le doigt sur Thor.

— Arrêtez ça !

— Arrêtez quoi ? demanda-t-il.

— De me juger. Arrêtez de vous inquiéter à mon sujet. Arrêtez de me suivre. Arrêtez de penser que je suis folle, dangereuse, et que je ne devrais pas faire partie de cette expédition. Arrêtez !

Thor pencha la tête sur le côté.

— Pour l'instant, je me contente de marcher derrière vous, dit-il. Si ça vous dérange à ce point, vous ne devriez peut-être pas faire partie de cette expédition, en effet.

— Je suis bien meilleure que vous. Et je l'ai prouvé, aujourd'hui.

Il fronça les sourcils.

— C'est moi qui ai trouvé cette pièce d'or, dit-il sur un ton posé.

— Hein ?

Genevieve écarquilla les yeux, sous le choc.

— Vous êtes vraiment un salopard de la pire espèce ! Qui vous a guidé jusqu'à cette pièce d'or ? Sans moi, vous n'auriez jamais su où chercher.

— C'est moi qui l'ai ramassée.

— Vous êtes pitoyable. Avec votre réputation, comment pouvez-vous vous abaisser de cette façon ?

— Je ne fais qu'énoncer un fait : je l'ai ramassée.

— Pardon, mais il me semble que vous oubliez le plus important, dans tout ça : nous formons une équipe et nous poursuivons tous le même but. Peu importe qui a ramassé la pièce d'or, déclara Bethany.

Mais cela importait beaucoup, songea Genevieve. Beaucoup.

— Allons rejoindre les autres ! reprit Bethany. Nous avons fait une découverte qui pourrait bien se révéler historique, aujourd'hui. Allons célébrer ça, et vous vous disputerez plus tard si vous ne pouvez vraiment pas vous en empêcher.

— Tu as raison, dit Genevieve entre ses dents serrées. Je lui réglerai son compte plus tard.

Thor garda le silence et, cette fois, Bethany se glissa entre eux, les prenant chacun par un bras et les entraînant résolument vers la rue.

Genevieve entra la première dans le bar. La chanteuse avait terminé son numéro. La stéréo égrenait les accords rythmés d'un bon vieux rock and roll, et plusieurs couples dansaient. Sans hésiter, Genevieve marcha vers Victor, lui prit la main et l'entraîna vers la piste.

— Où étiez-vous ? demanda-t-il.

— Un peu plus loin, dans la rue, répondit la jeune femme d'un ton vague.

L'avantage, avec Victor, c'est qu'ils se connaissaient depuis des lustres et qu'ils dansaient bien, tous les deux. De plus, Genevieve n'éprouvait aucun scrupule à se servir de lui car elle lui rendait la pareille chaque fois qu'il voulait attirer l'attention d'une jolie fille. Et puis Genevieve avait besoin de se dépenser pour relâcher un peu d'énergie.

— Qu'est-ce qui te prend, ce soir ? lui demanda Victor. C'est moi que devrais être vexé. Tu es ma partenaire de plongée, et tu attends d'être avec l'étalon nordique, là, pour trouver quelque chose.

Genevieve passa sous le bras de Victor, puis le regarda droit dans les yeux.

— J'aimerais mieux plonger avec toi, crois-moi.

— Pourquoi n'avons-nous rien trouvé, avant ? Oh,

j'oubliais : tu étais trop occupée à voir des mortes dans l'eau.

— La ferme, Victor !

Il sourit.

— Bou !

— Victor.

— Allons, Genevieve, détends-toi un peu. Je ne te reconnais plus.

Il avait raison. Elle avait besoin de se détendre. Et aussi de se reprendre. Elle ne voulait pas être forcée de quitter l'expédition. Thompson était peut-être le chef mais elle était ici chez elle. Elle voulait, elle *méritait* de participer à ce projet.

Et c'était *elle* qui avait trouvé la première pièce d'or.

— Genevieve ? fit Victor, interrompant le cours de ses pensées.

— Oui ?

— Je crois que nos amis sont prêts à changer de crèmerie.

— Très bien. Allons-y.

Malheureusement, ils devaient passer devant chez Audrey pour se rendre dans le deuxième bar. Genevieve rejoignit Marshall qui marchait devant, et glissa un bras sous le sien, bavardant comme si de rien n'était. Mais elle parlait trop et trop vite. Elle le sentait. Elle essaya de se calmer un peu.

Arrivée dans le deuxième bar, elle fit signe au barman et paya pour la deuxième tournée, apportant elle-même les chopes à chacun — y compris Thor.

Puis, comme elle ne voulait pas s'asseoir, elle essaya encore d'entraîner Victor sur la piste de danse, mais il secoua la tête.

— Allez ! insista-t-elle.

— Mais je suis fatigué, protesta Victor. Et j'ai soif.

— Je veux bien danser, moi, dit Thor en se levant.

— Non, ça va, merci.

— Mais si, venez !

Tous les regards étaient posés sur eux. Genevieve ne pouvait pas refuser sans paraître impolie. Elle se retrouva sur la piste, rougissante et dansant au rythme d'une rumba. Elle ne savait pas danser la rumba, mais ce n'était manifestement pas le cas de Thor qui la guida sans effort et sans la pousser. En d'autres circonstances, il aurait été le partenaire de danse idéal. Il avait même la bonne taille.

— Arrêtons ça ! murmura-t-elle.

— Pourquoi ? J'aime bien cette musique. C'est plutôt sympa.

— Key West est un endroit très sympa.

— Je vous crois.

— Voilà qui est étrange. Vous n'avez pas l'air d'être le genre de personne qui fait confiance aux autres.

— Dois-je vous faire confiance ? Dites-vous toujours la vérité ?

— Nous n'avons peut-être pas la même conception de la vérité.

— Dans ce cas, vous ne me dites pas ce que vous considérez comme la vérité.

— Parce que vous ne voulez pas l'entendre… Et puis, de toute façon, vous non plus, vous ne dites pas la vérité.

Il s'écarta d'elle très légèrement, un sourire aux lèvres.

— Ah bon ?

— C'est moi qui ai trouvé la pièce d'or. Vous avez

perdu notre pari mais vous ne voulez pas perdre votre bateau, alors vous croyez ce qui vous arrange.

Il se mit à rire.

— C'est moi qui ai trouvé la pièce d'or et vous ne voulez pas coucher avec moi, alors vous croyez ce qui vous arrange.

Genevieve se sentit rougir jusqu'à la racine des cheveux.

— Il ne s'agit pas de cela.

— En êtes-vous sûre ?

Il secoua la tête.

— Bon, écoutez : oublions ce pari, d'accord ?

— Pourquoi ? Parce que j'ai gagné ?

— Non. Parce que moi, j'ai gagné.

— Mais enfin…

— On oublie le pari, répéta-t-il d'un ton ferme.

Genevieve garda le silence, cette fois, songeant qu'après tout c'était un soulagement. Elle ne voulait pas lui prendre son bateau. Et elle voulait encore moins coucher avec lui.

Ah bon ? Et pourquoi pas ? murmura une petite voix ironique, quelque part dans son esprit.

« Parce que ce type m'exaspère », se dit-elle aussitôt. Parce qu'elle ne supportait pas la manière condescendante avec laquelle il la traitait.

— Si je comprends bien, je dois oublier le pari et aussi le fait que vous souhaitez me voir démissionner ?

— Genevieve, je suis inquiet, voilà tout. Je pense que vous êtes une jeune femme exceptionnelle mais que vous n'êtes pas à votre place dans cette expédition.

— Cessez donc de vous inquiéter ! Je suis une grande fille. Il y a longtemps que je me débrouille toute seule dans la vie.

— Ah bon ?

— Mes parents ont été tués dans un accident de voiture quand j'avais dix-neuf ans. Et j'étais fille unique.

— Je suis désolé.

— C'était il y a longtemps.

— Le temps ne change rien aux conséquences que peuvent avoir des événements aussi douloureux.

— Non, en effet. Mais on apprend à vivre avec.

La musique venait de s'arrêter, et elle recula d'un pas.

— Entendu, on fait une trêve. Mais s'il vous plaît, ne me suivez pas, et cessez de vous inquiéter à mon sujet. Je vous promets d'être courtoise et professionnelle.

— Quand on travaille ?

Elle ne comprit pas sa question.

— Oui, bien sûr, quand on travaille.

Puis ils rejoignirent leurs amis. Genevieve s'assit entre Alex et Victor. Bethany, qui était en face d'elle, lui fit un large sourire.

— Vous étiez superbes, tous les deux.

— Hé, Genevieve est tout aussi superbe quand elle danse avec moi ! fit remarquer Victor.

— Mais ils avaient l'air de s'entendre si bien, pour une fois !

— Pourquoi ? Ils ne s'entendent pas bien, généralement ? demanda Alex.

Genevieve avala une longue gorgée de bière.

— Nous nous entendons à merveille, déclara-t-elle.

— Bien sûr ! murmura Bethany.

— Bien sûr ! répéta Jack en levant sa chope de

bière. Je bois à la santé de notre grande et belle famille, ajouta-t-il avec un large sourire.

Les autres l'imitèrent et Genevieve fit un effort pour se détendre et trinquer avec eux. Puis elle dansa avec Jack et ensuite avec Marshall. Lizzie et Zach les rejoignirent sur la piste.

Finalement, Marshall donna le signal du départ.

— Il faut rentrer, maintenant ! On a du boulot, demain.

Les rues étaient un peu plus tranquilles, à cette heure. Genevieve avait ôté ses sandales, et ce fut avec bonheur qu'elle enfonça ses orteils dans le sable frais en arrivant près des bungalows.

C'était une nuit magnifique. Le ciel était constellé d'étoiles et une brise légère soufflait depuis la mer.

— Bonne nuit, tout le monde ! lança Marshall. Rendez-vous à 8 heures précises, demain.

— 8 heures ? grogna Victor. On va encore se taper une leçon d'histoire ?

— Non, mais nous allons voir des croquis d'ordinateur qui sont censés nous aider à comprendre comment le vaisseau a pu se briser au moment du naufrage, répondit Thor.

Alex poussa un soupir.

— Ils ne savent donc pas que nous avons déjà fait des millions de plongées pour chercher des épaves ?

— Hé, ça peut nous être utile, vous verrez ! dit Marshall.

— Ouais, tu parles ! grommela Victor.

Genevieve se dépêcha d'entrer dans son bungalow. Mais dès qu'elle fut à l'intérieur, elle sentit son cœur se serrer à l'idée qu'elle était seule. Elle alluma toutes les lumières, la télévision, et se força à faire sa toilette. Puis elle envisagea un instant d'appeler Bethany pour lui demander de venir dormir avec elle. Mais elle renonça aussitôt à cette idée absurde.

Elle s'installa devant la télé et trouva un bon film de science-fiction. Elle ne croyait pas aux extra-terrestres, alors toutes ces créatures qui envahissaient la Terre ne lui faisaient pas peur. Elle garda la télécommande bien en main, cependant, pour le cas où elle s'endormirait et se réveillerait au milieu d'un film de fantômes.

Pourvu qu'elle trouve le sommeil ! Elle avait absolument besoin d'une vraie nuit de repos si elle voulait donner le meilleur d'elle-même, le lendemain.

— Je trouve ça cruel, dit Alex, une bouteille de bière à la main.

Il avait décidé de boire un dernier verre avec Jack et Victor, au Tiki car il était à peine 23 heures.

La nuit était belle. Une petite brisait soufflait, et il n'y avait aucun moustique.

— Qu'est-ce que tu racontes ? demanda Jack en regardant Victor comme s'il avait complètement perdu la tête.

Victor se pencha en avant, une lueur espiègle dans les yeux.

— Genevieve croit avoir vu quelque chose, alors on monte une petite mise en scène pour lui faire peur. Elle verra que c'est un leurre et elle se sentira beaucoup mieux après. Quant à nous, on aura bien rigolé.

Il haussa les épaules avant d'ajouter :

— Je ne vois pas ce qu'il y a de cruel là-dedans.

Alex secoua la tête.

— Victor, tu es un menteur. Tu veux lui faire peur, voilà tout. Admets-le : tu as le béguin pour Genevieve depuis l'enfance. Maintenant qu'elle plonge avec Thor — et qu'ils ont trouvé quelque chose, par-dessus le marché —, tu es furieux.

Victor fronça les sourcils et se renversa sur le dossier de sa chaise.

— N'importe quoi ! Genevieve est ma meilleure amie et nous n'avons aucune envie de gâcher une aussi belle relation. D'ailleurs, même si elle est forcée de plonger avec Thompson, elle ne peut pas le sentir. Ça se voit comme le nez au milieu de la figure, non ? Oh, et puis merde ! ajouta-t-il vivement. Jack, ne répète pas ce que je viens de dire, hein ? J'oublie tout le temps que tu fais partie de la palanquée de Thompson.

Jack secoua la tête.

— Tu étais où, ce matin ? Tu n'as rien entendu ? Nous formons tous une seule équipe. Une grande famille bien unie ! Mais je vais te dire un truc, Victor : ce qui se passe entre Genevieve et Thor n'a rien à voir avec de la haine.

— Ah bon ? C'est quoi, alors ?

— Des étincelles, répondit Jack avec un large sourire. Le genre à générer une bonne grosse chaleur, si tu vois ce que je veux dire. Crois-moi, il se passe un drôle de truc entre ces deux-là.

— Pff, il la prend pour une folle ! déclara Victor.

— Et alors ? Tu n'as jamais eu envie de coucher avec une fille que tu trouvais cinglée ? demanda Jack. Quel homme n'a jamais désiré une superbe nana, en dépit de l'opinion qu'il pouvait avoir de son intelligence ou de sa santé mentale ?

— Genevieve ne peut pas le sentir, répéta Victor d'un air buté. Et puis elle ne couche pas à droite et à gauche.

— Non mais tu entends ce que tu dis ? s'exclama Alex en riant. Voilà que tu te prends pour son grand frère, maintenant ! Et c'est toi qui veux lui jouer un tour pareil ?

— Vous êtes avec moi ou pas ? lança Victor.

— Mais enfin, qu'est-ce que tu as l'intention de faire ? demanda Jack.

— Rien de bien grave. Je vais mettre un mannequin blond devant sa porte. Elle le découvrira en se réveillant. Elle trouvera ça drôle et, comme ça, elle pourra oublier sa panique de l'autre jour.

— Où penses-tu trouver un mannequin blond à cette heure-ci ? demanda Jack.

— Hé, je suis né ici ! Je connais la moitié des commerçants de Duval Street, répondit Victor avec un large sourire.

Genevieve avait réussi à s'endormir quand les extraterrestres commençaient à muter. Elle n'aurait su dire, en revanche, à quel moment le sommeil réparateur s'était transformé en rêve.

D'un seul coup, elle fut dans le noir le plus absolu. Puis une femme émergea lentement. Elle avançait d'un air décidé et, dans son rêve, Genevieve poussa un grognement.

– Allez-vous-en ! supplia-t-elle.

La femme se mouvait dans une sorte de nuage laiteux. Elle avait d'immenses yeux tristes.

— Allez-vous-en, je vous en prie ! Pour l'amour du ciel ! Je ne peux pas vous aider. Je ne comprends pas ce que vous voulez. Pourquoi me torturez-vous ainsi ?

— Attention…

— Attention à quoi ?

Genevieve n'obtint aucune réponse à sa question. Elle fut réveillée par un bruit et s'assit sur son lit en clignant des yeux. Les lumières étaient toujours allumées. Sur l'écran de télé, un vaisseau spatial filait entre des planètes et des étoiles. Elle poussa un soupir et regarda autour d'elle. Tout avait l'air normal. Qu'est-ce qui l'avait réveillée ?

Le réveil indiquait 5 h 30.

Elle se rendit dans la salle de bains, hésitant à se regarder dans le miroir par crainte de trouver encore des algues dans ses cheveux. Mais il n'y avait rien.

Quelques instants plus tard, dans le coin kitchenette, elle se demandait encore ce qui avait bien pu la réveiller. Puis elle retourna dans la salle de bains pour enfiler son maillot et un grand T-shirt par-dessus. Lorsqu'elle revint, le café était prêt.

Dehors, les longues traînées roses et jaunes qui annoncent le lever du soleil commençaient à marbrer le ciel. Genevieve ouvrit la porte et sortit sur la minuscule terrasse.

Aussitôt, un cri de terreur vint se loger dans sa gorge, lui bloquant la respiration. Pourtant, aucun son ne jaillit. Elle était bien trop terrifiée.

Elle se trouvait nez à nez avec un visage. Le visage d'une femme pratiquement de la même taille qu'elle.

Presque aussitôt, une vague de fureur remplaça la peur.

La perruque blonde était de travers, et le mannequin avait le bras dressé à un drôle d'angle.

— Bande de cons ! marmonna-t-elle entre ses dents.

Puis elle répéta ces mots plus fort, pour le cas où les auteurs de cette mauvaise plaisanterie auraient été cachés dans les environs, épiant sa réaction.

Elle étouffa un juron et traîna le mannequin vers le bout de la terrasse.

— J'espère qu'il est cassé et j'espère aussi que celui qui vous l'a prêté va vous en demander un bon prix ! lança-t-elle. Vous êtes là ? C'est très drôle. Ha, ha, ha !

Ceux qui avaient participé à cette farce idiote devaient payer. Elle traîna le mannequin à travers le sable et le jeta dans l'eau. Puis elle retourna tranquillement boire son café dans le bungalow et s'installa devant la télévision pour écouter les nouvelles. En arrivant devant le lit, elle baissa les yeux car ses pieds nus venaient d'entrer en contact avec une surface mouillée. Aussitôt, une nouvelle vague d'effroi la submergea. La descente de lit était trempée.

Genevieve déglutit péniblement et ferma les yeux.

« Ne cède surtout pas à la panique ! se dit-elle. L'un de ces imbéciles est entré dans le bungalow pendant que tu étais dehors. C'est tout. »

Mais c'était impossible. Personne n'était au courant de ses rêves, en dehors de Bethany. Et Bethany ne lui aurait jamais fait une chose pareille.

Soudain, elle entendit des cris terribles. Elle se précipita dehors, au moment même où Thor Thompson jaillissait de son bungalow, lui aussi. Sur la plage, un groupe s'était formé autour d'une forme allongée sur le sable. Il y avait Bethany, Marshall, et Bert, le propriétaire de l'hôtel. Lizzie et Zach étaient là aussi.

— Appelez police secours ! hurla Marshall.

— Quoi… ? fit Genevieve.

— C'est un corps, dit Thor, les yeux fixés sur la plage en contrebas. Ils ont trouvé un corps.

— Mon Dieu, non ! cria Genevieve. Ce n'est pas vraiment un corps. C'est un mannequin. Quelqu'un m'a joué un sale tour et j'ai jeté le mannequin dans l'eau.

Thor fronça les sourcils et la regarda.

— C'est un cadavre, dit-il.

— Mais non ! s'exclama la jeune femme.

Thor secoua la tête et leva les yeux au ciel, avant de s'élancer vers la plage. Genevieve lui emboîta le pas.

— Vous ne voyez donc pas…, fit-elle en arrivant près de Bethany.

Mais elle ne termina jamais sa phrase.

La forme qui gisait sur le sable, enveloppée d'algues, n'était pas un mannequin. C'était le corps d'une femme. La chair était grise et marbrée, dévorée en certains endroits ; les yeux aveugles étaient ouverts et tournés vers les bungalows.

6

Durant des heures, la conversation tourna exclusivement autour du cadavre retrouvé sur la plage. Ils étaient horrifiés, mais soulagés, aussi, car ils ne connaissaient pas la victime.

Le corps fut emporté avant 10 heures, mais Thor et Marshall avaient décidé d'annuler les plongées pour la journée. Les équipes de police et les experts en médecine légale sillonnaient la plage et les appontements qui avaient été condamnés par des mètres de ruban jaune, et l'humeur n'était pas au travail, de toute façon. Les heures passèrent, et tout le monde resta au Tiki.

Jack, qui avait été le premier à voir le corps, avait passé un long moment avec Jay Gonzales. Les autres n'avaient pas grand-chose à lui dire.

La victime avait dû séjourner plusieurs jours dans l'eau avant que le courant ne la dépose sur la plage. L'équipe médico-légale allait travailler sur le corps pour essayer de découvrir des indices susceptibles de les renseigner sur l'endroit où elle était entrée dans l'eau. Ils étudieraient aussi les courants et les marées afin de déterminer comment elle avait atterri ici.

Une image serait rapidement créée à partir d'une

photo de son visage et diffusée dans les médias, pas seulement à Key West mais en Floride et finalement dans tout le pays si ça s'avérait nécessaire. Avec un peu de chance, son identité ne serait bientôt plus un mystère.

La police n'avait encore fait aucune déclaration mais Thor était persuadé de connaître une partie de l'histoire. Des marques sur les chevilles de la victime indiquaient qu'elle avait été attachée à un poids quelconque — morte ou vive, il n'en savait rien. Le médecin légiste serait capable de répondre à cette question.

— Et dire qu'on a tous cru que tu avais des visions ! s'exclama Jack en s'adressant à Genevieve.

La jeune femme, qui était perdue dans ses pensées, sursauta.

— Pardon ?

— Tu as bien vu une femme dans l'eau, non ? Et en effet, il y en avait une.

Thor s'attendait à ce que Genevieve hoche la tête, soulagée, en dépit des circonstances. Mais elle se contenta de regarder Jack fixement, d'un air étrange.

— C'est bizarre, quand même. On a tous cherché à l'endroit où tu l'avais vue, et aucun d'entre nous n'a trouvé quoi que ce soit, reprit Jack.

— Elle était peut-être coincée quelque part dans les coraux, dit Victor. Je ne vois pas bien comment, mais bon…

Il avait l'air sombre.

Genevieve ne répondit rien. Elle regardait du côté de la plage où la police continuait d'aller et venir sous les yeux de quelques badauds. Seul l'emplacement où le corps gisait un moment plus tôt était encore condamné par le ruban jaune.

— C'est dingue ! murmura Lizzie.

Genevieve se tourna de nouveau vers eux.

— Je me demande où est passé le mannequin, dit-elle en regardant Victor fixement.

Il rougit, puis fronça les sourcils.

— Qui a parlé ?

— Hé, je n'ai pas dit un mot ! affirma Jack. Je pensais que vous aviez renoncé.

— C'est ce que je croyais, moi aussi ! dit Alex.

— Dans ce cas, comment Genevieve est-elle au courant ? demanda Victor.

Thor écoutait la conversation, le front plissé. Il comprenait maintenant ce que Genevieve voulait dire lorsqu'elle répétait que la pauvre femme sur la plage était un mannequin.

— Victor, tu es vraiment un crétin ! lança-t-elle. Quand je me suis réveillée, j'ai trouvé un mannequin sur le pas de ma porte. Je l'ai jeté dans l'eau.

Bethany écarquilla les yeux.

— Et le mannequin est devenu un être humain ?

— Seigneur ! grommela Marshall. Qu'est-ce qui vous prend à tous ? Victor, tu as mis un mannequin devant la porte de Genevieve ?

— Je jure que non !

— Ah ouais ? Pourtant, il était là, déclara Genevieve sur un ton glacial.

— Mais je ne l'ai pas fait ! affirma Victor en la regardant fixement. Alex a dit que ce serait cruel. Au départ, je voulais juste te secouer, te faire rire, t'aider à oublier cette histoire de vision dans l'eau.

— C'est bizarre, tout de même, dit Zach en prenant

la main de sa femme. Genevieve a vu une femme dans l'eau, et maintenant...

— Merde ! s'exclama Victor. J'étais avec elle à ce moment-là, et je n'ai rien vu du tout.

— Nous sommes tous retournés dans l'eau et aucun de nous n'a vu cette... femme, ajouta Alex.

— Moi, en tout cas, je n'ai rien vu, dit Bethany.

— La mer est un endroit étrange, leur rappela Lizzie. Elle a le pouvoir de dissimuler tant et tant de choses.

— Les plongeurs de la police sont descendus sous l'eau, eux aussi, fit remarquer Zach. Et ils n'ont rien remarqué. Cela dit, les fonds sous-marins sont immenses et les coraux s'y connaissent pour dissimuler ou faire disparaître des choses. Nous sommes bien en train de chercher un vaisseau que personne n'a vu depuis près de deux cents ans.

— Quand je pense à la manière dont on t'a traitée ! dit Jack à Genevieve.

La jeune femme lui offrit un petit sourire. Puis elle se leva.

— Je vois venir ce journaliste qui essaie de nous coincer depuis ce matin, dit-elle, alors je m'éclipse. Puisque nous ne plongeons pas aujourd'hui, je vais en profiter pour faire quelques courses.

Et elle s'éloigna en direction de son bungalow. Thor se leva à son tour.

— Je suis d'accord avec Genevieve. C'est la journée idéale pour faire des courses, dit-il.

— On aurait peut-être dû sortir en mer, dit Marshall.

— Est-ce qu'on ne devait pas se taper une autre leçon du grand Sheridan ? fit Alex avec un sourire. Une leçon sur les vaisseaux et la manière dont ils se brisent dans l'eau. Comme si nous avions tous deux ans !

— Si vous êtes capables d'envisager de voler un mannequin pour le planter devant la porte de Genevieve, vous n'avez pas beaucoup plus de deux ans d'âge mental, riposta Marshall.

— Hé, on ne l'a pas fait ! lança Victor.

— Thor, crois-tu qu'on devrait sortir en mer ? Sheridan a préféré ne pas venir, mais ça ne nous empêche pas de plonger, nous.

— Ah non ! s'exclama Alex. Tu ne peux pas donner une journée de congé aux gens et leur annoncer ensuite qu'ils doivent aller bosser.

— Ouais, tu as sans doute raison, murmura Marshall. On se remettra au boulot lundi à la première heure.

— Lundi, ça roule, acquiesça Thor avant de s'éloigner à son tour.

Il se rendit dans son bungalow, certain que Genevieve était encore dans le sien. Il ne pouvait pas en même temps se doucher et garder un œil sur sa porte mais il pouvait au moins faire une toilette sommaire.

Car il allait la suivre.

Pourquoi ?

Il n'était pas sûr d'avoir une bonne excuse, ou même une véritable raison. Juste une intuition, liée à l'étrange manière dont elle avait réagi lorsque Jack avait établi un lien entre la femme qu'elle avait vue sous l'eau et le cadavre retrouvé sur la plage. Genevieve aurait dû être soulagée de voir qu'on allait de nouveau la prendre au sérieux, mais au lieu de cela, elle avait paru troublée.

Lorsque la jeune femme sortit de son bungalow, vêtue d'une robe légère, Thor la suivit un instant du regard, puis lorsqu'elle fut à une distance raisonnable, il lui emboîta le pas.

Tout le monde était parti. Les sourcils froncés, Victor regarda autour de lui et poussa un soupir. Drôle de journée !

Finalement, il se leva et prit la direction de son bungalow. Il entra et se figea, stupéfait de constater que le sol paraissait mouillé. Il y avait des traces d'eau jusqu'au mur qui séparait la chambre de la salle de séjour. Il les suivit et étouffa un cri.

Un mannequin tout dégoulinant d'eau était allongé en travers de son lit. Ses yeux bleus sans vie étaient fixés sur le plafond, et sa perruque était de travers. Un bras était tendu vers lui, comme pour l'appeler à l'aide.

Victor sentit la panique l'envahir. Si on le surprenait avec ce mannequin dans son bungalow, alors qu'on venait de découvrir un cadavre sur la plage… Merde !

Il devait s'en débarrasser, et vite.

Mais comment ? Comment allait-il faire pour que personne ne le voie ?

Et qui avait déposé ce mannequin ici ?

Pourquoi ?

Genevieve s'était engagée sur Duval Street et Thor avait d'autant moins de mal à la suivre qu'elle paraissait totalement perdue dans ses pensées. Elle salua distraitement plusieurs personnes et entra finalement dans le café installé à l'hôtel La Concha.

Thor s'appuya contre le mur pour attendre qu'elle ressorte.

— L'hôtel est hanté, dit une dame qui portait un énorme chapeau et lisait un guide touristique. Herb, tu te rends compte ? L'hôtel est hanté ! C'est le bâtiment le plus haut de la ville. Des gens se sont jetés dans le vide, depuis le toit.

— Ouais, ouais, il est hanté. Est-ce qu'on peut prendre possession de notre chambre, maintenant ? fit Herb en tirant deux énormes valises.

Il fit une grimace à Thor, qui lui sourit.

— Oh, Herb, pardon ! s'exclama son épouse. Ces valises pèsent une tonne, bien sûr.

Herb haussa les épaules, l'air plus amusé qu'agacé, et Thor les suivit du regard tandis qu'ils entraient dans l'hôtel. Ils avaient l'air d'un vieux couple, un homme et une femme qui se connaissaient depuis pratiquement toujours et qui ne paraissaient pas s'en porter trop mal.

Genevieve réapparut bientôt avec un gobelet en carton qui devait contenir du café, et repartit en direction du sud.

Quelques pâtés de maisons plus loin, elle tourna sur la gauche. Thor la suivait toujours. La rue était bordée de maisons anciennes superbement entretenues. Certaines annonçaient des chambres à louer, d'autres avaient un signe « Bed and Breakfast » à l'entrée. « Meilleur petit déjeuner de Key West » proclamait un panneau.

Genevieve continua d'avancer, puis s'engagea dans une petite allée au bout de laquelle trois marches menaient à une véranda et une porte avec une vitre de verre taillé.

La jeune femme sortit une clé de sa poche, la glissa dans la serrure et entra.

Thor s'arrêta dans la rue pour contempler la demeure. De style victorien, avec deux étages, un grenier en forme d'arche et une véranda qui s'enroulait autour du bâtiment au rez-de-chaussée et au premier, elle était magnifique. La peinture était fraîche et la pelouse bien tondue.

Soudain, la porte s'ouvrit de nouveau, à la volée, et Genevieve sortit sous la véranda, les poings sur les hanches.

Thor pesta intérieurement. Voilà qu'il s'était fait pincer !

— Vous êtes juste en train de faire un petit tour de Key West, n'est-ce pas ? lui demanda-t-elle sur un ton sarcastique.

Thor soupira et secoua la tête.

— Non. Je vous suivais.

— Pourquoi ?

— J'étais inquiet.

Genevieve leva les mains vers le ciel.

— Mais enfin, pourquoi ? Je ne suis pas folle, je vous assure !

— J'étais inquiet à cause de votre réaction, ce matin.

— On a trouvé le cadavre d'une femme ! s'exclama Genevieve. Vous ne croyez pas qu'il y a de quoi être secoué ?

— Si, bien sûr. Je ne sais pas…

Il secoua la tête.

— Désolé. Vous avez raison : ce qui s'est passé ce matin est vraiment tragique.

Il y eut un silence, et Thor reprit :

— Voici donc votre maison. Elle est magnifique.

Genevieve parut hésiter un instant.

— J'étais loin d'imaginer que vous vous intéressiez à l'architecture, dit-elle finalement. Vous voulez visiter ?

Il sourit et marcha vers la véranda.

— Vous vous trompez. Je m'intéresse beaucoup à l'histoire. Et cette maison doit être l'une des plus anciennes de Key West.

— La plus ancienne est devenue le musée Wrecker. Celle-ci a été construite en 1858 par mon arrière arrière-grand-père. Il était sauveteur d'épaves, lui aussi. Il a bien failli perdre la maison durant la guerre de Sécession. Fort Taylor est resté dans l'Union, mais la plupart des gens étaient pour les confédérés. Wallace, mon aïeul, décida de servir son pays en jouant les briseurs de blocus. A la fin, il a été pris par un ami — un Yankee qui était basé à Fort Zachary Taylor. Heureusement, l'ami en question était aussi un entrepreneur. Ils se sont partagé les profits, mon aïeul n'a pas été pendu, et je continue à jouir de la maison, encore aujourd'hui.

Thor regarda autour de lui. Comme souvent dans les constructions au sud du pays, la demeure comportait un vaste hall qui courait de l'entrée jusqu'à l'arrière et permettait à l'air de circuler et de rafraîchir les pièces. Le petit salon, tout près de l'entrée, était meublé d'un canapé Duncan Phyfe, sous la fenêtre, d'un clavecin et de plusieurs chaises capitonnées disposées sur un tapis de laine, devant la cheminée. Un escalier sur la gauche menait à l'étage.

— Par ici se trouve la bibliothèque, dit la jeune femme en s'engageant dans le hall. A l'époque où le grand-père Wallace était sauveteur d'épaves, c'était un bureau. Puis il y a la cuisine. A l'origine, c'était une chambre à coucher et la cuisine se trouvait dehors. Elle a brûlé, à la fin du XIXe siècle, mais il y a toujours un bâtiment à cet endroit. L'une de mes grand-mères l'a transformé en refuge pour les oiseaux.

Elle parlait un peu vite, comme si elle était nerveuse, se dit Thor en la suivant.

— Je ne veux pas paraître vénal, dit-il, mais cette maison doit valoir une fortune, aujourd'hui.

— Oui, en effet, admit la jeune femme.

— Vous n'êtes pas soulagée que j'aie refusé notre pari ?

Genevieve baissa les yeux et un sourire effleura ses lèvres.

— Vous savez très bien que j'ai gagné ce pari. Et puis votre bateau doit valoir une fortune, lui aussi.

Elle se dirigea vers l'escalier.

— Il y a quatre chambres à l'étage, et aussi un grenier. Ce n'est pas immense, par rapport à d'autres maisons de l'île. Vous connaissez Artist House ? C'est une pension de famille absolument magnifique…

Ils venaient d'arriver sur le palier et la jeune femme poussa une porte entrouverte.

— Mon bureau, dit-elle.

Des rideaux à œillets blancs pendaient aux fenêtres, et même le bureau sur lequel était posé l'ordinateur était une pièce d'antiquité. Il y avait des photos encadrées accrochées aux murs. Beaucoup de photos. Thor n'eut aucun mal à reconnaître celles où Genevieve posait avec ses parents. Ils étaient grands, comme elle, et sa mère avait les mêmes cheveux longs, auburn.

— Hé, c'est Jack ! s'exclama-t-il soudain en

découvrant un groupe d'enfants avec des tubas et des masques, debout autour d'un homme.

— Oui, en effet. Il y a une quinzaine d'années. Il était génial. L'association de parents d'élèves de l'école aimait bien l'engager pour organiser des sorties. On le prenait pour un vrai pirate. Il racontait des tas d'histoires.

Thor s'arrêta devant une autre photo représentant l'équipe de Marshall au complet : ce dernier se trouvait au milieu, coiffé d'un chapeau de paille. Bethany et Alex étaient à sa droite, et Genevieve et Victor à sa gauche. Ils se tenaient tous par le bras et souriaient à la caméra. Ils avaient l'air heureux et unis.

A en croire les apparences, ils l'étaient toujours. Pourtant, est-ce que Victor n'était pas un peu possessif ? Et Alex ? Il était originaire de Key Largo, ce qui faisait de lui une pièce rapportée. Etait-il vraiment aussi bonhomme qu'il en avait l'air ?

Thor se demanda soudain pourquoi il se posait lui-même toutes ces questions. « Parce qu'un cadavre avait été retrouvé sur la plage, quelques heures plus tôt », lui répondit aussitôt une petite voix intérieure.

— Voici le meuble que je préfère dans toute la maison, reprit Genevieve en lui montrant une banquette en brocart. Ma grand-mère me racontait que les jeunes filles s'en approchaient stratégiquement au moment de s'évanouir. Elle avait toujours des tas d'anecdotes pour illustrer la manière dont une jeune fille était censée se comporter. Je ne pense pas avoir rencontré de personne plus coriace qu'elle.

Elle quitta la pièce et ouvrit une autre porte.

— J'ai transformé cette chambre en salon multimédia, reprit-elle. Compte tenu de mon peu d'intérêt pour tout ce qui est technique, je dois dire que je suis assez fière du résultat.

Thor passa la tête à l'intérieur et découvrit une superbe chaîne stéréo avec d'énormes baffles, une télévision à écran plat, un lecteur de DVD et des meubles confortables. Plusieurs rangées d'étagères contenaient des centaines de livres, des magazines, des CD et des DVD.

— Super !

— C'est comment chez vous, à Jacksonville ? lui demanda-t-elle. Non, attendez, ne me dites pas... Ultramoderne ! Avec tous les gadgets possibles et imaginables.

— Non. Ma maison doit être légèrement plus vieille que la vôtre.

— Vous avez acheté une vieille maison ?

— Oui. J'avais l'intention de la rénover, mais je n'y suis jamais assez longtemps.

Genevieve le regarda un instant, puis s'engagea de nouveau dans l'escalier. Arrivée au pied des marches, elle tourna à gauche et le guida vers le jardin. Il n'était pas immense mais joliment fleuri.

La jeune femme désigna une plate-bande surélevée de laquelle jaillissaient des gerbes de bougainvillées.

— Un jour que je creusais la terre, là-bas, pour planter un arbre, je suis tombée sur des ossements, dit-elle.

— Ah bon ?

— Des ossements vraiment anciens. J'ai appelé des agences gouvernementales et ils ont envoyé deux anthropologues. D'après eux, ces ossements appartenaient à des Indiens calusa, une tribu qui a disparu il y a des centaines d'années. Personne n'était vraiment surpris. Quand les Espagnols ont débarqué, il y avait des ossements partout.

— Oui, murmura Thor. *Cayo Hueso*. L'île des ossements.

Le regard de Genevieve s'était troublé légèrement. Thor songea qu'elle ne paraissait pas gênée par sa présence, bien au contraire. Sans doute n'avait-elle pas envie de se retrouver seule.

— J'ai l'impression que vous essayez de me dire quelque chose mais je ne sais pas quoi, déclara-t-il brusquement.

Genevieve haussa les sourcils d'un air surpris.

— Vous voulez du café ?

Thor ne put retenir un rire.

— J'ai bu assez de café ce matin pour rester éveillé toute la nuit.

— Un soda ? Une bière ? Autre chose ?

Il hésita un instant.

— Si je vous emmenais déjeuner, plutôt ?

Genevieve pencha la tête de côté, comme si elle réfléchissait.

— C'est moi qui vous emmène, dit-elle enfin. Je veux pouvoir choisir le restaurant.

— Entendu.

Elle le précéda à l'intérieur de la maison et poussa le verrou de la porte donnant sur le jardin. Comme elle passait devant une console de style victorien, elle s'arrêta quelques instants pour regarder son courrier.

— Rien d'urgent, murmura-t-elle. Allons-y !

Elle verrouilla la porte d'entrée et ils prirent la direction de Duval Street.

— Où allons-nous ? demanda Thor.

Elle lui jeta un regard amusé.

— Au Hard Rock Café.

— Je croyais que vous préfériez les petits établissements fréquentés par les autochtones ?

— Ce Hard Rock Café est différent des autres.

Thor ne fut pas surpris lorsqu'elle salua les jeunes gens à l'entrée du restaurant comme si elle les connaissait depuis longtemps, et il ne s'étonna pas non plus de la voir opter pour une place à l'intérieur. Les natifs du Sud préfèrent toujours les salles climatisées aux charmantes petites tables installées dehors.

Situé dans une demeure historique datant de la fin du XIXe siècle, le restaurant offrait néanmoins le décor habituel que l'on retrouve dans tous les établissements de la fameuse chaîne. Genevieve désigna à Thor une guitare signée par Jimmy Buffet, et plusieurs objets ayant appartenu à Elvis Presley et aux Beatles.

Ils commandèrent des apéritifs, et Genevieve choisit un cocktail alcoolisé, cette fois. Puis, s'appuyant contre le dossier de sa chaise, elle déclara :

— Il paraît que cet endroit est hanté.

— Existe-t-il un seul lieu dans cette ville qui ne le soit pas ? répliqua Thor.

La jeune femme haussa les épaules.

— Demandez à notre serveuse quand elle reviendra.

C'est ce qu'il fit, et la jeune fille, sans doute une étudiante, ouvrit de grands yeux.

— Oh, absolument : cet endroit est hanté ! Un homme s'est suicidé, ici. Les suicidés reviennent toujours hanter les lieux où ils sont morts.

— Ah bon ? fit Thor.

— Je vous assure. C'est M. Curry qui hante ces lieux. Son père était millionnaire, mais il a perdu tout son argent en une seule année. Ensuite, sa femme l'a quitté.

— Il y a de quoi être vexé, dit Thor.

— Il m'est arrivé d'être seule ici et d'apercevoir une ombre noire qui se balançait dans l'air. J'ai déjà vu des torchons bouger, aussi. Un soir, Brett a mis le couvert sur une table, il a tourné le dos un moment et quand il est revenu, les couverts étaient sur une autre table, enchaîna la jeune fille. Croyez-moi, je ne reste jamais seule ici, le soir.

Thor la remercia d'avoir pris le temps de leur raconter tout ça, et lorsqu'elle s'éloigna, il leva son verre.

— Vous aussi, vous croyez que cet endroit est hanté ? Vous avez vu des ombres et des choses se déplacer ? demanda-t-il à Genevieve.

Elle secoua la tête.

— Non, jamais.

— Alors ?

— Alors, ils savent bien raconter les histoires, ici. Cela dit, beaucoup de gens croient aux fantômes.

Thor tendit la main et la posa sur celle de la jeune femme.

— Il y a des ombres, la nuit. Chaque fois que la lumière change. Et les gens peuvent oublier sur quelle table ils viennent de dresser le couvert.

La jeune femme retira sa main et prit son verre.

— Evidemment.

La serveuse revint avec leurs plats, et Genevieve changea de sujet.

— Qu'est-ce qui vous a donné envie de vous consacrer à la plongée ?

— Un bouquin, quand j'étais gosse, répondit Thor. C'était l'histoire d'un ferry qui avait coulé et qu'on avait retrouvé dans la rivière St John, tout près de l'endroit où je vivais. J'étais fasciné. Je n'ai jamais eu envie de faire autre chose. Et vous ?

— Vocation familiale. Mon grand-père était un homme-grenouille, pendant la Seconde Guerre mondiale. Je pense qu'on m'a jetée dans l'Océan avant même que je sache marcher.

— C'est la destinée des *Conchs* autrement dit.

— En partie. Mais j'ai des amis qui détestent l'eau, et ça ne les empêche pas d'adorer Key West. Ils aiment les rues, l'atmosphère, les couchers de soleil. Beaucoup de gens arrivent ici un peu par hasard, et ils restent.

Elle marqua une pause et sourit.

— Vous savez, nous sommes vraiment dans la République de Conch. En 1982, il y a eu toute une histoire au sujet du nombre de réfugiés politiques cubains qui débarquaient à Miami en arrivant de Key West. La patrouille frontalière a monté un barrage sur l'autoroute US1, à Florida City, pour essayer de contrôler la situation. La circulation est devenue impossible : les gens n'arrivaient plus ni à entrer ni à sortir de l'archipel. Le maire de Key West a porté l'affaire devant les tribunaux de Miami, mais il a été débouté, alors Key West a fait sécession avec les Etats-Unis en signe de protestation, et le maire, Dennis Wardlow, s'est proclamé premier ministre. Ça n'a pas duré bien longtemps. Il s'est vite rendu à l'amiral de la base navale et il a exigé un milliard de dollars de compensation. Il avait exprimé son point de vue, et maintenant c'est excellent pour les affaires locales. On peut acheter des passeports de la République de Conch, des T-shirts et toutes sortes de babioles.

Elle sourit et Thor l'imita, heureux de la voir de meilleure humeur. L'addition arriva à ce moment-là, et Thor s'en empara immédiatement.

— Note de frais, dit-il simplement.

— D'accord, répondit la jeune femme, mais je vous emmène boire un café, ou autre chose si vous ne voulez pas de café. Et cette fois, c'est moi qui paye.

Un moment plus tard, ils entraient au Captain Tony's Saloon.

— Vous me faites faire le tour de la ville ? demanda Thor.

— C'est ici que se trouvait le fameux bar Sloppy Joe, originellement, même s'il ne s'appelait pas comme ça, à l'époque. Si mes souvenirs sont bons, Joe Russell avait refusé de payer un dollar supplémentaire de loyer par mois, dans les années trente. Tous ses clients ont pris leurs sièges et les meubles, et ils sont allés s'installer un peu plus bas, dans la rue, là où se trouve aujourd'hui le Sloppy Joe.

— Je vois.

— Que voulez-vous boire ? demanda-t-elle en l'entraînant vers un arbre qui poussait près du bar et disparaissait dans le toit.

— Une bière, répondit Thor.

Il s'installa près de l'arbre pendant qu'elle commandait leurs boissons au bar. A la table voisine, deux femmes étaient assises avec deux enfants : un garçon qui pouvait avoir six ans et une fillette d'environ cinq ans. Voyant que Thor les regardait, l'une des deux femmes rougit : elle était peut-être gênée de se trouver dans un bar avec des enfants.

— On essaie de visiter les lieux touristiques, dit-elle.

Thor lui sourit.

— Vous avez bien raison. Key West est une ville intéressante.

La jeune femme eut l'air soulagée, et son amie se tourna vers Thor.

— Je lui ai dit que ça ne posait pas de problème.

Tout en parlant, la femme le regardait fixement, comme si elle le reconnaissait. Puis elle écarquilla les yeux et se pencha vers son amie pour lui chuchoter quelque chose à l'oreille.

Thor fut surpris. Ni l'une ni l'autre ne paraissait du genre à lire des magazines de plongée. Mais après tout, qu'en savait-il ?

Genevieve revint avec leurs verres, et Thor désigna le plafond décoré de soutiens-gorge de maillots de bains.

— Vous avez le vôtre là-haut ? demanda-t-il.

— Non.

— Intéressant, fit-il.

— Nous sommes là pour l'arbre, fit-elle avec un sourire. La légende prétend qu'une femme y a été pendue.

— Allons bon ! Et vous allez me dire qu'elle hante les lieux, depuis ?

— Exactement. Comment l'avez-vous deviné ? ajouta-t-elle avec un sourire.

Au même instant, la petite fille à la table voisine se mit à crier.

— Non ! Non, maman : il y a une dame, là-bas.

— Ashley, chut ! Ce sont juste des histoires, ma chérie. Viens avec moi, s'il te plaît.

— Je vous demande pardon, dit Genevieve à Thor.

Puis elle se leva, marcha vers la table voisine et s'accroupit pour parler à la fillette.

— Tu as besoin d'aller aux toilettes, c'est ça ? dit-elle. Et tu as entendu l'histoire du fantôme de la dame, pas vrai ?

— Elle a essayé de faire du mal à un petit garçon, une fois, répondit l'enfant, les yeux écarquillés. Un monsieur nous l'a dit et il a dit que le fantôme de la dame était encore dans les toilettes.

— Réfléchis un instant, fit Genevieve. Si tu étais un fantôme, est-ce que tu aurais envie de t'installer dans les toilettes ? Tu ne crois pas qu'il y a des endroits un peu plus sympas ? Je vais te dire : j'ai vécu ici toute ma vie. Mon papa et ma maman venaient souvent avec moi dans ce bar quand j'étais petite. Je suis allée aux toilettes plus d'une fois. Ta maman va t'accompagner. Tout se passera bien, je te le promets.

La mère regarda Genevieve d'un air reconnaissant.

— Nous n'aurions pas dû les laisser écouter toutes ces histoires de fantômes, dit-elle sur un ton d'excuse.

Genevieve fit un clin d'œil à la fillette.

— OK ?

L'enfant éclata de rire brusquement.

— Les fantômes, ils veulent pas hanter les toilettes, hein ?

Genevieve se redressa.

— Merci, lui dit la maman. Vous êtes des plongeurs, tous les deux, n'est-ce pas ? C'est vous qu'on a vus à la télé ?

— A la télé ? répéta Genevieve, interloquée.

— Aux nouvelles, ce matin. Vous aviez déjà vu, sous l'eau, le corps qu'ils ont trouvé sur la plage.

Mais les plongeurs de la police n'avaient rien vu, eux. Puis la mer l'a déposé sur la plage.

— Maman ! s'exclama la fillette en la tirant par la main, visiblement pressée d'aller aux toilettes.

— Je vous demande pardon, reprit la femme en s'éloignant avec l'enfant.

Genevieve hocha la tête. Elle avait pâli affreusement.

— Allons-y, dit-elle à Thor, bien qu'elle n'ait pas touché à son verre. S'il vous plaît !

Il la rattrapa à une vingtaine de mètres du bar.

— Genevieve !

Elle s'arrêta, se retourna et le regarda fixement.

— Hé ! fit-il en posant les mains sur ses épaules. Vous saviez qu'il y avait des journalistes de la télé partout sur la plage, ce matin.

— Mais je n'ai dit à personne que j'avais vu cette femme sous l'eau ! s'exclama Genevieve d'une voix tremblante.

— Eh bien, quelqu'un d'autre l'aura fait pour vous. Où est le problème ? Après tout, c'est la vérité.

Genevieve fronça les sourcils et regarda un vieil homme qui traversait la rue avec son chien.

— On ne devrait pas rendre les choses aussi publiques, murmura-t-elle finalement.

— Une femme a été assassinée, lui rappela Thor. C'est grave. De plus, ce n'est pas le genre de choses qui arrive souvent, par ici. Il est normal qu'on en parle. De plus, vous aviez raison : il y avait vraiment une femme dans l'eau.

Genevieve le regarda de nouveau, et, cette fois, ses yeux se voilèrent.

— Vous ne comprenez pas ! s'exclama-t-elle avec amertume.

— Quoi donc ?

— J'ai vu une femme dans l'eau.

— Oui. Je sais.

— Non, vous ne savez rien. J'ai vu une femme dans l'eau. Mais ce n'était pas la même !

Thor demeura bouche bée tandis que Genevieve se dégageait et partait en courant pour se perdre dans la foule des touristes qui allaient et venaient sur Duval Street.

7

Jay était flic depuis un paquet d'années. Il avait vu toutes sortes d'horreurs : les accidents de la route étaient souvent les pires. Mais cet après-midi, il s'était vu confier le soin d'assister à l'autopsie en compagnie de Charlie Grissom, de la police du comté. Ils se trouvaient donc tous deux dans la morgue en compagnie du médecin légiste, le Dr Freeland, qui leur montrait, de manière sèche et impersonnelle, les différentes parties du corps de la victime, et leur livrait ses conclusions. Les chevilles, notamment — ou ce qu'il en restait — l'occupèrent un long moment.

Jay avait beau avoir le cœur bien accroché, il avait envie de vomir. C'était peut-être l'odeur de la morgue. Et puis le cadavre était rempli de gaz qui s'en échappaient maintenant, et aucun désinfectant sur terre n'aurait pu couvrir cette puanteur. Enfin, il y avait le visage de la jeune femme qui ressemblait à une caricature de la vie.

— Elle était encore vivante quand elle est entrée dans l'eau, déclara le Dr Freeland. Elle s'est noyée. C'est la cause de sa mort. Elle a lutté pour essayer de se libérer des cordes qui l'entravaient. Regardez, ici, on voit que la peau des chevilles a été arrachée.

Ses doigts, aussi : la peau sous les ongles... J'ai confié les bouts de corde au labo. Je suis sûr qu'ils découvriront des choses intéressantes.

Il eut une grimace.

— Nous savons tous combien la mer peut être brutale. Les poissons ont dévoré la chair et les fibres de la corde, et c'est ainsi qu'elle a fini par être libérée et par remonter à la surface.

Il regarda les deux policiers.

— Compte tenu de la marée, on peut affirmer qu'elle est entrée dans l'eau quelque part au sud-ouest de Key West. Sans doute en eaux profondes. Et cela remonte à cinq ou sept jours.

Le médecin légiste leur communiqua encore quelques informations. La victime avait eu un rapport sexuel peu de temps avant sa mort. Il ne pouvait affirmer de manière certaine s'il était consenti ou non. Probablement pas. Quoi qu'il en soit, le partenaire avait pensé à se protéger. Ils n'avaient pas retrouvé la moindre trace d'ADN.

— Voilà ce que je peux vous dire, pour le moment, conclut le Dr Freeland. J'en saurai un peu plus d'ici quelques jours. Je suis désolé, mais tout porte à croire qu'il s'agit d'un meurtre.

Assis au bar du Tiki, Jack regardait la télévision et zappait d'une chaîne à l'autre. C'était la septième fois qu'il regardait les infos. Il ne s'en lassait pas. C'est qu'il avait fière allure !

On voyait la plage, les hommes du shérif, les techniciens en train de prélever ce qu'ils pouvaient, et les badauds. Plusieurs touristes avaient été interviewés. Puis Marshall était apparu : il répondait aux questions du journaliste. Enfin, venait le tour de Jack. Au moment où il expliquait qu'une plongeuse de leur équipe avait déjà vu le corps sous l'eau, quelques jours plus tôt, la caméra allait se poser sur Genevieve. Son regard triste était fixé sur l'immensité de la mer. Le monteur avait fait du bon boulot. On entendait la voix off de Jack, expliquant que la mer peut engloutir les choses à jamais et que, par conséquent, l'intention du meurtrier de faire ainsi disparaître sa victime aurait très bien pu être couronnée de succès. Puis la caméra revenait sur Jack... Oui, il avait fière allure. Et il adorait être vu. C'était plus fort que lui. Evidemment, un meurtre était une triste affaire, mais il fallait aussi être réaliste : des gens meurent tous les jours. Ici, à Key West, cependant, les affaires aussi graves étaient rares. Alors pourquoi ne pas profiter un peu de ce bref moment de célébrité ?

Il était tellement absorbé par ce qui se passait sur l'écran qu'il ne remarqua pas Bethany lorsqu'elle s'installa sur le tabouret à côté de lui.

— Salut, Jack !

Il sursauta légèrement avant de se tourner vers elle.

— Quelle tristesse ! reprit Bethany. Si jeune, avec la vie devant elle, et elle a croisé la mauvaise personne.

Jack regarda de nouveau l'écran, et il eut un léger coup au cœur en voyant le visage de la victime.

— Vingt-cinq, trente ans, tout au plus, murmura-t-il.

Bethany frissonna et secoua la tête.

— Tu crois qu'elle a été tuée ici, à Key West ?

— Tout est possible, répondit Jack. Mais je parie que c'était plutôt au nord. Sans doute un de ces types pleins aux as qui fréquentent les boîtes de nuit de Miami… Toi, tu n'as pas besoin d'avoir peur : tu es toujours entourée d'une bande de musclés, pas vrai ?

Bethany se mit à rire.

— Oui, tu as raison. Et je vais sûrement m'accrocher à vous encore plus que d'habitude.

Jack glissa un bras autour de ses épaules.

— Tu peux t'accrocher autant que tu veux, ma jolie.

Et c'est vrai qu'elle était jolie. Comme bon nombre de lycéens, elle avait eu son époque de folie. Mais elle avait mûri jusqu'à devenir une femme exceptionnelle, et il l'aimait beaucoup.

— Alors, qu'est-ce que tu as fait toute la journée ? reprit-elle en remerciant Clint, le barman, d'un geste de la tête, lorsqu'il posa une bière devant elle.

Jack réfléchit un instant.

— Eh bien, voyons, j'ai déjeuné. Après je suis resté ici, j'ai pris une bière. Et puis j'ai dîné, et j'ai repris une bière. Et toi ?

— J'ai fait un saut chez moi… Et toi, tu vis toujours à Stock Island ?

— Oui, oui. J'aimerais bien avoir une belle maison victorienne comme celle de Genevieve, mais qui a les moyens de s'en payer une, de nos jours ?

— Qui sait ? On les aura peut-être, les moyens, si on retrouve l'épave.

— Ouais, peut-être.

Une main s'abattit lourdement sur l'épaule de Jack.

— Eh, vieux pirate, tu m'offres une bière ?

Victor avait parlé sur un ton jovial, mais il avait l'air fatigué.

— Bien sûr ! Installe-toi.

Clint apporta une troisième bière avant même qu'on la lui ait demandée.

— La première tournée est pour la maison, déclara-t-il. Vous avez tous l'air d'en avoir besoin.

— Merci, dit Victor avant d'avaler une longue gorgée.

Ils regardèrent la télé en silence et Alex arriva au moment où le portrait-robot de la victime apparaissait de nouveau sur l'écran.

— Ils vont peut-être trouver de qui il s'agit, dit-il en prenant la bière que lui tendait Clint. Quelqu'un doit être en train de la chercher, la pauvre.

— Et revoilà Jack ! commenta Victor sur un drôle de ton.

— Tu es célèbre, maintenant, hein ? fit Marshall qui venait de les rejoindre.

Il avait les bras croisés et ne semblait pas très content.

— Il m'a paru plus malin de parler aux journalistes plutôt que de les braquer en faisant des mystères, déclara Jack, sur la défensive.

— Tu n'étais pas obligé de leur dire que Genevieve avait déjà vu le cadavre sous l'eau et que nous l'avions nous-mêmes cherché sans jamais le trouver.

— Pourquoi pas ? C'est la vérité. Les plongeurs de la police ne l'ont pas vu, eux non plus ! riposta Jack. Clint, donne sa bière à Marshall, tu veux ?

Ils continuèrent de regarder la télévision, même lorsque le présentateur se mit à parler d'un accident qui bloquait la circulation à l'entrée des Keys. Ils étaient tellement absorbés qu'ils ne remarquèrent pas que Jay les avait rejoints.

— Triste journée, hein ? fit-il au bout d'un moment.

— Eh, salut, Jay ! dit Bethany. Tu as du nouveau ?

— Quelques rapports préliminaires. Le médecin légiste pense qu'elle a passé entre cinq et sept jours dans l'eau.

Bethany déglutit avec difficulté.

— Elle s'est noyée ou bien on l'a tuée avant de lester le corps et de le jeter dans l'eau ?

— Le corps a été lesté, jeté dans l'eau… et elle s'est noyée.

— Quelle horreur ! murmura Bethany.

— Est-ce qu'on a une idée de l'endroit où c'est arrivé ? demanda Victor.

— Quelque part au sud-ouest d'ici, répondit Jay.

Genevieve arriva sur ces entrefaites, et Jack la regarda se percher sur un tabouret à côté de Jay. Qu'est-ce qu'elle était belle ! Grande, sculpturale, naturelle et élégante à la fois…

— Il y a du nouveau ? demanda-t-elle au policier.

Jack n'entendit pas la réponse de Jay, car le policier se pencha pour parler discrètement à la jeune femme. Celle-ci lui répondit sur le même ton, avec un air anxieux, mais Jack n'entendit pas non plus ce qu'elle disait.

— On en parlera, reprit Jay d'une voix normale. On pourrait dîner ensemble, un soir de cette semaine. Tu n'es pas obligée de passer toutes tes soirées avec cette bande de rigolos, hein ?

Genevieve secoua la tête.

— Non.

Puis ce fut le tour de Thor Thompson de faire son

entrée. Il regarda autour de lui et parut soulagé de voir Genevieve. Jack se demanda pourquoi. Il n'avait plus aucune raison de penser qu'elle était détraquée, après la triste découverte du cadavre sur la plage.

Jack observa son patron un instant. Thor n'était pas le type le plus grand qu'il ait rencontré, ni même le plus costaud, mais il avait quelque chose : une vraie présence. C'était peut-être sa façon de marcher ou bien sa façon *d'être*, tout simplement. Quand il entrait dans une pièce, même s'il restait discret, même s'il se taisait, il était impossible de ne pas le remarquer.

— Salut ! dit-il simplement en s'installant sur un tabouret de bar.

— Clint, une bière pour notre ami du Nord ! lança Alex.

— Du Nord ? répéta Thor.

— Jacksonville ? Tu es pratiquement un Yankee.

Thor soutit, mais il paraissait préoccupé.

A la télé, le portrait-robot de la victime venait de réapparaître, et le présentateur lança son appel demandant à toute personne susceptible d'aider à l'identifier de bien vouloir contacter la police.

— La vie est bizarre, fit Alex. Je n'avais vraiment pas envie de me taper une autre leçon de Sheridan, mais je ne voulais pas non plus y échapper pour une raison pareille.

— Tu vas encore devoir te taper la leçon de Sheridan, fit Marshall. Lundi matin.

— Ce ne sera pas si terrible, dit Thor. Il a fait une espèce de maquette du bateau. Ça a l'air intéressant.

— Hé, personne n'a vu Zach et Lizzie ? demanda Marshall.

— Ils ont décidé de jouer les touristes, répondit

Victor. Le Conch train, la maison d'Hemingway, celle d'Audubon, tout le tralala. Puis ils envisageaient de faire une de ces croisières avec coucher de soleil et dîner inclus.

— Comme c'est romantique ! dit Bethany.

— Bethany, si un type t'invitait à faire une croisière comme celle-là, tu le regarderais comme s'il était tombé sur la tête, dit Victor.

— Ce n'est pas vrai ! s'exclama la jeune femme. Peu importe que j'aie passé toute ma vie ici. Une croisière au coucher du soleil, c'est toujours romantique.

— Tant mieux, parce qu'on va sûrement rester beaucoup plus longtemps sur l'eau, lundi, histoire de rattraper un peu le temps perdu, déclara Marshall. Tu auras ta croisière au coucher du soleil. Et gratuitement, en plus !

Genevieve se leva et glissa quelques mots à l'oreille de Bethany, qui hocha la tête. Puis elle fit un petit signe de la main et quitta le bar. Tous les regards parurent la suivre, et Jack essaya d'analyser l'expression sur les visages de ses compagnons. Etaient-ils anxieux ou soupçonneux ? Dans un cas comme dans l'autre, il ne voyait pas bien pourquoi.

Thor, quant à lui, n'essaya même pas de masquer ses intentions. A la seconde où la jeune femme sortit, il se leva et la suivit.

Oui, il la traquait. C'était plus fort que lui. Plus que jamais, il se sentait inquiet pour elle.

La jeune femme s'arrêta à un coin de rue et l'attendit.

— Je vais bien, lui dit-elle.

— Je me fais vraiment du souci pour vous.

— Il ne faut pas.

Genevieve voulait bien lui inspirer de l'admiration

et du respect, ça oui. Elle se réjouissait qu'il la trouve intéressante, débrouillarde et même sexy. Parce qu'elle, de son côté, l'appréciait de plus en plus… Mais elle détestait l'idée qu'il *s'inquiète* pour elle.

— Vous m'avez planté au beau milieu de la rue, lui dit-il. Ce n'est pas génial, comme manière de conclure un premier rendez-vous.

— Il ne s'agissait pas d'un rendez-vous.

— Ce n'est pas génial, comme manière de conclure un premier déjeuner entre amis.

Elle rougit.

— Je suis désolée. C'est juste que… la journée était un peu difficile.

Elle se remit à marcher. Elle ne savait pas vraiment où elle allait mais elle éprouvait le besoin de bouger. Thor l'accompagna, tout naturellement.

— Que vouliez-vous dire, tout à l'heure ? demanda-t-il, après quelques instants de silence. Quand vous avez déclaré que la femme sur la plage n'était pas celle que vous aviez vue sous l'eau ?

Genevieve secoua la tête.

— J'ai dû me tromper.

— C'est probable, dit-il gentiment.

— Je vous prie de ne pas me parler comme si j'étais mûre pour l'asile psychiatrique.

Thor eut un demi-sourire.

— Ce n'est pas ce que je pensais, dit-il. Quand on est sous l'eau, il est facile d'être pris par surprise. Notre vision est déformée. Sans compter que la pauvre femme n'était pas vraiment en bon état. Vous avez peut-être vu des algues ou des poissons en train de bouger autour d'elle : c'est suffisant pour déformer un souvenir.

— Sans doute.

— Mais vous ne le croyez pas.

— Je dis simplement que vous pourriez avoir raison.

— Evidemment, il se peut aussi que vous ayez vu une autre femme, et, dans ce cas, c'est beaucoup plus effrayant.

Genevieve lui jeta un regard oblique.

— Que voulez-vous dire ?

— Que le meurtrier a peut-être plus d'une victime sur la conscience.

Genevieve sentit un frisson monter le long de sa colonne vertébrale.

— Désolé, murmura Thor.

— Non, non. Vous avez raison.

— Bon, pour le moment, personne n'a l'air de paniquer. C'est triste, mais les gens ne se sentent pas personnellement impliqués. Et j'espère que ça va durer. Il me semble, cependant, que les femmes ont intérêt à être prudentes.

Il se tut un instant.

— Euh, on va où ? reprit-il finalement.

Genevieve s'arrêta et se mit à rire.

— Franchement, je n'en sais rien. J'avais juste besoin de changer d'air.

— Drôle de journée, hein ? Vous passez votre temps à entrer dans des bars et à en ressortir aussi vite. A croire que vous ne supportez pas votre propre compagnie, mais vous n'êtes pas plus sûre de supporter celle des autres.

— Vous avez raison, admit Genevieve. Je ne sais pas ce que je veux.

Elle hésita, avant de reprendre :

— Ce dont je suis sûre, en revanche, c'est que Victor ou Alex m'a joué un sale tour. Vous étiez là quand j'ai parlé du mannequin que j'avais trouvé sur le pas de ma porte, ce matin. Je l'ai jeté à l'eau. Il a disparu, et le vrai cadavre a atterri sur la plage.

— Essayez de ne pas trop y penser. Victor nie toute implication mais après ce qui s'est passé, ce n'est pas vraiment étonnant. Je pense qu'il faudrait cesser de vous mettre martel en tête au sujet de tout ce qui se passe depuis quelques jours. Il existe forcément des explications. Il suffit d'attendre, et on finira par comprendre.

— Hé ! fit une voix derrière eux.

Ils se tournèrent et virent Bethany qui arrivait à grands pas, suivie par le reste de la bande.

— On va manger quelque chose. Vous venez avec nous ?

— On vient juste de déjeuner, dit Genevieve.

Thor consulta sa montre.

— En fait, on a déjeuné il y a six heures.

— Vous étiez ensemble ? s'exclama Bethany.

Genevieve se sentit pâlir.

— Je l'ai croisé en train de déambuler dans les rues de Key West, répondit-elle. Il vient du Nord. Il aurait pu se perdre.

— Italien, ça vous dit ? lança Marshall en arrivant à leur hauteur. Il y a un restau qui vient d'ouvrir : le propriétaire est le fils d'un de mes premiers instructeurs de plongée. Je me sens l'obligation morale de le soutenir. Surtout que la bouffe est excellente, paraît-il.

— Genevieve, ça te dit ? demanda Victor.

— Bien sûr, répondit Bethany à la place de son amie en glissant un bras sous le sien.

Puis, comme Thor se mettait à discuter avec Marshall, Bethany demanda à voix basse :

— Ça tient toujours, pour demain ?

— Tu veux parler du rendez-vous avez Audrey ? fit Genevieve.

— Oui.

— Evidemment ! Pourquoi veux-tu que je change d'avis ?

— Je ne sais pas. Tu aurais pu faire d'autres plans… Tu es partie tellement brusquement, aujourd'hui. J'étais inquiète. Et puis, après ce qui s'est passé ce matin, je me demandais si tu avais toujours besoin de la voir. Après tout, tu disais vrai : il y avait bien une femme sous l'eau.

Genevieve hésita. Les autres étaient trop près. Elle ne voulait pas qu'ils l'entendent.

— Nous allons voir Audrey parce que c'est une vieille copine, dit-elle simplement.

Ils entrèrent dans le restaurant et Victor s'assit à côté de Genevieve, tandis que Jack s'installait à l'autre bout de la table. Ils étaient tous casés lorsque le portable de Thor sonna. C'était Lizzie et Zach. Thor les invita à les rejoindre. Ils ne devaient pas être bien loin car ils arrivèrent presque immédiatement. Ils avaient décidé de remettre le dîner croisière à une autre fois.

Ils prirent place autour de la grande table et Jay leur communiqua les dernières informations au sujet de la victime. Puis Marshall annonça à la cantonade que l'heure était venue de dîner, et aussi de parler de choses plus gaies.

Le propriétaire était un jeune homme qui s'appelait Bill Breton. Il les remercia d'être venus en si grand nombre et leur proposa des hors-d'œuvre, puis un grand repas familial, ce qui fut accepté avec enthousiasme. Alex, qui se prétendait connaisseur, choisit un bordeaux. Puis Lizzie et Zach racontèrent leur journée.

— Nous avons vu cette poupée, dit la jeune femme. Quel horrible jouet ! Je me demande quel parent pourrait avoir envie d'acheter une chose pareille à ses enfants.

Genevieve regarda Victor avec insistance. Il lui rendit son regard et parut blessé, en colère, et même un peu effrayé.

— Ce n'est pas moi, dit-il.

Comme pour briser la tension, les entrées arrivèrent. Genevieve se dit qu'ils avaient l'air d'un grand groupe d'amis. Et pourquoi pas ? Elle travaillait avec la palanquée de Marshall depuis des années, et Jack avait toujours fait partie de leur vie. Elle était contente que Jay se soit joint à eux, ce soir. Quant à Lizzie et Zach, elle les trouvait vraiment sympas, et elle se surprenait même à changer d'avis au sujet de Thor Thompson. En fait, elle commençait à le trouver terriblement attirant.

Il n'y avait qu'un seul hic... Victor.

Durant tout le repas, elle sentit sa présence presque étouffante. Victor était son plus vieil ami, avec Bethany. Mais, ce soir, tout était différent. Ils ne parlaient plus du mannequin, et pourtant il était là, entre eux. Quelqu'un l'avait déposé sur le pas de sa porte, et si ce n'était pas Victor...

— Alex ! souffla-t-il à son oreille.

— Quoi ?

— C'est peut-être Alex. On en avait parlé ensemble. Jack était là, aussi.

— Victor, laisse tomber. Ça n'a plus aucune importance. Quelqu'un m'a fait une farce et tout est fini, maintenant. Le mannequin a disparu, alors peu importe.

Victor poussa un soupir.

— Ça n'a plus d'importance si vraiment tu me crois, dit-il.

— Je te crois.

— Tu es sûre ?

— Victor, s'il te plaît ! Je te dis que je m'en fous.

— Mais je ne veux pas que tu t'en foutes. Tu ne comprends donc pas ?

Genevieve glissa un bras autour des épaules de son ami et le serra rapidement contre elle.

— Tu es comme mon frère. C'est ça qui est important. OK ?

Mais il ne sembla pas se détendre pour autant. En face d'eux, Marshall et Thor discutaient du meilleur endroit où jeter l'ancre, la prochaine fois. Jay et Bethany se livraient à un petit tête-à-tête, et, au bout de la grande tablée, Lizzie parlait avec enthousiasme de l'architecture de Key West.

— Tu devrais voir la maison de Genevieve, dit Jack.

— C'est un bâtiment ancien ? demanda Lizzie.

— Oui, répondit Genevieve.

Elle posa un coude sur la table et croisa le regard de Marshall.

— Je devrais peut-être organiser un barbecue chez moi, dimanche.

Marshall sourit.

— Tu me demandes ma bénédiction ?

— Ton opinion suffirait, répondit la jeune femme.

— Alors, je dis : super.

— Super ! renchérit Lizzie.

Puis la suite du repas arriva et on passa les plats : des lasagnes, des spaghettis avec une sauce aux crevettes et au pistou, et des ziti sauce marinara.

A un moment, Genevieve crut sentir le regard d'Alex peser sur elle. Etait-ce lui qui avait déposé ce mannequin sur le pas de sa porte ?

Ce soir-là, elle décida de rentrer chez elle. Elle ne voulait pas dormir dans son bungalow. Peut-être qu'ainsi elle échapperait à ses cauchemars. Elle avait besoin d'une vraie nuit de sommeil, sans fantôme.

Il était tard lorsqu'ils quittèrent le restaurant. Ils se tournèrent en direction de la plage, mais Genevieve s'arrêta.

— Je vous verrai sans doute demain, dit-elle. Et n'oubliez pas le barbecue chez moi, dimanche !

Thor la regarda, les sourcils froncés.

— Tu rentres chez toi ? fit Victor d'un air inquiet.

— Oui, répondit la jeune femme.

— Est-ce que ça va ? demanda Marshall, vaguement soucieux, lui aussi, même s'il ne savait pas trop pourquoi.

— Bien sûr ! dit la jeune femme. Ma maison n'est pas bien loin.

— On va t'accompagner, proposa Alex.

— C'est une très bonne idée, déclara Jay.

— Allons, il y a encore plein de touristes dans les rues ! s'exclama Genevieve en riant. Je n'ai pas besoin d'escorte. Rentrez tous. A demain !

Mais Thor marcha vers elle.

— C'est bon, je l'accompagne, dit-il aux autres. Ce serait ridicule d'y aller tous.

— Comme si on avait peur du ridicule, marmonna Victor.

— Seigneur, je ne pensais pas créer tant d'histoires, reprit Genevieve. J'ai passé toute ma vie dans cette ville et j'habite à peine à quelques pâtés de maisons. Tout va bien.

— Il n'y a pas de mal à ce que Thor te raccompagne chez toi, intervint Jay. Sinon, je peux le faire...

Genevieve secoua la tête.

— Salut tout le monde ! lança-t-elle en s'éloignant. Bonne nuit !

Et elle partit dans la direction opposée.

— J'y vais, dit Thor.

Il ne lui fallut pas plus de deux secondes pour rattraper la jeune femme. Celle-ci lui coula un regard oblique.

— Je peux me débrouiller, vraiment, murmura-t-elle.

— Je sais. Je vais juste marcher avec vous et vous laisser devant votre porte. Un tueur se balade peut-être dans ces rues, à l'heure qu'il est. On n'est jamais trop prudent.

Genevieve secoua la tête, songeant qu'elle devrait peut-être se préoccuper davantage du véritable danger, en effet. Mais elle n'y arrivait pas. Ce qu'elle voulait, c'était ne plus voir de fantômes.

— C'est triste, dit-elle, mais on va probablement découvrir que cette jeune femme était une prostituée ou bien une droguée. Mon mode de vie est trop différent du sien pour que je risque quoi que ce soit.

— On ne sait rien, pour l'instant. Continuons d'avancer, dit Thor. Nous serons chez vous en un rien de temps.

Et en effet, quelques minutes plus tard, ils s'arrêtaient devant la porte de la jeune femme. Elle fit tourner la clé dans la serrure et leva les yeux vers son compagnon. Il était tout près d'elle. Grand, puissant. Genevieve avait presque l'impression qu'ils se touchaient. Elle respira son odeur, un mélange plaisant d'eau de Cologne, d'eau salée et de peau bronzée. Elle sentait son cœur battre trop fort… Il allait la toucher. Et s'il la touchait…

— Verrouillez votre porte de l'intérieur, dit-il brusquement sur un ton sévère en reculant d'un pas. Allez-y. Entrez.

Genevieve hocha la tête.

— Merci.

Et voilà. Il était parti. Il n'était plus là, et elle était stupéfaite d'éprouver une telle déception. Elle cligna des yeux à plusieurs reprises, comme pour chasser ces pensées, songeant fugitivement qu'il était bien plus facile de le détester.

Puis, serrant les dents, elle alla chercher un de ses couteaux de plongée. Ainsi armée, elle fit le tour de chaque pièce, ouvrant chaque porte, inspectant l'intérieur de chaque placard. Lorsqu'elle fut certaine d'être seule, elle poussa un soupir, consternée à l'idée qu'elle avait peur dans sa propre maison. Ce n'était jamais arrivé jusque-là. Après le décès de ses parents, elle avait souvent souhaité voir des fantômes — afin de les revoir, eux, afin qu'ils lui soufflent à l'oreille qu'ils allaient bien, qu'ils étaient ensemble et veillaient sur elle. Mais cela n'était jamais arrivé.

Au bout d'un moment, elle se sentit plus à l'aise. Elle était chez elle. Tout était vrai, familier. Aucun fantôme ne viendrait s'aventurer ici, elle en était sûre.

Elle ouvrit son courrier, paya quelques factures,

puis étudia des photocopies qu'elle avait faites de documents concernant la *Marie Joséphine*. Plus que tout, Gasparilla, le pirate, la fascinait avec son goût pour la cruauté.

Etait-il tombé amoureux ? La belle jeune fille l'avait-elle rejeté ? L'avait-il tuée et jetée à l'eau, après avoir lesté son corps, comme on l'avait fait à la victime retrouvée sur la plage, ce matin ? Mais, le cas échéant, quel serait le lien entre le passé et le présent ?

« C'est juste une coïncidence, se dit Genevieve en secouant la tête. Ou de la folie pure. »

Elle repoussa les papiers, s'éloigna, puis revint et les fourra au fond d'un tiroir qu'elle referma d'un geste sec.

Elle se prépara une tisane, la but dans le living-room, évitant sciemment d'allumer la télé — elle n'avait pas envie d'entendre parler du meurtre —, et finit par monter dans sa chambre.

Au moment de se coucher, elle hésita entre plusieurs vieux T-shirts en coton — pas vraiment la tenue idéale d'une femme fatale. Mais c'était ce qu'elle portait toujours. Et puis elle dormait seule.

Une fois allongée dans son lit, elle ne put se résoudre à éteindre les lumières et elle éprouva le besoin d'entendre un bruit de fond. Elle finit par allumer la télévision, veillant à choisir une chaîne qui ne passait pas d'informations.

Elle était épuisée, mais l'idée de dormir la terrifiait. Malgré tout, elle finit par s'assoupir.

Et les pirates revinrent. Des lambeaux de vêtements dégoulinaient de leurs bras squelettiques. Ils brandissaient leurs armes blanches et dévoilaient leurs dents pourries.

Ils l'encerclèrent…

Puis la femme apparut, avec ses longs cheveux blonds, sa longue robe blanche, son sourire triste et son chuchotement :

Attention…

Genevieve se réveilla dans un cri, haletant, le cœur cognant dans sa poitrine.

La chambre était vide. Les lumières étaient toujours allumées. La télé passait un vieux feuilleton en noir et blanc.

Tremblant violemment, la jeune femme se força à respirer calmement. Puis elle se leva.

Et alors, elle vit l'eau, tout autour du lit.

8

Thor n'alla pas se coucher directement. En arrivant sur la plage, il trouva Jay Gonzales et leur groupe en train de boire un dernier verre au bar du Tiki. Il les rejoignit et s'installa près du policier, curieux de discuter un peu avec lui.

— Alors, quelle est votre opinion ? lui demanda-t-il.

Jay, qui sirotait une bière, croisa son regard. Il savait bien de quoi Thor voulait parler.

— Ce que je pense ? murmura-t-il. Je pense qu'un maniaque se balade dans les environs. Evidemment, il y a toujours un maniaque quelque part, mais celui-ci est un peu trop près de mon secteur.

— Vous pensez qu'il est d'ici ?

— Non. Mais je ne suis pas sûr d'être très objectif. Je ne *veux* pas qu'il soit d'ici. Cela dit, notre coin attire énormément de monde.

Il marqua une pause, puis ajouta :

— Une chose est sûre : elle a été tuée par ici puisque le corps est venu s'échouer sur cette plage. Ça s'est passé quelque part au large des Keys, tout près de Key West. Mais elle a été jetée à l'eau depuis un bateau, et ce bateau a pu venir de n'importe où.

— Son corps était lesté. Ça doit vous fournir des indices, non ?

— On a des morceaux de corde, mais je parie qu'on peut trouver ces cordes dans n'importe quelle quincaillerie. Et on ignore quel genre de poids a été utilisé pour la maintenir au fond de l'eau.

Jay regarda Thor d'un air grave.

— J'enverrai des plongeurs de la police, demain, à l'endroit où Genevieve a vu le corps, la première fois. Si nous pouvons trouver ce que le meurtrier a utilisé pour le maintenir au fond, ça nous donnera un indice supplémentaire. Et, bien sûr, nous espérons identifier la victime assez rapidement.

Genevieve était convaincue que le cadavre retrouvé n'était pas celui qu'elle avait vu sous l'eau, mais Thor ne le révéla pas à Jay.

— On ouvrira l'œil, nous aussi, dit-il simplement.

Il hésita une fraction de seconde avant de demander :

— Pourrais-je voir le corps une nouvelle fois ? Peut-être même parler au médecin légiste ?

Jay eut l'air surpris. Il considéra Thor quelques instants et fit la grimace.

— Je peux peut-être arranger ça, répondit-il. En votre qualité de chef d'expédition, ce que vous découvrez sous l'eau pourrait s'avérer aussi important pour nous que pour votre projet. Je vous donnerai une réponse demain.

Ils échangèrent leurs cartes de visite. Au même instant, Bethany prit congé de leur petite assemblée, bientôt suivie par Victor et Alex, puis Lizzie et Zach. Marshall se leva finalement, étouffa un bâillement, et leur souhaita une bonne nuit. Il ne restait plus que

Jack, Jay et Thor. Le premier grommela quelques instants dans sa barbe au sujet de son île qui venait d'être salie, ternie par un meurtre, puis lui aussi se leva et s'en alla en secouant la tête.

Le bar était vide — même Clint était parti se coucher — lorsque Jay et Thor se séparèrent.

Thor avait à peine eu le temps de se doucher lorsqu'on frappa à la porte de son bungalow. Il était 2 heures du matin.

Une serviette drapée autour de la taille, il s'approcha de l'entrée.

— Thor ?

Il fut stupéfait d'entendre la voix de Genevieve, de l'autre côté du battant.

Il ouvrit aussitôt et elle entra comme une furie, sans même remarquer sa tenue.

Elle-même était vêtue bizarrement. Ses cheveux étaient tout ébouriffés, comme si elle venait de tomber du lit, et elle portait un long T-shirt, des sandales à talons hauts, un sac à main.

— Euh… oui ? fit-il.

Elle alla s'asseoir sur le futon et regarda fixement Thor.

— Je n'arrivais pas à dormir, dit-elle finalement. J'espérais que vous seriez encore debout.

— Quelque chose vous a fait peur ?

— Non, non, répondit-elle avec un mince sourire.

— Je vois. Vous avez quitté votre maison — où vous étiez bien à l'abri — et vous avez traversé la ville — où la victime d'un meurtre a été retrouvée ce matin — parce que vous aviez envie de papoter au beau milieu de la nuit.

Genevieve ne se démonta pas et continua de le regarder droit dans les yeux.

— Oui.

— Bon. Je suis flatté.

Elle avait peur, il le voyait bien.

— Est-ce qu'il s'est passé quelque chose ? reprit-il.

La jeune femme secoua la tête lentement, comme si elle hésitait.

— Non, répondit-elle finalement.

Thor s'assit à son tour sur le futon.

— Alors, vous ne pouviez plus supporter d'être aussi loin de moi, c'est ça ?

Elle plissa les yeux, et un sourire se dessina sur ses lèvres.

— Vous n'êtes pas si mal quand vous renoncez à votre rôle de méchant, murmura-t-elle.

— Merci, dit Thor avec un petit hochement de tête.

— De rien.

— Vous n'êtes pas si mal, vous non plus.

— Quand je ne suis pas complètement cinglée, hein ?

Il sourit.

— Vous êtes bien mieux que ça, en fait, mais je suis sûr que vous le savez. Vous paraissez sortir tout droit d'un rêve érotique d'adolescent. Votre sourire a le pouvoir d'illuminer une pièce ; vous êtes intelligente, curieuse et… une excellente plongeuse.

Elle écarquilla les yeux, visiblement stupéfaite de recevoir tous ces compliments.

— Quoi ? reprit Thor. Vous devez bien vous douter

que je vous trouve attirante. Je ne parierais pas mon bateau contre une nuit avec n'importe quelle femme, vous savez ?

Genevieve rougit et détourna les yeux.

— Comme si vous aviez du mal à trouver des femmes, murmura-t-elle. Comment vous appelle-t-on, déjà, dans les magazines ? « Le dieu de bronze », « Le Viking aventurier », « L'Indiana Jones des mers ».

— Je ne crois pas un mot de ce qu'écrivent les journalistes, affirma-t-il.

Elle sourit.

— Mais vous n'êtes pas venue ici pour coucher avec moi, reprit-il doucement. Vous seriez peut-être prête à le faire, cela dit, mais je ne veux pas que votre décision soit motivée par la peur de dormir seule.

Genevieve rougit de plus belle.

— Et le pari ? murmura-t-elle.

— Je reconnais que ma victoire est discutable, et ce n'est pas facile à admettre, croyez-moi. Je n'ai aucun talent pour accepter la défaite.

— Et si je vous disais que je vous trouve attirant, moi aussi ?

Thor se dit qu'il était soit fou, soit bête. Elle était là, à quelques centimètres de lui, juste vêtue d'un T-shirt. Sa chaleur, son odeur paraissaient l'inviter. Et, malgré cela, il ne voulait pas d'elle. Du moins, pas de cette façon.

Il se maudit intérieurement, sentant le sang bouillonner en lui. Que lui arrivait-il ? C'était bien la première fois de sa vie qu'il s'inventait des principes aussi rigoureux. Si une femme qu'il désirait le désirait aussi, cela suffisait largement, en général.

— Vous pouvez dormir ici sans être forcée de coucher avec moi, dit-il en se levant.

Elle leva les yeux vers lui, et eut un petit sourire triste, presque poignant.

— Je croyais que vous me trouviez attirante ? dit-elle dans un chuchotement.

— Pour moi, le sexe est juste la rencontre de deux désirs, déclara-t-il.

— Et vous ne me désirez pas ? demanda-t-elle sur ce ton légèrement voilé.

— J'essaie de me montrer galant et chevaleresque, et ce n'est pas vraiment facile en ce moment, avoua-t-il.

A sa grande stupéfaction, Genevieve se leva et ôta son T-shirt en le passant par-dessus sa tête. Elle portait juste un string en dessous. Ses longs cheveux auburn cascadèrent sur ses épaules nues et autour de ses seins. Elle était élancée, avec une chute de reins à se damner, et des marques de bronzage qui parurent à Thor le comble de la provocation.

— Une femme n'accepte pas un pari tel que celui que nous avons fait si elle n'est pas prête à le perdre, déclara-t-elle avec un sourire qui acheva de mettre le feu au corps et à l'âme de Thor.

Puis elle se rendit dans la chambre.

Thor était tellement stupéfait qu'il lui fallut un moment avant de réagir. Enfin, il bondit sur ses pieds et la suivit.

La lampe de chevet brillait doucement et ils se tinrent quelques instants l'un en face de l'autre, de chaque côté du lit. Genevieve se débarrassa de ses sandales et marcha vers Thor. Puis elle pressa son corps contre le sien, enroulant les bras autour de son cou, enfonçant les doigts dans ses cheveux.

La serviette tomba. Il ne fit aucun geste pour la récupérer.

Genevieve n'eut qu'à se soulever légèrement sur la pointe des pieds pour trouver ses lèvres. Il l'embrassa profondément, éprouvant instantanément une explosion de sensations. Elle était douce, si douce. Elle était comme il l'avait rêvée tout en s'obstinant à le nier : merveilleusement vivante, passionnée. Les formes de son corps représentaient à elles seules un péché.

Il l'embrassa encore, se sentant mourir un peu, ses mains voyageant sur la peau de la jeune femme. Soudain, il la sentit trembler et il s'arracha à leur baiser.

— Tu n'as pas peur ? demanda-t-il doucement.

— De toi ? chuchota-t-elle. Oh, que si !

— Et de la nuit ?

— De la nuit aussi, admit-elle.

Il voulait savoir pourquoi. Quel démon la poursuivait ? Mais le désir l'emporta sur la raison et la curiosité. Tant pis. A cet instant, plus rien d'autre n'avait d'importance.

Il reprit possession de ses lèvres et sentit les doigts de Genevieve descendre le long de son dos, s'attarder sur ses fesses. Il la serra contre lui, puis l'entraîna vers le lit et s'allongea sur elle.

Elle avait le souffle court, le regard brillant, et son sourire exprimait l'invitation la plus érotique qu'il ait jamais reçue. Elle leva les bras et toucha son torse, avant de descendre vers son ventre, d'enrouler les doigts autour de son sexe en érection.

Thor poussa un grognement rauque. Il s'empara de ses lèvres et laissa ses mains courir sur elle, la caressant avec fascination, du bout des doigts, puis du bout de la langue. Sa main se referma sur un sein et, l'instant d'après, sa bouche s'emparait de sa pointe. Puis il continua de descendre, s'attardant sur le ventre plat, sur la courbe du mont de Vénus et la dentelle délicate du string. Il écarta doucement l'écran ajouré, glissant sa langue, explorant la chair brûlante et palpitante.

Genevieve se cambra sous lui et il ôta le string avant de reprendre son exploration. De la langue et des doigts, il la caressa, la dévora, jusqu'à ce qu'il sente un long frisson courir le long du corps de la jeune femme et le tendre comme un arc. Elle poussa un cri et se souleva pour aller à sa rencontre, cherchant ses lèvres. Thor enroula les cuisses de Genevieve autour de ses reins et la pénétra avec force. Aussitôt, il sentit leurs pouls s'emballer. Il lutta un moment pour ne pas exploser, allant et venant en elle, sentant l'agonie délicieuse monter en lui. Puis, comme elle se raidissait et tremblait violemment dans ses bras, il s'abandonna à son tour à la jouissance.

Même là, il ne put se résoudre à la lâcher. Encore toute frémissante, elle se blottit contre lui et il l'enveloppa de ses bras, incapable de rompre le contact. Peu à peu, les battements de leurs cœurs reprirent un rythme normal, et Thor enfouit son visage dans la masse de cheveux auburn étalée sur l'oreiller.

Au bout d'un long moment, il se redressa et la regarda. Elle avait les yeux grands ouverts.

— C'était…

— Pas mal, dit-elle avec un petit sourire.

— Pas mal ?

— Un peu comme faire l'amour pour de vrai avec un dieu nordique.

— Voilà qui est mieux.

Elle baissa les yeux.

— Cela dit, tu as raison : il ne faut jamais placer un homme sur un piédestal, reprit Thor.

— Tu ne veux pas être sur un piédestal ? demanda-t-elle d'un air taquin.

Il secoua la tête.

— Je ne voudrais pas tomber.

Puis il reprit son sérieux.

— Pourquoi as-tu peur de moi ?

— En vérité, c'est plutôt de moi-même que j'ai peur, avoua Genevieve.

Puis elle le regarda et, d'une voix presque timide, elle demanda :

— Est-ce que je peux rester ?

— Tu veux rire ?

— Je...

— Si tu fais seulement mine de vouloir partir, je ferai appel à toute la violence dont étaient capables mes ancêtres : je t'assommerai à coups de massue et je m'accrocherai à toi de toutes mes forces, déclara-t-il sur un ton solennel.

L'expression de gratitude qui brilla dans les yeux de Genevieve le toucha jusqu'au fond de l'âme.

— Merci, dit-elle en se blottissant contre lui.

Il prit appui sur son coude, heureux simplement de laisser glisser ses doigts le long du dos de la jeune femme.

— Tu ne veux pas m'expliquer, alors ? reprit-il au bout de quelques instants.

— Quoi donc ?

— Pourquoi tu as peur de toi-même ?

Aussitôt, il la sentit se raidir.

— Ce n'est rien, dit-elle.

Thor aurait voulu insister mais il n'en fit rien. Pour le moment, en tout cas, il tenait surtout à ce qu'elle se sente à l'aise. Il posa sa tête près de celle de la jeune femme, continuant de caresser la ligne de son dos, et, au bout d'un moment, il s'aperçut qu'elle dormait. Il s'en réjouit. Au moins, elle se sentait assez sereine pour trouver le repos à côté de lui.

Plus tard dans la nuit, il se réveilla lorsqu'elle bougea. La main de la jeune femme effleura son ventre et ils s'unirent lentement, émergeant ensemble du sommeil, parvenant ensemble au pinacle, avant que la jeune femme ne s'assoupisse de nouveau.

Thor la regarda dormir contre lui. Elle était incroyable. Brûlante. Electrique. Et il était fou de se laisser porter ainsi, sans chercher à résister. Tout de même, elle…

Elle voyait des fantômes !

Et il se sentait irrésistiblement entraîné dans son monde.

Genevieve n'éprouva pas le moindre regret quand elle se réveilla, le lendemain matin. Bien au contraire.

Elle n'avait pas pour habitude de s'engager à la légère avec un homme. Mais cette fois, c'était différent. Déjà, en acceptant ce pari ridicule, elle avait fait une entorse à ses principes. Elle ne se l'était pas vraiment avoué mais elle avait toujours su pourquoi : même odieux, prétentieux ou arrogant, Thor avait quelque chose de fascinant. Elle s'avisait maintenant qu'elle l'admirait depuis le début.

Il avait été bon et généreux avec elle, la veille.

Bon ? Mais elle ne voulait pas de sa bonté.

Il n'y avait pas que cela, cependant. L'alchimie entre eux était explosive. Bien sûr, ça ne voulait pas dire qu'il avait changé d'avis et la jugeait censée, raisonnable et mentalement saine… Elle s'était quand même déshabillée devant lui avant de se jeter à son cou. Peu d'hommes auraient refusé une telle proposition.

Ainsi, ils ne s'étaient pas juré un amour éternel. Mais il ne s'agissait pas pour autant d'une simple partie de jambes en l'air. Elle en était profondément convaincue.

Et puis, aucun fantôme n'était venu hanter ses rêves, cette nuit. Elle s'était sentie totalement protégée, même au plus profond de son sommeil…

Il se leva et elle entendit l'eau couler dans la salle de bains. Un moment plus tard, il ressortait avec — comme la veille — une serviette nouée autour des reins. Genevieve le suivit du regard en songeant que, décidément, cette tenue lui allait à merveille. Il se rendit dans la petite kitchenette pour préparer du café, et elle se leva à son tour pour aller prendre une douche. Lorsqu'elle le rejoignit, le corps également enveloppé d'une serviette, il lui tendit un mug de café fumant.

— Bonjour, dit-il. Des regrets ?

Elle secoua la tête.

— Pas le moindre. C'est moi qui ai décidé de venir ici, ne l'oublie pas.

— Oh, je ne l'oublie pas du tout ! Ce que j'ignore encore c'est : pourquoi ?

Genevieve fut tentée de lui demander si c'était important, mais elle s'en abstint.

— Excellent, ce café, dit-elle en levant sa tasse.

— Difficile de se tromper avec des doses préparées à l'avance… Je pensais que tu t'éclipserais au petit jour.

Elle sourit.

— Tu te trompais.

— Tu veux sortir discrètement ? Qu'on fasse comme s'il ne s'était rien passé ?

— Non. Sauf, bien sûr, si tu préfères cette solution.

Thor lui offrit un large sourire. Elle n'était pas sûre de savoir ce qu'il signifiait.

— J'ai rendez-vous pour déjeuner, reprit-elle. Avec Bethany. On va voir une vieille copine.

— Ah oui ! La voyante.

Genevieve fit un effort pour s'exprimer avec indifférence.

— Ne le dis à personne, surtout, mais Audrey est la première à admettre qu'elle ne voit strictement rien. C'est un travail pour elle : une manière de gagner de l'argent, et, apparemment, elle ne s'en tire pas trop mal. Il faut dire que Key West est l'endroit rêvé pour ce genre de business.

Thor hocha simplement la tête, et Genevieve continua :

— J'ai un petit problème, quand même. Je ne suis pas vraiment habillée pour sortir. Je suis venue jusqu'ici en T-shirt et en sandales à talons.

— Laisse les sandales, suggéra Thor. Le T-shirt est long : on pensera que tu l'as mis pour couvrir ton maillot de bain. Sinon, passe-moi la clé de ton bungalow et j'irai te chercher des vêtements. Mais tu pourrais commencer par m'expliquer pourquoi tu as décidé de te balader à travers les rues de Key West en T-shirt et en sandales à talons, à 2 heures du matin ?

La jeune femme but une autre gorgée de café. Dans la lumière du jour, Thor paraissait encore plus grand, plus solide, et si c'était possible, plus fascinant. Il était parfait. Il avait les mêmes goûts qu'elle. Il paraissait avoir des principes. Elle avait terriblement envie de refaire l'amour avec lui, bien sûr — mais pas seulement. Elle voulait aussi qu'ils prennent le petit déjeuner ensemble ; elle voulait se promener sur la plage avec lui, regarder des films à la télévision, serrée contre lui, passer des jours et des nuits avec lui…

— Si tu allais me chercher des vêtements, ce serait vraiment bien, dit-elle finalement, ignorant le dernier commentaire de Thor.

— D'accord.

Mais il continua de la regarder. Puis il sourit et elle sut immédiatement ce qu'il pensait. Une vague de désir la traversa tout entière et, l'instant d'après, elle était dans ses bras. Les serviettes tombèrent avant même qu'ils atteignent le lit. Chaque geste de Thor, chaque chuchotement était chargé d'érotisme, et Genevieve ne savait pas si c'était parce qu'il était un amant incroyable ou parce que c'était lui, tout simplement. Son souffle contre sa peau, ses doigts qui l'effleuraient suffisaient à faire naître son désir. Et le plaisir de le toucher, de caresser chacun de ses muscles, de sentir pulser le sang en lui achevait d'exacerber le besoin urgent qu'elle avait de le sentir en elle. Finalement, le feu dévorant les consuma jusqu'à l'explosion ultime. Puis les bras de Thor se refermèrent sur elle, lui donnant l'impression qu'elle était la femme la plus merveilleuse du monde, la plus chérie.

Il y eut un moment de calme après la tempête. Puis un soupir de regret.

— Où en étions-nous, déjà ? murmura-t-il. Ah oui ! Le café.

Il se leva. Quelques secondes plus tard, Genevieve

entendit de nouveau la douche. Elle fut tentée de se lever pour le rejoindre. Mais elle avait des choses à faire, aujourd'hui. Des choses importantes.

Quand il sortit de la salle de bains, elle fut surprise de le voir habillé, comme s'il avait, lui aussi, un rendez-vous : pantalon noir, chemise blanche à manches courtes. Mais il n'avait pas insisté quand elle avait esquivé ses questions, et elle ne se sentit pas le droit d'en poser, de son côté.

— Passe-moi ta clé et dis-moi quels vêtements tu veux.

Une dizaine de minutes plus tard, il revint et Genevieve s'habilla rapidement.

— Tout le monde va savoir que nous avons une liaison, dit-il. J'ai croisé Jack et Alex en sortant de ton bungalow.

Il lui sourit.

— Nous allons alimenter les conversations.

Genevieve haussa les épaules.

— Ça ne me dérange pas. Et toi ?

Il la considéra un instant d'un air grave.

— Je fais rarement des choses qu'il me faudra ensuite cacher, dit-il. A moins qu'on ne me demande de me taire.

Puis il lui sourit de nouveau.

— Alors, on a une liaison ?

Genevieve sentit son cœur battre plus vite, et un agréable courant chaud lui parcourut le corps.

— Je détesterais me dire qu'on ne refera jamais l'amour ensemble, répondit-elle doucement.

— Alors, on se voit plus tard.

Elle sourit et s'éloigna en direction du bungalow de Bethany. Au bout de quelques pas, elle se retourna.

— Je serai au Tiki, tout à l'heure.

— J'ai des choses à faire, aujourd'hui, mais je t'y rejoindrai.

Une vague de bonheur l'emplit tout entière, mais elle se contenta d'agiter la main d'un air détaché.

Bethany devait l'attendre car la porte s'ouvrit avant même que Genevieve ait frappé.

— Salut ! fit-elle avec un grand sourire.

— Salut ! répondit Genevieve.

— Et c'est tout ? s'exclama son amie, l'attrapant par le bras et l'attirant à l'intérieur. *Salut ?*

Elle la regarda dans les yeux.

— Tu as couché avec lui, n'est-ce pas ?

— Bethany…

— Je veux des détails !

— Il n'en est pas question.

— J'en étais sûre. Je l'ai tout de suite senti. Les étincelles entre vous, c'était flagrant ! J'avais chaud rien qu'en vous regardant.

— Ouais, ouais, bon, ça va.

— Alors, c'était super ? demanda Bethany.

— Bethany !

— Oui ou non ?

— Oui. On va déjeuner, maintenant ?

— Déjeuner ? Tu viens de passer la nuit dans son bungalow et tu penses à déjeuner ?

Genevieve étouffa un grognement.

— Bethany…

Elle hésita.

— J'ai encore besoin d'aide, ajouta-t-elle finalement.

Bethany reprit aussitôt son sérieux.

— Bien sûr. Pardon. Je…

Elle s'interrompit et fronça les sourcils.

— Mais j'y pense : il s'est passé quelque chose,

hier soir ? Tu étais rentrée chez toi. On a revu Thor au Tiki, après qu'ils t'ont déposée. Comment t'es-tu retrouvée chez lui ? Qu'est-ce qui t'est arrivé ?

— Rien, répondit Genevieve avec un soupir. J'avais juste envie d'un peu de compagnie.

— Menteuse !

— Je ne voulais pas être seule.

Bethany hocha la tête.

— Je vois. Tu me connais depuis toujours. Même chose pour Victor. Alex fait partie de notre équipe, autant dire de la famille, et Marshall est pratiquement notre oncle à tous. Même Jack est là depuis ton enfance. Et pourtant, c'est chez Thor Thompson que tu as couru te réfugier ?

— Bethany, on va être en retard.

— D'accord, allons-y ! Tu me raconteras en chemin.

— Alors, tu as fini par attirer Genevieve dans ton antre, hein ? fit Jack avec un large sourire. Tu peux te sentir flatté. Cette fille n'est pas du genre à coucher à droite et à gauche. Elle choisit ses partenaires avec soin. Elle est fabuleuse, hein ? Pardon, je n'ai pas eu la chance d'essayer mais je veux dire que je l'ai vue grandir, et j'ai toujours trouvé qu'elle avait quelque chose d'exceptionnel.

— C'est une très belle femme, dit Thor, tout en regrettant de s'être arrêté au Tiki.

Il avait rendez-vous avec Jay dans moins d'une heure : ce dernier l'avait appelé quelques secondes après le départ de Genevieve. Thor avait décidé qu'il avait le temps d'avaler un morceau rapidement. Mais Jack était déjà là, attablé devant une omelette. Et il venait d'en commander une, lui aussi. Il pouvait difficilement s'en aller. Il étouffa un soupir en voyant Victor se diriger vers eux.

— Alors, il paraît que la nuit a été bonne ? fit ce dernier en s'installant à côté de Jack sur un tabouret de bar.

Thor serra les dents mais ne répondit rien.

— Tant que notre Genevieve est heureuse ! dit Jack avec un sourire.

Mais ses paroles paraissaient contenir un avertissement.

— Si elle est heureuse, je suis heureux, déclara Thor.

— Ah ouais ? fit Victor en acceptant le café que lui tendait le barman. Mais vous continuez à la trouver un peu folle, non ? Mince, si je rencontrais une minette comme elle et qu'elle était d'accord, je ne dirais pas non, même si je me posais des questions au sujet de sa santé mentale. De toute façon, on n'a pas besoin d'être parfaitement sain d'esprit, au lit. Au contraire. Un peu de folie ne fait jamais de mal.

Thor se leva. Tant pis pour le petit déjeuner.

— J'ai rendez-vous, dit-il.

Alex arriva juste au moment où il sortait du bar.

— Salut ! fit-il avec un sourire railleur. Il paraît qu'il s'est passé des choses, cette nuit ?

— Bonne journée, Alex ! marmonna Thor avant de s'éloigner en direction du parking.

9

Genevieve et Bethany retrouvèrent Audrey devant « Chez Pierre », un restaurant à l'écart du circuit touristique, tenu par un Bahamien répondant au nom d'Anthony.

— Il croit en mes pouvoirs, chuchota Audrey.

— Quels pouvoirs ? demanda Bethany.

— Ceux que je n'ai pas, répondit Audrey. Ah, voilà la table que je voulais : près de la fontaine.

Elles s'installèrent et Audrey leur présenta Anthony. Ce dernier sourit, serra la main de Bethany, puis se tourna vers Genevieve, et son sourire se figea brusquement.

— Vous êtes venue parce que vous avez besoin d'aide, déclara-t-il d'une voix grave.

Genevieve secoua la tête, brusquement mal à l'aise.

— Je suis juste venue déjeuner avec mes amies, dit-elle. Votre restaurant est magnifique. Dire que je ne le connaissais pas !

Mais Anthony ne se départit pas de son air sérieux. Il ne la remercia pas non plus pour le compliment. Il secoua la tête, marmonna quelques paroles dans une langue qu'elle ne comprit pas, puis ajouta :

— Je vais faire une prière spéciale pour vous. Nous savons que les morts déambulent parmi nous. Les autres sont aveugles. Ils ont peur. Ils pensent que s'ils font semblant de ne pas les voir, ils partiront. Mais ils se trompent. Les morts ont toujours une raison de revenir.

Il hocha la tête d'un air sombre, puis parut se secouer et leur offrit un large sourire.

— Bon appétit !

Et il s'éloigna en laissant les trois jeunes femmes muettes de stupéfaction.

Bethany posa une main sur celle de Genevieve, par-dessus la table.

— C'est juste une coïncidence, dit-elle. Il fallait qu'il dise quelque chose à l'une d'entre nous, et c'est tombé sur toi.

— Certainement pas ! lança Audrey. Anthony sait beaucoup de choses.

Bethany eut un regard étonné.

— Tu n'as aucun pouvoir, Audrey : tu nous l'as dit toi-même !

Audrey poussa un soupir.

— Oui, c'est vrai. Mais ça ne veut pas dire que ce genre de pouvoir n'existe pas. Certaines personnes ont un véritable don. Et je connais la plupart d'entre elles.

— Ce qui signifie ? demanda Bethany.

Audrey se tourna vers Genevieve.

— J'ai pris la liberté d'appeler quelqu'un. Une personne complètement fiable qui travaille pour le gouvernement. Ce n'est pas un charlatan, lui, crois-moi !

Genevieve poussa un soupir.

— Qu'en sais-tu ?

— Je le sais. J'ai beau ne pas avoir de pouvoirs moi-même, je sais ce qui se passe dans ces milieux, et je me tiens au courant. Je suis également capable de reconnaître les charlatans. Vous pouvez vous renseigner sur son compte si vous voulez.

Elle sortit de son sac une feuille de papier.

— Il s'appelle Adam Harrison, de la firme Harrison Investigations. Il est sérieux, vraiment. Il ne fait pas ça pour l'argent.

— Alors, pour quoi ? demanda Bethany.

— Il a perdu quelqu'un, il y a longtemps. C'est une longue histoire. Quoi qu'il en soit, il est capable de reconnaître les gens qui voient des choses, qui reçoivent des messages de l'au-delà, etc. Il n'a pas ce don lui-même, mais il peut le reconnaître chez les autres. Comme le disait Anthony, il ne les voit pas mais il n'est pas aveugle. Il *sait*.

Elle eut un petit sourire étrange.

— C'est drôle, je vous disais que je n'avais aucun de ces pouvoirs, et je l'ai toujours cru. Pourtant, depuis l'autre soir, j'éprouve une drôle de sensation. Comme s'il y avait une sorte d'aura autour de vous. D'ailleurs, quand vous êtes reparties, j'ai eu peur. Comme si une ombre était restée après votre départ.

— Ce n'est pas moi, c'est elle ! dit Bethany.

— Bethany ! s'exclama Genevieve.

— Pardon.

— Ne vous inquiétez pas. Adam Harrison va venir en personne. Il te parlera, Genevieve. Il fera peut-être même appel à des investigateurs.

— Audrey, non ! Tu ne peux pas faire ça. Je serais expulsée du projet ! s'exclama Genevieve.

— Bien sûr que non ! dit Audrey. Ces gens sont

extrêmement discrets. Fais-moi confiance : personne n'en saura rien.

— J'aimerais bien te faire confiance, mais j'aurais préféré que tu me parles de tout ça avant de prendre une telle initiative.

— Tu as envie de continuer à souffrir et à avoir peur ? demanda Audrey.

— Tout ira bien, intervint Bethany sur un ton posé. Du moment que les gens sont discrets.

— Je n'aime pas ça, murmura Genevieve.

Elle se tut car une serveuse venait de s'arrêter devant leur table pour prendre la commande. Lorsqu'elles eurent fait leur choix, la jeune femme s'éloigna.

Audrey enchaîna aussitôt :

— Ce fantôme essaie probablement de t'aider, tu sais ?

Genevieve poussa un soupir.

— J'aimerais bien qu'un fantôme m'aide à trouver un trésor, tiens !

— J'ai trouvé une pièce de monnaie, dit Genevieve. Il ne s'agit pas vraiment d'un trésor.

— Mais c'est un début ! lui fit remarquer Audrey. Laisse-toi faire. Ne résiste pas.

Elle se pencha et sortit encore une liasse de papiers de son sac, posé par terre près de sa chaise.

— J'ai fait des recherches sur le navire que vous essayez de retrouver. Je sais que vous disposez d'un tas d'informations sur le sujet, mais j'avais une petite idée et j'ai voulu la suivre.

Elle regarda Genevieve.

— Tu ne penses pas que la femme qui apparaît dans tes visions et la pauvre fille qu'on a retrouvée sur la plage sont une seule et même personne, n'est-ce pas ?

Genevieve écarquilla les yeux et déglutit péniblement.

— Non, en effet.

Audrey hocha la tête.

— Je m'en doutais. Alors, écoute : Gasparilla avait un gros béguin pour cette fille. C'est intéressant parce que, bon, il pouvait piller et violer comme bon lui semblait. Alors, pourquoi celle-ci en particulier ? Peut-être, justement, parce qu'elle ne voulait pas de lui. En tout cas, il était accro. Mais Anne, elle, lui préférait un jeune Espagnol du nom d'Aldo. Gasparilla était connu pour son extrême violence, et il ne faut pas oublier qu'à son époque on pendait les gens pour la plus petite offense. La vie ne valait pas bien cher. Pour Gasparilla, exécuter la femme qui avait osé le rejeter était sans doute la seule punition envisageable. Alors, si ton fantôme était celui d'Anne, la fille du capitaine ?

— Peut-être, dit Genevieve.

— Moi, ça me paraît tout à fait plausible, déclara Audrey. Elle t'aime bien. Elle se rend peut-être compte que, pour toi, cette expédition n'est pas seulement une chasse au trésor. Enfin, quoi qu'il en soit, dès que tu auras parlé à Adam, il saura trouver les mots pour tout t'expliquer et aussi pour t'aider à vaincre ta peur. Tu verras, ça ira beaucoup mieux après.

En dépit des ravages causés par la mer, le sel et les créatures de l'Océan, on voyait que la jeune femme avait été jolie. Les traits de son visage étaient fins, bien dessinés, et ses cheveux longs, naturellement blonds.

Le médecin légiste expliquait les efforts désespérés

qu'elle avait faits pour essayer de se libérer, lorsque le téléphone de Jay sonna. Freeland continua de parler, tandis que le policier sortait quelques instants.

— Pauvre petite ! conclut-il en secouant la tête.

Comme Thor le regardait, un peu surpris par son ton accablé, le médecin ajouta :

— J'ai une fille du même âge. Et j'ai beau faire ce travail depuis des années, je crois bien que je serai toujours stupéfait par la cruauté dont les humains peuvent faire preuve les uns envers les autres.

Jay revint dans la pièce.

— Nous avons son nom, dit-il. Amanda Worth.

— Elle a de la famille ? demanda le médecin légiste.

Jay secoua la tête.

— Nous n'en savons encore rien. Un type a passé un appel anonyme pour nous dire qui elle était et ce qu'elle faisait.

— Et que faisait-elle ? demanda Thor.

— L'histoire est banale, apparemment, répondit Jay. Une jolie jeune fille quitte le nord des Etats-Unis pour venir tenter sa chance au soleil de Miami... Au début, elle a sans doute décroché des boulots de serveuse dans des boîtes de nuit, et puis elle a dû se rendre compte qu'elle pouvait gagner beaucoup plus d'argent à condition de ne pas être trop farouche. Les années ont passé, et des filles plus jeunes sont arrivées. Les clients se sont désintéressés d'elle. Les affaires ont décliné.

Il secoua la tête.

— Vieille à trente ans ! Apparemment, elle avait commencé à se droguer, aussi.

— L'histoire est aussi triste que banale, conclut

Thor. Elle a dû faire une mauvaise rencontre à Miami, et le type l'a embarquée sur son bateau…

Il s'interrompit un instant, et reprit :

— Vous allez vous amuser. Compte tenu du nombre d'embarcations qu'il y a à Miami et dans les environs, autant chercher une aiguille dans une botte de foin.

Mais Jay secoua la tête.

— Non, apparemment, le type qui a appelé pour donner ces informations la connaissait plutôt bien. La dernière fois qu'il lui a parlé, elle était toute contente. Elle avait rencontré un mec bien qu'elle allait rejoindre dans le Sud. Il voulait lui montrer sa maison. A Key West.

Jay soupira.

— Il faut donc chercher un meurtrier qui habite dans le coin.

— Et les gens vont devoir faire attention, ajouta Thor à voix basse.

Il essaya de se raisonner, songeant qu'aucune des femmes de leur équipe n'était droguée ou prostituée. Et puis Genevieve n'était pas blonde, comme la victime… Mais Bethany, si.

Il fronça les sourcils, surpris par le tour étrange que prenaient ses pensées. Sans trop savoir comment c'était arrivé, il se sentait terriblement impliqué, et cela le troublait. Il était en train de tomber amoureux d'une femme qui voyait des fantômes. Et un meurtrier se promenait dans les rues de Key West. Existait-il un lien entre les deux affaires ? Non, bien sûr que non !

Les deux hommes remercièrent le médecin légiste, puis, comme ils sortaient de la morgue, Thor demanda à Jay :

— Vous croyez que vos supérieurs verraient un inconvénient à ce que je fasse quelques recherches sur vos ordinateurs ?

Jay le considéra un instant, puis haussa les épaules.

— Ça ne coûte rien de demander. Vous avez des contacts au sein du gouvernement, alors pourquoi pas ? Que cherchez-vous, exactement ?

Thor hésita un instant avant de répondre :

— Des disparitions... Des meurtres.

— Notre taux de criminalité est pratiquement inexistant, vous savez ? dit Jay, un peu sur la défensive.

— Voilà qui devrait faciliter la tâche, répondit Thor simplement.

Marshall était comme un lion en cage. Il n'avait qu'une seule pensée en tête : plonger.

Il savait bien, pourtant, que leurs recherches pouvaient encore durer des semaines, voire des mois. Certes, ils avaient trouvé une pièce d'or, mais leur champ d'investigation était large.

Il n'était pas partisan de plonger seul. Des plongeurs expérimentés avaient trouvé la mort, comme ça. Et puis il avait une équipe formidable.

Mais justement, on était samedi, ils étaient tous en congé, et chacun devait vaquer à ses occupations. Marshall était seul et d'humeur étrangement morose. Il voulait plonger. C'était plus fort que lui : comme une démangeaison, comme si quelqu'un le poussait à faire une chose qu'il ne voulait pas faire, une chose qu'il savait ne pas devoir faire. Il lutta un moment contre cette tentation, puis, juste après le déjeuner, il prit son bateau et sortit en mer. Seul.

Il repéra l'endroit, installa son pavillon et plongea.

Les récifs lui étaient aussi familiers que le revers de sa main. Les gens qui passaient beaucoup de temps dans ces eaux avaient leurs repères, exactement comme à l'air libre. Marshall savait, notamment, à quel endroit Genevieve et Thor avaient trouvé la pièce de monnaie : ils avaient laissé une balise bleu vif.

Des coraux polypes couvraient le fond de la mer, et la faune aquatique était riche et variée. Des poissons de toutes les couleurs nageaient autour de lui, tandis qu'il étudiait les espaces sablonneux, à la recherche du moindre indice, la moindre ondulation pouvant indiquer une présence étrangère.

Il venait de couvrir une dizaine de mètres lorsqu'il sentit le premier heurt contre sa cuisse droite.

Il se redressa instantanément, tout en saisissant le couteau de plongée attaché à son mollet.

« Un requin. » Ce fut sa première pensée.

Il n'était pas effrayé : il s'était souvent trouvé en compagnie de requins — des requins citron, marteaux, bleus, roussettes, etc. L'Océan était leur habitat, après tout. Ils se tenaient généralement à l'écart des plongeurs. Cependant, il arrivait que l'un d'eux se montre curieux et s'approche. Parfois, il pouvait même pousser un plongeur. Mais, ainsi que Marshall en avait déjà fait l'expérience, il suffisait de taper son couteau de plongée contre sa bouteille ou de coller un bon coup de poing sur le nez du requin pour que celui-ci reparte aussitôt, même s'il était de belle taille.

Il pouvait aussi s'agir d'un mérou. Certains étaient énormes et souvent amicaux. En fait, les plongeurs tombaient parfois sur un mérou qui se promenait régulièrement dans le même récif. Ils lui donnaient un nom, et les touristes pouvaient même le caresser.

Seulement voilà : Marshall eut beau regarder autour de lui, il ne vit rien. Pas de mérou de trois cents kilos venu lui faire un coucou. Et s'il s'agissait d'un requin, il avait disparu drôlement vite.

Marshall reprit son étude du sol marin et couvrit encore une dizaine de mètres.

Et cela recommença.

Cette sensation qu'on le poussait.

Qu'on ne voulait pas de lui ici.

C'était absurde, bien sûr. Il était trop raisonnable pour croire à des bêtises pareilles.

Mais le malaise était là, omniprésent, impossible à écarter, à ignorer, de la même façon qu'il n'avait pu ignorer le désir de plonger, un peu plus tôt. Il se dit qu'il était un homme sensé, avec la tête sur les épaules. Il demeura immobile, écoutant le son de sa respiration à travers le détendeur.

Au bout de quelques instants, il reprit son étude.

Et, cette fois, la sensation se reproduisit immédiatement. Une forte poussée, si violente qu'elle le déplaça de plusieurs mètres.

Cette fois, Marshall ne prit pas le temps de réfléchir. Il ne regarda même pas autour de lui. Il remonta à la surface aussi vite qu'il le put, et nagea de toutes ses forces vers le bateau. Mais, alors même qu'il jetait ses palmes sur la plate-forme de plongée et arrachait son masque, il sentit qu'on le tirait par la jambe.

« Non ! pria-t-il. Pas comme ça ! »

De nouveau, il sentit qu'on tirait sur ses chevilles.

— Non !

Il entendit un hurlement qui parut déchirer le ciel bleu et disperser les quelques nuages poudreux…

C'était sa propre voix.

De retour de leur déjeuner avec Audrey, Genevieve et Bethany se rendirent au Tiki, mais ils n'y trouvèrent personne. Bethany étouffa un bâillement.

— Je vais aller faire une petite sieste, dit-elle.

Elle regarda son amie, et parut aussitôt changer d'avis.

— Non. Non, je ne te laisse pas seule.

— Bethany, voyons, je ne peux pas passer tous les instants de ma vie entourée de mes amis ! protesta Genevieve.

— Non, mais attendons quand même que tu aies rencontré ce M. Adam !

Genevieve, qui avait les yeux fixés sur l'appontement, en contrebas, remarqua que le bateau de Marshall n'était plus là.

— Marshall est sorti en mer ? demanda-t-elle en se tournant vers son amie.

Bethany haussa les épaules.

— Tu le connais : il n'est pas très patient.

— C'est lui qui nous a expliqué que cette expédition pouvait durer longtemps, qu'il fallait nous préparer à cela, oublier que nous avions des vies privées et je ne sais quoi d'autre.

— Il est peut-être allé pêcher.

— Seul ?

— Comment sais-tu qu'il est seul ?

Genevieve haussa les sourcils.

— Tu as raison : je n'en sais rien du tout.

Bethany bâilla de nouveau.

— Va faire ta sieste, lui conseilla Genevieve.

— Non. On peut faire quelque chose de cool : regarder un DVD, par exemple.

Voyant que la porte du bungalow de Victor était entrouverte, Genevieve secoua la tête fermement.

— Va te reposer. Je vais rendre visite à Victor. J'ai envie de lui poser quelques questions sur ses dernières conquêtes.

— Comment sais-tu qu'il n'est pas occupé avec l'une d'elles en ce moment même ? répliqua Bethany.

— Ça m'étonnerait : sa porte est ouverte.

Bethany se tourna vers le bungalow de Victor.

— Ah, en effet ! Bon, d'accord. Mais si tu as besoin de moi…

— Je saurai à quelle porte frapper, ne t'inquiète pas ! répondit Genevieve avec un sourire.

Les deux jeunes femmes se séparèrent et Genevieve se dirigea vers le bungalow de Victor. En arrivant tout près, elle fronça les sourcils. On entendait de drôles de bruits à l'intérieur : des bruits de coups, qui paraissaient violents.

Elle s'approcha de la porte et, comme elle frappait contre le battant entrebâillé, celui-ci acheva de s'ouvrir.

— Victor ?

Genevieve écarquilla les yeux.

Il tenait une tête entre ses mains. Une tête de mannequin dont les cheveux étaient raides et collés contre le crâne. Des yeux bleus aveugles regardaient Genevieve sans la voir.

Victor pâlit.

— Genevieve…

— Espèce de salopard ! murmura la jeune femme avant de pivoter sur ses talons.

— Non ! cria-t-il.

Il lâcha la tête du mannequin et se rua en avant pour aller se planter devant elle et l'empêcher de partir.

— Tu ne comprends pas, dit-il.

Genevieve le regarda droit dans les yeux.

— Je ne comprends pas ? riposta-t-elle froidement. Et puis quoi encore ? Laisse-moi passer !

— Genevieve, pour l'amour du ciel, crois-moi ! Ce n'est pas moi qui l'ai fait.

La jeune femme pinça les lèvres et le considéra un instant. Elle connaissait Victor depuis toujours, et elle le savait parfaitement capable de faire une farce de ce genre. Quant au fait qu'il soit allé repêcher le mannequin dans la mer, une fois que le vrai corps était apparu sur la plage, c'était une évidence.

Pourtant, son regard paraissait tellement sincère…

— Ce mannequin est apparu tout seul dans ton bungalow, c'est ça ?

— Je te jure que c'est la vérité. Je veux bien aller à l'église avec toi et le jurer devant l'autel.

Genevieve le considéra un instant d'un air dubitatif, et Victor enchaîna :

— J'avoue que j'ai pensé à déposer ce mannequin devant ta porte. J'imaginais que ce serait drôle. Mais je ne voulais pas te nuire. Je ne te ferais jamais de mal exprès, Genevieve. Tu es ma meilleure amie depuis toujours. Je pensais qu'un petit choc te ramènerait à la réalité. Mais finalement je ne l'ai pas fait. Je te le jure.

— Qui, alors ? demanda la jeune femme. Et comment ce mannequin est-il venu dans ton bungalow ?

Victor secoua la tête.

— Je n'en sais rien, répondit-il.

Soit il était vraiment doué pour le mensonge, soit il disait la vérité.

— Et qu'est-ce que tu fabriques avec cette tête ? reprit Genevieve.

Il rougit, baissa les yeux un instant, puis regarda de nouveau Genevieve.

— Je ne voulais pas qu'on le trouve chez moi. J'étais en train de le démembrer pour pouvoir m'en débarrasser plus facilement.

— Je vois.

— Genevieve, tu peux te renseigner dans toutes les boutiques de Duval Street. Je n'ai ni emprunté ni acheté ce mannequin.

— Je vais vérifier, tu sais.

— Ce n'est pas moi, répéta Victor.

— OK. Mais je te préviens : si jamais je découvre que tu m'as menti…

Elle s'interrompit et secoua la tête.

— Faire une farce, même si elle n'est pas drôle du tout, c'est une chose. Mais mentir ensuite à ses amis, c'est impardonnable.

— Je ne mens pas.

— D'accord. Débrouille-toi pour cacher ce truc, maintenant.

— Ouais. Tu viens m'aider ?

Elle écarquilla les yeux.

— Ah, tu ne manques pas d'air ! s'exclama-t-elle.

Puis elle haussa les épaules. Elle n'avait rien à faire, de toute façon.

— Bon, si tu veux.

Elle frémit en voyant les membres brisés du mannequin, dispersés à travers la pièce. On aurait dit qu'un massacre avait eu lieu. Un étrange massacre sans une seule goutte de sang.

— Seigneur ! murmura Genevieve.

— Hé, c'est juste un mannequin ! lui rappela Victor.

Il prit un grand sac poubelle noir et y fourra un bras en plastique.

— Alors, tu me donnes un coup de main ?

— Victor, on devrait essayer de découvrir qui a fait ça avant de se débarrasser du mannequin, dit Genevieve.

— Pour quoi faire ?

— Comment ça : pour quoi faire ? Pour savoir !

Victor secoua la tête.

— Si on apprend que le mannequin est ici, je serai le premier accusé.

— Pardon, mais je suis celle à qui on a fait cette farce ridicule. Pourquoi les autres seraient-ils fâchés si je ne le suis pas moi-même ?

— Toi, tu as confiance en moi. Mais ce n'est probablement pas le cas de tout le monde. Ton nouveau Roméo, par exemple... Bon, tu m'aides, oui ou non ?

— Non, répondit Genevieve. Tu es mon ami et je te crois. Il faut donc que l'on découvre qui a monté cette farce idiote.

Mais Victor secoua la tête.

— Tu viens de le dire : c'était une farce. Et ensuite, quelqu'un est venu déposer le mannequin ici, pour que je porte le chapeau. Il faut faire disparaître ce truc. Tôt ou tard, le ou la responsable commencera à poser des questions.

Genevieve croisa les bras.

— *La ?* Tu penses vraiment qu'une femme serait

assez idiote pour monter un coup pareil ? Une chose est sûre, en tout cas : ce n'est pas Bethany.

— Bon, ne commence pas à monter sur tes grands chevaux ! Je parlais en général. Et puis, on ne connaît pas Lizzie et son mari si bien que ça, hein ?

— Allons, Victor !

— Bon, bon... Il y a aussi Zach. Ils n'ont pas l'air d'avoir beaucoup d'humour, de toute façon.

— Ouais. Parce que c'était irrésistible !

— Tu veux bien m'aider, au lieu de chipoter ? Quelqu'un d'autre pourrait arriver d'une seconde à l'autre.

Genevieve le regarda fixement.

— D'accord, dit-elle. Mais comme je l'ai déjà dit, si jamais je découvre que c'était toi...

— Ce n'était pas moi.

— Soit. Que comptes-tu faire après avoir rempli ce sac poubelle ?

— On ira se promener, et on s'en débarrassera en jetant les morceaux dans des poubelles. Après, je te paierai un verre.

— Quelle chance ! marmonna Genevieve en ramassant une jambe.

Aussitôt, elle eut comme un haut-le-cœur.

« C'est juste un mannequin, se dit-elle. Pas quelqu'un de réel. »

Mais, après tout, les fantômes non plus n'étaient pas censés être réels. Et pourtant...

Jay n'eut aucun mal à obtenir pour Thor l'autorisation de compulser leurs archives informatiques. Ses supérieurs avaient l'air de penser qu'il avait des relations haut placées et qu'en sa qualité de chef d'une expédition aussi importante que celle qui était en train de se dérouler dans leurs eaux, il était en droit d'accéder à des informations concernant les activités criminelles dans la région. Jay lui expliqua donc comment fonctionnait le programme.

Thor se mit aussitôt au travail en concentrant ses recherches sur les vingt dernières années.

Certaines affaires avaient nécessité les efforts combinés de la police des comtés de Miami-Dade et de celle de Monroe. La fréquence des crimes dans l'agglomération de Miami était effrayante, bien sûr. Mais dès que l'on descendait vers le sud, la situation se calmait très nettement. Les archives comptaient tout de même quelques meurtres, pour la plupart résolus : des maris qui avaient tué leur femme, des deals de drogue qui avaient mal tourné, des homicides involontaires. Il y avait quelques crimes irrésolus, aussi : une enfant de deux ans gravement handicapée depuis la naissance et retrouvée noyée dans une piscine. La mère avait-elle fini par décider que la mort était préférable au genre de vie qui attendait sa fille ? La police l'avait soupçonnée sans jamais trouver la moindre preuve permettant de soutenir cette théorie, et ils avaient fini par classer l'affaire en décidant que c'était un accident.

Au bout d'un moment, Jay s'en alla. Thor dirigea alors ses recherches sur les personnes disparues. Beaucoup d'entre elles avaient été retrouvées. Les enfants n'étaient pas toujours kidnappés. Certains avaient fait une fugue, et quel meilleur endroit que les Keys pour s'échapper un peu : il faisait beau, il y avait du travail, et les touristes étaient prompts à faire l'aumône. Dina Massey, une jeune fille blonde aux yeux bleus, originaire de l'Ohio, avait tout juste seize ans quand elle avait pris le bus pour Key West. Après deux mois passés à faire la manche, elle avait fini par craquer. Ses parents étaient venus la chercher, ils avaient pardonné, et tout était rentré dans l'ordre. Donald Leto, de Fort Lauderdale, n'avait pas eu autant de chance. Lui aussi s'était enfui de chez lui. Lui aussi y était retourné. Une phrase presque sèche, au bas de la page, annonçait qu'il était mort à Fort Lauderdale, victime d'homicide. Son père était au volant de la voiture qui l'avait tué.

Thor décida alors de chercher des victimes majeures.

Cependant, juste avant de changer d'écran, il tomba sur une affaire demeurée irrésolue. Le bulletin provenait de Miami, et il était daté de l'année précédente. Il montrait la photo d'une ravissante jeune fille blonde. Maria Rico. Les soupçons s'étaient portés un moment sur son beau-père qui la maltraitait, mais la police n'avait trouvé aucune preuve. Une deuxième théorie penchait pour une fuite vers le sud : un « ami » rencontré sur Internet aurait promis de l'héberger si elle quittait son beau-père. Nul ne connaissait l'identité de cet « ami. » Et nul n'avait vu la jeune fille à Key West, en dépit du fait que sa photo avait été placardée partout dans la ville.

Thor regarda fixement le portrait en couleur. Maria avait dix-sept ans au moment de sa disparition. Etait-ce la raison pour laquelle personne n'avait pensé à elle, hier, lorsqu'on avait découvert le corps sur la plage ?

Thor poursuivit ses recherches. La première affaire de disparition demeurée irrésolue, sur Key West, remontait à huit ans. La victime voulait devenir mannequin professionnel et se faisait appeler Shea

Alexandria. Elle était blonde et belle, avec un regard brillant et un sourire pétillant. Un contrat pour une marque de maillots de bain l'avait amenée sur les plages du sud de la Floride, et, là, elle avait décroché un autre contrat pour une marque d'alcool local. La séance de prise de vue avait eu lieu à Key West, et après une soirée particulièrement arrosée, elle avait disparu. Elle était partie seule, mais n'était jamais retournée à son hôtel qui ne se trouvait que quelques rues plus loin. Elle s'était purement et simplement volatilisée.

Il y avait encore deux affaires de disparition qui n'avaient pas été élucidées, mais aucune information spécifique ne permettait d'être sûr que les victimes étaient descendues jusqu'à Key West.

Thor revint en arrière et s'intéressa de nouveau aux affaires de meurtre liées directement à la ville. Soudain, il s'arrêta devant un nom.

Hope Gonzales.

Morte à l'âge de trente-deux ans. Mariée à Jay Taft Gonzales.

L'épouse de Jay ?

A cause de la nature étrange de sa mort, la police avait ordonné une autopsie. Le verdict final était sans appel : noyade accidentelle.

Thor s'adossa à sa chaise, tout en continuant à lire. Hope et Jay étaient partis en bateau. Un après-midi qu'ils faisaient de la plongée sans bouteille, la jeune femme avait brusquement disparu sous l'eau, d'après Jay. Il avait réussi à la remonter à la surface et lui avait prodigué les premiers soins, après avoir lancé un SOS par radio.

La mort avait paru mystérieuse, mais Jay Gonzales n'avait jamais été poursuivi en justice. Il n'avait pas non plus fait l'objet de la moindre investigation interne. Et l'affaire n'avait eu, apparemment, aucune conséquence sur sa carrière dans la police.

Thor eut brusquement l'impression qu'il n'était plus seul. Il tourna la tête et vit Jay, debout à côté de lui.

— Vous saviez que j'allais tomber là-dessus, dit-il.

— Oui, bien sûr !

— Pourquoi ne m'en avez-vous pas parlé ?

— Ça ne m'a pas paru nécessaire. N'importe qui aurait pu vous le dire. Hope... Hope est partie depuis plusieurs années, maintenant. Personne ne l'a jamais oubliée.

— Et on ne vous a pas...

— Soupçonné d'avoir tué ma femme ?

Thor leva les mains.

— Je l'aimais, répondit Jay tout en relevant les manches de sa chemise.

Thor vit les cicatrices sur ses bras.

— Je l'aimais, répéta Jay.

— Vous avez essayé de vous suicider ? Et la police vous a quand même gardé ? s'exclama Thor d'un air dubitatif.

— Ne dites pas n'importe quoi. J'ai eu un accident. Je suis resté en congé maladie plusieurs mois.

Thor hocha la tête.

— Je suis un bon flic, reprit Jay sur un ton posé et convaincu.

Thor se leva.

— Vous avez fini ? Je peux vous offrir un verre ? Je voudrais vous poser quelques questions au sujet de ce que je viens de voir.

— D'accord.

Ils quittèrent le bâtiment.

Thor avait la photo de Hope Gonzales gravée dans son esprit. Car elle aussi était blonde. Et très belle.

10

— Tu as du ketchup ? demanda Bethany.

Après s'être débarrassés du mannequin, Genevieve et Victor étaient retournés au Tiki, où Bethany et Alex les avaient rejoints. Ils se demandaient comment ils allaient occuper le reste de l'après-midi lorsque Genevieve s'était brusquement rappelé le barbecue, chez elle, le lendemain. Ils s'étaient tous entassés dans la camionnette de Victor pour aller faire les courses ensemble.

— Oui, oui, j'ai du ketchup, répondit Genevieve.

— Beaucoup, j'espère ! dit Alex. Victor en met sur tout ce qu'il mange — y compris le poisson.

— Hé, le ketchup est un légume américain ! lança Victor pour se dédouaner.

— Ne vous inquiétez pas, j'ai ce qu'il faut, répéta Genevieve.

Elle inspecta le contenu de son chariot.

— On a de la bière, du vin et des litres de soda. Des côtes de bœuf, du poulet, des steaks hachés. Il ne reste plus qu'à faire un saut chez le poissonnier. On a des fruits, de la salade de chou, de la salade verte, des frites, des épis de maïs... Que nous manque-t-il encore ?

— Hé, un dessert ! s'exclama Alex.

— Bethany va préparer un Key lime pie.

— Tu vas faire un gâteau ? dit Victor, feignant une surprise inquiète. On devrait peut-être acheter de la glace, au cas où ?

Bethany lui donna un coup de coude, et il pouffa de rire.

— Rien n'empêche de s'arrêter à la pâtisserie, répondit Genevieve. S'il y a beaucoup de restes, on pourra toujours les mettre dans une glacière et les emporter sur le bateau, lundi.

— Ah, lundi ! fit Alex en étouffant un grognement.

— Quoi ? Personnellement, j'ai hâte de retourner sous l'eau, dit Genevieve.

Et c'était vrai. Le fantôme de la jeune femme aux longs cheveux blonds se montrerait-il encore ? Elle commençait à s'habituer à cette idée. Elle se demandait ce que cette vision attendait d'elle exactement. Voulait-elle faire un échange ? Elle aidait le fantôme, et le fantôme l'aiderait à trouver le trésor ?

« Je suis hantée, se disait-elle à intervalles réguliers. Autant l'admettre tout de suite. »

— Moi aussi, je serai content de retourner sous l'eau, déclara Victor.

— Moi aussi, évidemment ! dit Alex. Mais il va d'abord falloir se taper un autre discours du professeur. Il est ennuyeux à mourir, ce type. Je plains ses étudiants. On essaie de retrouver un vieux navire réduit en pièces et sans doute couvert de sable et de coraux. Je m'en fiche, moi, de savoir à quoi il ressemblait, autrefois. D'autant qu'on le sait déjà : on a vu des croquis.

— Oh, mais c'est très important, dit Bethany.

— Ah bon, pourquoi ? demanda Alex.

— Parce que l'expédition est financée par l'Etat, mon vieux, répondit Victor. Voilà pourquoi. Ça s'appelle la politique.

Genevieve et Alex attendirent à la caisse tandis que Bethany et Victor allaient chercher la camionnette. Genevieve empila tous les articles sur le tapis roulant, puis elle se tourna vers Alex et le trouva en train de la dévisager.

— Qu'est-ce qu'il y a ? lui demanda-t-elle.

— Rien, rien…

— Bon.

— Seulement…

— Alex, crache le morceau, à la fin !

— Tu as peur, pas vrai ? demanda-t-il avec douceur.

La jeune femme fronça les sourcils.

— Dans quel sens ?

— Tu as eu la trouille de ta vie, l'autre jour, sous l'eau, et même si je ne suis pas celui vers qui tu te tournes spontanément, en général, je suis quand même là. Je suis ton ami et… merde, Genevieve, j'espère que tu ne couches pas avec ce type juste parce que tu as peur !

Genevieve crispa les mâchoires.

— Ça ne me regarde pas, je sais, reprit Alex vivement. Seulement… Oh, et puis après tout, si, ça me regarde un peu quand même. On est comme une famille. Tu pourrais dormir sur mon canapé sans que je me permette la moindre réflexion, si tu en avais besoin. Merde, je dormirais même sur le futon pour te laisser mon lit !

Genevieve sentit sa colère fondre brusquement. Il paraissait tellement sincère. En même temps, une petite voix lui rappelait que si Victor n'était pas celui qui avait déposé le mannequin devant sa porte, Alex figurait en deuxième place sur la liste des suspects.

— Si vraiment tu ne veux pas que j'aie peur, pourquoi as-tu déposé ce mannequin devant chez moi ? demanda-t-elle brusquement.

Alex ne rougit pas. Il ne trahit pas non plus le moindre signe de culpabilité.

— Quoi ? s'exclama-t-il.

Puis il secoua la tête.

— On l'a envisagé, et l'idée a été rejetée, Genevieve. Je n'aurais jamais fait un truc pareil.

La jeune femme le regarda fixement, regrettant de ne pouvoir lire dans ses pensées pour savoir s'il disait la vérité.

La caissière s'éclaircit la voix.

— Vous payez en liquide, par carte bancaire ou par chèque ?

— Carte bancaire, répondit Alex en sortant son portefeuille.

— Non, c'est moi qui invite ! protesta Genevieve.

— S'il te plaît !

— Mais c'était mon idée !

— Moi, ça m'est égal, mais il y a des clients qui attendent derrière vous, leur fit remarquer la caissière en faisant claquer son chewing-gum.

— Laisse-moi payer, Genevieve, ça me fait plaisir, insista Alex.

— Bon, d'accord, fit la jeune femme. Merci.

Victor et Bethany descendirent du van pour les aider à charger les sacs. Puis ils se rendirent à la pâtisserie pour prendre quelques desserts.

— C'est bien la peine que je me décarcasse ! marmonna Bethany.

— Ça n'a rien à voir avec tes talents, dit Victor. Je suis sûr, hm, que ce sera le meilleur Key lime pie du siècle.

— Tu n'en sauras rien parce que tu n'auras pas le droit d'y goûter ! riposta Bethany.

— Vous savez, je peux cuisiner, moi aussi, reprit Victor.

— On essaiera ça une autre fois, déclara Genevieve en levant la main, comme l'aurait fait une mère soucieuse de mettre un terme à une dispute entre frère et sœur.

Une fois chez elle, la cuisine fut rapidement envahie.

Victor marmonna une excuse et alla s'affaler sur le canapé pour regarder la télévision. Alex le suivit aussitôt.

— Il faudra qu'on pense à acheter de la glace, demain, dit Bethany en alignant les bouteilles de bière et de soda sur le comptoir. Tu ne pourras jamais mettre tout ça dans ton frigo.

— Hé, les filles ! cria Alex depuis le living-room.

— Quoi ? demanda Genevieve.

— Venez voir ! Ils ont identifié le corps, sur la plage.

*
**

— Où sont les autres ? demanda Thor en arrivant au Tiki.

Jack était assis devant une bière, l'air morose, et il leva brusquement la tête.

— Je ne sais pas, répondit-il. J'espérais trouver quelqu'un à qui parler, ici.

Il fit un geste du menton en direction d'un couple assis à une table, un peu plus loin.

— Il y a de nouveaux clients à l'hôtel. Ils sont en voyage de noces.

Il baissa la voix.

— Le type a l'air d'être un peu indien.

Thor jeta un regard au couple avant de se laisser choir sur la chaise à côté de Jack. Il fit signe à Clint, au bar, de lui apporter une bière.

— Où étais-tu, aujourd'hui ? demanda Jack.

— J'ai traîné ici et là, répondit Thor sur un ton vague. Tu n'as vu personne ?

— Tu veux savoir si j'ai vu Genevieve ?

— Non, je te demande si tu n'as vu personne, répondit Thor posément.

Jack sourit.

— D'accord. Je crois que Zach et Lizzie sont allés visiter le centre de recherche sur les dauphins, à Grassy Key. Tu sais à quel point Lizzie aime les dauphins. Marshall a dû sortir en mer : son bateau n'est plus là. Quant au gang des jeunes, je ne sais pas où ils sont.

Clint apporta la bière de Thor et ce dernier le remercia d'un sourire. Il avait à peine eu le temps de boire une gorgée que Jack abattait son poing sur la table.

— Mais quel idiot je fais ! Bien sûr que si, je sais où ils sont !

— Où ça ?

— Chez Genevieve, bien sûr ! Elle nous a tous invités à un barbecue, demain, tu te souviens ?

Thor se leva.

— Je vais voir.

Jack le suivit aussitôt.

— Je t'accompagne. J'en ai marre d'être seul.

Lorsqu'ils frappèrent à la porte de Genevieve, ce fut Victor qui leur ouvrit.

— Tiens ! marmonna-t-il en restant sur le pas de la porte.

Il n'avait pas l'air heureux de les voir mais Thor se dit que c'était sans doute à cause de lui. Jack était du coin, après tout.

— Alors, quoi de neuf ? fit Jack d'un air jovial, avant d'entrer comme s'il était chez lui.

— On regardait les nouvelles à la télé, répondit Victor. Ils ont lancé un appel à la prudence pour toutes les femmes seules, à Key West. La victime sur la plage a été identifiée. Vous n'avez pas vu ? Je parie qu'ils passent ça en boucle dans tous les bars de la ville.

— Qu'est-ce qui te fait penser que je passe ma vie assis dans des bars ? demanda Jack. Au fait, y a de la bière ici ?

— Sers-toi, Jack ! lança Genevieve depuis la cuisine.

Jack alla la rejoindre tandis que Thor s'installait sur le canapé, les yeux fixés sur la télévision. Mais c'était le bulletin météo. Il y avait une tempête dans le golfe : heureusement, elle se dirigeait vers l'ouest.

— Ça donne la chair de poule, hein ? marmonna Victor en s'asseyant à côté de Thor.

— La tempête ?

— Non. Le fait que le meurtrier soit d'ici. J'espère que ça n'aura pas d'impact sur le tourisme.

— Les gens se voient rarement comme des victimes potentielles, fit remarquer Thor. Surtout quand la victime était une prostituée.

— J'espère bien. On vit du tourisme, par ici.

— Pas de souci, fit Jack sur un ton enjoué, tout en lançant une bière en direction de Thor.

Ce dernier eut à peine le temps de l'attraper au vol.

— A Miami, il y a quelques années, un type a assassiné plusieurs prostituées, du côté de Eight Street. Ça n'a pas provoqué le moindre courant de panique parce qu'il s'en prenait seulement aux putes. Si j'en avais été une, personnellement, j'aurais vite déniché des parents éloignés pour aller me terrer un moment, jusqu'à ce qu'on mette la main sur le gars.

— Jack, comment peux-tu être aussi froid ? demanda Bethany. Surtout après avoir vu cette pauvre fille.

— Désolé mais des morts, dans mon boulot, j'en ai vu un paquet. La vie est un pari pour la plupart d'entre nous. Et les filles comme ça savent bien qu'elles jouent avec le feu… Hé, on dîne ici ce soir ?

— Il faut demander son avis à Genevieve, lui répondit Alex.

— J'ai faim et je me sens seul, reprit Jack. Tout le monde avait disparu, aujourd'hui. J'ai vu le professeur, ce matin, et j'étais tellement désespéré que j'ai failli l'inviter à déjeuner.

— Vous n'êtes vraiment pas sympas avec ce pauvre professeur, dit Genevieve en les rejoignant.

Elle croisa le regard de Thor, puis enchaîna :

— Il n'est pas si terrible, quand même. C'est un universitaire, voilà tout.

— Un plongeur de salon, oui ! grommela Alex.

— Alex, ne sois pas méchant !

— Hé, qu'est-ce qu'on mange ? reprit Jack.

— Il y a plein de trucs ici, dit Victor.

— Oui, mais c'est pour demain, déclara Bethany d'un ton ferme.

— Allons dans un endroit où il y a de la bonne musique, suggéra Alex.

— Excellente idée ! fit Bethany. Je propose un Hog's Breath.

Tous les regards se tournèrent vers elle.

— Quoi ? s'exclama-t-elle. Il faut bien que quelqu'un prenne les décisions.

Thor se leva.

— C'est parti pour le Hog's Breath !

Ils avaient pris une table près du chanteur qui s'accompagnait de sa guitare. Non seulement il chantait bien mais il avait un vrai talent pour plaisanter avec son public, entre deux chansons. Il n'était pas un vrai « Conch, » leur dit-il. Juste un aspirant. A la fin de la première partie de son spectacle, il se rembrunit, puis déclara au micro :

— Mesdames et Messieurs, vous êtes à Key West, et Dieu sait que nous voulons vous y revoir, encore et encore. Nous voulons que vous vous amusiez, que vous buviez et aussi que vous achetiez mon CD de chansons originales, bien entendu. Mais nous voulons aussi que vous restiez suffisamment sobres pour être responsables et prudents. Attention à qui vous parlez, Mesdames. Et si vous voyez ou si vous entendez la moindre chose susceptible d'aider la police dans son enquête, n'hésitez surtout pas à donner l'alerte. Je veux vous revoir. Je veux que vous reveniez m'écouter et que vous mangiez encore plein de Key lime pies. Merci à tous.

Thor se leva. Aussitôt, Genevieve lui toucha la main — il avait veillé à s'asseoir près d'elle, cette fois. Elle le regardait d'un air interrogateur.

— J'aime bien ce type, lui dit-il avec un sourire. Je vais lui acheter quelques CD.

La jeune femme lui rendit son sourire et il sentit son cœur faire un petit saut dans sa poitrine. Il était vraiment en train de tomber amoureux. C'était plus fort que lui.

— Je reviens, dit-il.

Il acheta trois CD — un pour sa secrétaire dans son bureau de Jacksonville, un autre pour lui et un dernier pour Lizzie et Zach. Puis il échangea quelques mots avec le chanteur avant de retourner s'asseoir.

— Vous vous rendez compte qu'un meurtrier se balade peut-être en ce moment dans nos rues, disait Bethany sans pouvoir retenir un frémissement d'horreur. Il peut même être ici, dans ce patio, en train d'écouter la musique et de dîner, comme nous. On pourrait le croiser en sortant.

Alors même qu'elle prononçait ces mots, Thor tourna les yeux du côté de la porte du restaurant et vit Jay Gonzales entrer.

Thor fronça les sourcils. Pouvait-il être le meurtrier ?

Non, certainement pas. Jay lui avait permis de voir le corps de la victime, aujourd'hui. Il s'était même arrangé pour lui donner accès aux fichiers de la police.

Et si c'était une ruse ? Une façon de mieux détourner les soupçons ?

Thor avait l'intention de le garder à l'œil, en tout cas.

— Hé, fit Genevieve en le tirant par la manche et en l'arrachant au cours de ses pensées.

— Oui ?

— On s'en va, dit-elle.

— Ah bon ? Et l'addition ?

— C'est moi qui ai payé, cette fois, dit Victor avec un sourire.

— J'aurais pu mettre ça sur ma note de frais, lui rappela Thor.

— Ouais, je sais, mais je commençais à avoir l'impression d'être une fille entretenue, répondit Victor. Et je m'en tire plutôt bien. L'endroit n'est pas cher, et Marshall, Lizzie et Zach ne sont pas là.

Comme ils s'en allaient, Jay Gonzales, qui s'était installé au bar, leur adressa un petit signe de la main. Aussitôt, Genevieve marcha vers lui et ils échangèrent quelques mots. Thor dut résister à l'envie subite d'attraper la jeune femme par la main pour l'entraîner aussi loin que possible du policier. Mais, au même moment, Jay lui sourit, et Thor se força à répondre. Inutile de trahir ses soupçons. D'autant plus qu'ils ne reposaient sur rien.

En même temps, une petite voix lui soufflait qu'il valait parfois mieux pécher par excès de prudence…

— A demain, Jay ! lança encore Genevieve en se retournant une dernière fois.

— Ouais, à demain, répéta Thor.

— D'accord, répondit Jay.

Thor garda son sourire bien en place. Gonzales était le bienvenu et il pouvait passer autant de temps qu'il le voulait avec Genevieve. « Du moment que je suis là », se dit Thor.

Ils sortirent du restaurant et Genevieve glissa un bras sous le sien.

— J'avais envie de rentrer chez moi, ce soir, dit-elle. Puisqu'on doit tous s'y retrouver pour le barbecue, demain.

— C'est une invitation ?

— Oui.

— D'accord, répondit Thor en souriant. Mais pourquoi nous dirigeons-nous vers la plage, dans ce cas ?

Genevieve eut un petit rire.

— Je veux juste m'assurer que le bateau de Marshall a repris sa place.

Thor hocha la tête.

Mais le bateau de Marshall demeurait invisible.

— Je n'aime pas ça, dit Genevieve en fronçant les sourcils.

— Allons, tu le connais ! dit Victor. Il avait deux jours de libres et il a décidé de s'échapper. On n'a qu'à appeler son portable.

Mais Marshall ne répondit pas à son portable.

— On devrait signaler sa disparition à la police, dit Genevieve.

Victor secoua la tête.

— Chérie, Marshall est un grand garçon. Ça ne fait même pas vingt-quatre heures qu'il est parti. Il sait ce qu'il fait. Il a décidé de prendre l'air, voilà tout.

— Je suis quand même inquiète, murmura la jeune femme.

— Ecoute, c'est un homme, pas une jolie blonde. Je suis sûr qu'on le verra demain. D'accord ?

— Non, pas d'accord, répondit Genevieve. Mais je n'ai pas le choix, de toute façon.

— Je crois que Victor a raison, intervint Jack. On a trouvé un cadavre de femme, pas celui d'un homme comme Marshall. Il peut se défendre, tu sais ?

Il y eut un silence. Puis Bethany déclara :

— Victor, je dors sur ton canapé.

— Tu peux venir à la maison si tu veux, suggéra Genevieve.

— Avec vous deux ? s'exclama Bethany dans un rire. Non, merci. Allez, viens, Victor : allons nous coucher. Je vais juste prendre quelques trucs dans mon bungalow.

— Des trucs ? Quels trucs ? fit Victor. Ton bungalow est à une minute du mien.

— Mais j'ai besoin de ma brosse à dents.

— Bon, bon, grommela Victor.

— Hé, c'est aussi pour toi que je prends ma brosse à dents !

— Ah bon ? On va être si près que ça ? répliqua Victor d'un air taquin.

Bethany le regarda fixement, et Victor pouffa de rire.

— Ne t'inquiète pas. Je ne pourrais jamais. J'aurais l'impression de coucher avec ma sœur. Berk !

— Ah, je suis berk, maintenant ? s'exclama Bethany.

Victor regarda les autres.

— Quoi que je dise, j'ai tout faux, hein ?

Ils rirent, mais Genevieve avait l'air troublée.

Ils se séparèrent, et Thor et Genevieve repartirent en direction de Duval Street.

— Que se passe-t-il ? demanda Thor au bout d'un moment.

Elle parut surprise par sa question.

— A quel sujet ?

— Tu t'inquiètes pour Bethany ?

— Bien sûr que non ! répondit la jeune femme un peu trop vivement. Elle est avec Victor.

— Et tu soupçonnes Victor ? reprit Thor avec douceur.

— Non ! Quelle idée absurde ! Je le connais depuis toujours.

Elle paraissait sincère et pourtant Thor sentait comme un malaise en elle. Il s'arrêta.

— Si tu as la moindre inquiétude…

— Non, l'interrompit-elle sur un ton plus ferme en le regardant dans les yeux. Je ne suis vraiment pas inquiète. Nous savons tous exactement où se trouve Bethany.

— Bon.

Ils recommencèrent à marcher.

— Je déteste ne pas savoir où se trouve Marshall, en revanche, reprit-elle après un moment.

— Marshall est un type solide. Je suis sûr qu'il va bien.

— Les hommes les plus costauds peuvent sombrer, murmura-t-elle.

Thor serra les dents. Il partageait l'inquiétude de Genevieve mais refusait de l'admettre. Il glissa un bras autour des épaules de sa compagne et dit, sur un ton qu'il s'efforça de rendre rassurant :

— Marshall sera là pour le barbecue, demain. J'en suis sûr.

— Mais s'il ne vient pas, il faudra alerter la police ou au moins en parler à Jay. Ce n'est pas normal. Marshall n'aime pas être seul. Il recherche toujours notre compagnie.

— Ecoute, vous êtes tous très proches mais vous n'êtes tout de même pas mariés les uns avec les autres, dit Thor. Marshall est un beau mec. Est-ce qu'il ne pourrait pas être avec une femme ?

Genevieve sourit.

— Si, en effet, c'est une possibilité.

— Est-ce que tu t'inquiéterais autant s'il ne se passait pas toutes ces choses en ce moment ?

— Non, admit la jeune femme.

— Bon, alors, s'il ne vient pas au barbecue demain et s'il ne donne toujours pas de nouvelles, on alertera la police et on se mettra à sa recherche. Et quand on le retrouvera, il sera le premier étonné. Il se plaindra peut-être même du fait qu'on ne le laisse pas vivre sa vie.

Ils venaient d'arriver chez Genevieve, et la jeune femme ouvrit la porte d'entrée. Thor attendit qu'elle ait verrouillé de l'intérieur, et il lui prit la main.

— Maintenant, dit-il, faisons le tour des lieux et vérifions que nous sommes tout à fait seuls, d'accord ?

Genevieve hocha la tête et le suivit dans tous les coins de la maison.

— Rien dans les placards ni sous les lits, déclara finalement Thor en se tournant vers elle. Personne ne peut t'approcher. A part moi, ajouta-t-il avec un sourire.

— Tu continues de penser que je suis folle, dit Genevieve.

Thor la regarda dans les yeux.

— Je pense que tu es belle, répondit-il doucement.

C'était la bonne réponse à donner, et il était sincère.

Thor n'aurait su dire comment ils montèrent jusqu'à la chambre ni même comment ils se débarrassèrent de leurs vêtements. D'un seul coup, elle fut dans ses bras et l'univers bascula.

A un moment, il fit un effort surhumain pour revenir à la réalité et murmura d'une voix rauque :

— Je sais que tu es inquiète... Nous ne sommes pas obligés de...

Genevieve le regarda et sourit.

— Je me fondrais en toi si je le pouvais, dit-elle avant que leurs lèvres se joignent de nouveau.

Thor se perdit dans l'explosion de sensations toujours plus fortes que la jeune femme savait susciter chez lui. Sa beauté s'exprimait de tant de façons différentes. Ses lèvres pleines et sensuelles le rendaient fou. Ses hanches étaient capables des mouvements les plus extraordinaires. Et lorsqu'il jouit, ce fut de milliers de façons qui le laissèrent épuisé, et pourtant plus énergique et plus vivant que jamais. Finalement, Genevieve se blottit contre lui et ils s'endormirent.

Il ne sut jamais ce qui se passa ensuite, au milieu de la nuit. Thor s'enorgueillissait de sa faculté à dormir toujours d'un seul œil. Il avait appris ça dans la marine, lorsqu'il était posté au Moyen-Orient. C'était devenu une seconde nature.

Pourtant, il ne se réveilla que lorsqu'il sentit la jeune femme en train de frémir à côté de lui. Il avait la tête comme dans du coton et il lui fallut un moment pour prendre conscience de l'étrange humidité qui flottait autour d'eux. Il crut même sentir l'odeur si caractéristique de l'Océan. Et Genevieve n'était plus dans ses bras.

Il l'attira aussitôt contre lui, luttant pour chasser les brumes qui brouillaient son esprit.

— Genevieve ?

Elle ne répondit pas. Elle se blottit contre lui, peau contre peau.

— Qu'y a-t-il ?

— Rien, chuchota-t-elle. Un cauchemar. Mais tu es là. Ça va... Ça va, répéta-t-elle sur un ton un peu plus convaincu, cette fois.

Thor la serra encore plus fort.

— Je suis là, murmura-t-il.

— Je sais.

Elle garda le silence, blottie contre lui, et Thor fut stupéfait d'éprouver un tel bien-être. Le seul fait de la tenir ainsi dans ses bras, de dormir près d'elle lui procurait une joie profonde.

Il embrassa ses cheveux.

Il était encore fatigué. Il se sentait bien. Lentement, les brumes du sommeil l'envahirent de nouveau. Thor voulut lutter pour rester éveillé, au moins le temps que Genevieve cesse de trembler contre lui. Quand enfin elle s'assoupit, il s'abandonna à son tour.

Le lendemain, il sentit immédiatement le moment où elle se réveilla. Et, de son côté, Genevieve sut qu'il était réveillé.

Elle planta un baiser sur ses lèvres et se glissa hors de ses bras.

— Il est tard, dit-elle. Presque midi. Ils vont tous arriver d'une minute à l'autre.

Thor resta au lit quelques instants de plus, les yeux fermés. Il se sentait étrangement las, comme s'il avait livré bataille toute la nuit.

Bizarre.

Finalement, il se leva. Aussitôt, une odeur lui

chatouilla les narines. Il se figea un instant, les sourcils froncés. Puis il sut : c'était l'odeur de l'eau de mer. L'odeur très précise de l'Océan.

Il baissa les yeux vers le lit. Les draps étaient... humides.

Il fit le tour du lit.

Le tapis persan, du côté de Genevieve, était trempé.

11

— Je vous présente mon oncle Adam, annonça Audrey en arrivant chez Genevieve. Oncle Adam, voici… tout le monde.

Ils étaient tous là, en effet. Sauf Marshall.

Dès la première seconde, Thor se méfia d'Adam, principalement parce qu'il était arrivé avec Audrey. Il ne savait pas trop pourquoi la jeune femme l'agaçait à ce point. Sa profession, sans doute.

Oncle Adam était grand, mince, presque émacié. Il pouvait avoir entre soixante et soixante-dix ans. Bel homme, il avait un visage aux traits bien dessinés et des yeux gris pénétrants. Il s'exprimait d'une voix douce, polie, et semblait s'intéresser sincèrement à chacun de ses interlocuteurs.

Un peu trop, même, songea Thor qui n'avait pas aimé la manière dont Adam l'avait regardé : comme s'il *lisait* en lui.

Maintenant, il bavardait avec Genevieve. Et en plus la jeune femme lui souriait !

— J'ai apporté un mérou, annonça Jack. Tu me donnes un coup de main ?

— Hein ? Oui, bien sûr, répondit Thor à contrecœur.

Lui, ce qu'il aurait voulu, c'était écouter la conversation entre Genevieve, Audrey et ce bon vieil oncle Adam.

Il ravala un soupir et sortit. Jack lui tendit un couteau parfaitement aiguisé, et Thor put vider le poisson et faire des filets.

— A ton avis, où est Marshall ? demanda Jack.

— Quoi ?

— Marshall ? Le mec qui dirige cette expédition en tandem avec toi. Ça ne lui ressemble pas de disparaître ainsi. D'autant qu'il adore les barbecues et qu'il apprécie la maison de Genevieve.

— Je ne sais pas, répondit Thor. Mais nous avons un flic parmi nous. Le moment est peut-être venu de signaler sa disparition.

— Et s'il était en train de filer le grand amour ? On n'a pas envie d'être dérangé dans ces moments-là, hein ?

Thor ne répondit rien. Il était pressé d'en finir avec le poisson.

— Vous avez besoin d'aide ? demande Victor en les rejoignant.

Jack lui montra les filets de poisson.

— Tu arrives trop tard.

— Désolé, dit Victor.

— T'inquiète. Je crois bien que je serais capable de couper des filets de poisson dans mon sommeil.

Jack sortit un rouleau de papier d'aluminium et enchaîna :

— Ça va être succulent. Une papillote, un peu de beurre, du citron, une pincée de sel et de poivre, une gousse d'ail… Mm. On ne peut pas trouver du poisson plus frais.

— Super ! murmura Victor d'un air distrait.

— Qu'est-ce qui ne va pas ? lui demanda Thor.

— Hein ?

Victor le regarda fixement.

— Rien.

Thor haussa les épaules et entreprit de placer les filets dans le papier d'aluminium, en suivant les instructions de Jack.

— C'est ce type, reprit Victor après quelques instants.

— Quel type ? demanda Jack. L'oncle d'Audrey ?

— Qu'est-ce qu'il a ? fit Thor en feignant l'indifférence.

— Il est... bizarre. Il donne la chair de poule. Ses yeux sont tellement pâles. Et sa peau, elle est presque blanche.

— Il ne passe pas autant de temps que nous au soleil, voilà tout... Tiens, tu veux te rendre utile ? Donne un coup de main à Jack. Je vais aller voir le fameux oncle.

Sans attendre de réponse, Thor alla dans la cuisine pour se laver les mains. Genevieve le rejoignit presque aussitôt, les yeux brillants, un large sourire aux lèvres. Elle avait l'air plus vivante, plus *heureuse* que jamais, et Thor eut un pincement au cœur. Il n'avait pas encore eu l'occasion de lui parler depuis qu'il s'était levé. Lorsqu'il était descendu, Jay était déjà là, et Bethany et Victor sonnaient justement à la porte.

Elle lui sourit et fronça le nez.

— L'odeur du poisson n'est pas des plus agréables, hein ?

Thor se sécha les mains, attira la jeune femme contre lui et l'embrassa sur les lèvres, sans se préoccuper de savoir si quelqu'un pouvait les voir. Genevieve n'eut pas l'air gênée et elle lui rendit même son baiser avec enthousiasme.

— Tu as l'air en forme, lui dit Thor.

— Oui, acquiesca-t-elle. Je me sens bien. J'ai l'impression qu'on vient de m'ôter un poids des épaules.

Elle allait quitter la cuisine, mais Thor lui prit le bras.

— Qui est ce type ? Oncle Adam ?

Genevieve se dégagea et le regarda bien en face.

— Quelqu'un de très gentil.

Thor la suivit dans le living-room. Quelqu'un avait mis de la musique et Alex et Bethany s'amusaient à essayer une série de pas, tandis que Lizzie riait en se moquant d'eux. Zach et Jay sirotaient une bière en souriant.

Thor alla s'asseoir à côté d'Adam.

— Alors, Adam, de quel Etat êtes-vous ? demanda-t-il poliment.

— De Virginie. Et vous ?

Adam avait un accent distingué qui rappelait l'univers raffiné du Sud, avec ses brises parfumées et ses mint julep.

— Jacksonville, répondit Thor. Et qu'est-ce qui vous amène par ici ? Les affaires ? Ou vous êtes juste venu rendre visite à Audrey ?

Assise dans un fauteuil, la jeune femme rougit, et Thor se dit qu'elle avait intérêt à être meilleure actrice avec ses clients.

— Key West est un endroit bien agréable à visiter, répondit Adam.

— C'est vrai, admit Thor.

Mais Adam n'était pas là en tant que touriste. Il n'avait pas l'allure d'un type qui fait du bateau, encore moins celle d'un pêcheur ou d'un passionné de plongée sous-marine. Et il paraissait un peu vieux pour s'adonner aux activités grivoises pour lesquelles la ville de Key West était connue.

— J'aimerais beaucoup converser avec vous dans un cadre plus tranquille, reprit Adam. Voulez-vous que nous déjeunions ensemble, un jour prochain ?

Et, une fois encore, Thor eut l'impression que son interlocuteur lisait en lui comme dans un livre ouvert.

Il haussa les épaules.

— Ça me paraît difficile : nous recommençons à plonger à partir de demain.

— Dans ce cas, nous pouvons partager un petit déjeuner, suggéra Adam.

Thor hésita une fraction de seconde, ne sachant que répondre. Que lui voulait cet homme ?

— Quelle excellente idée ! intervint Audrey. Vous devriez faire connaissance, tous les deux, ajouta-t-elle en hochant la tête avec conviction.

Thor crut même entendre un tremblement au fond de sa voix. Tout à coup, sa décision fut prise. Oui, il allait discuter seul à seul avec cet homme : ce serait une occasion de lui parler de Genevieve et des idées ridicules qu'il cherchait à lui mettre dans la tête — comme celle de communiquer avec les morts pour bannir ses cauchemars, par exemple.

— Il faut que je sois sur le pont à 7 h 30, demain matin. On peut se voir à 6 heures, si vous voulez.

— Aucun problème, répondit Adam. Je suis descendu à La Concha. Retrouvons-nous au restaurant de l'hôtel.

Thor acquiesça d'un signe de tête, puis se leva. Il

alla trouver Genevieve, qui était en train de disposer des légumes crus sur un plateau.

— Les carottes peuvent attendre, déclara Thor en l'attirant dans ses bras pour l'embrasser.

Ils furent interrompus par Victor annonçant que le poisson, le poulet et les hamburgers étaient prêts.

— Je vais juste débarrasser rapidement dans le living-room, dit Genevieve.

Thor la suivit pour l'aider.

Victor avait laissé sa bouteille de bière vide sur la table basse. Thor la prit, puis se figea, les yeux écarquillés.

L'étiquette avait été arrachée, comme déchiquetée par les serres d'un oiseau enragé.

C'était une journée intéressante, se dit Genevieve. La présence d'Adam Harrison allait sans doute tout changer. Si seulement elle ne se faisait pas autant de souci pour Marshall ! Apparemment, elle n'était pas la seule à réagir ainsi car, au moment de servir les desserts et le café, Victor déclara brusquement :

— Jay, je suis inquiet au sujet de Marshall. Il n'est pas venu, aujourd'hui.

Jay le regarda, une cuillerée de Key lime pie à mi-chemin entre son assiette et sa bouche.

— Tu t'inquiètes pour Marshall ? fit-il, l'air incrédule.

— Personne ne l'a vu depuis deux jours, expliqua Jack.

Jay haussa les épaules.

— Il a le droit d'avoir une vie privée. Je sais que vous êtes tous très proches, mais bon, il ne se sent peut-être pas obligé de vous prévenir chaque fois qu'il a une aventure.

— Je pense qu'on devrait signaler sa disparition, déclara Genevieve.

— S'il ne répond pas à l'appel demain matin, le moment sera venu de s'inquiéter, dit Bethany.

Il y eut des murmures d'acquiescement et Genevieve baissa la tête, désappointée, mais sentant bien qu'il ne servait à rien d'insister.

Un moment plus tard, tout le monde se leva pour prendre congé. Jay partit le premier, après avoir serré Genevieve dans ses bras et l'avoir longuement remerciée pour cette excellente journée.

— Fais attention à toi, hein ? conclut-il.

— Je fais toujours attention, répondit la jeune femme.

Jay croisa le regard de Thor et hocha la tête.

— Au moins, tu n'es plus tout à fait seule, dit-il.

Genevieve sourit.

— Non.

Audrey et Adam s'approchèrent ensuite.

— Merci, dit Audrey avec effusion. Tu ne peux pas savoir à quel point je suis heureuse que nous ayons repris contact.

Genevieve la serra dans ses bras.

— Merci à toi, dit-elle.

Audrey sourit.

— Pas de quoi. Oncle Adam est chouette, hein ? ajouta-t-elle tout bas.

— Il est super, confirma Genevieve.

Puis elle se tourna vers Adam, et le seul fait de croiser son regard, de sentir la chaleur de sa main dans la sienne lui fit du bien.

— A demain soir, alors, dit-il.

Genevieve jeta vers Thor un regard un peu gêné, et Adam ajouta :

— Ne vous faites pas de souci. Nous prenons le petit déjeuner ensemble, demain matin.

Genevieve écarquilla les yeux, mais Adam secoua la tête d'un air rassurant.

— Faites-moi confiance. J'ai déjà du monde, ici, et nous sommes tous prêts à vous aider.

— Ah bon ?

— Ils ont pris un bungalow sur la plage. Nikki et Brent Blackhawk. Ils vont vous plaire, j'en suis sûr. Brent travaille avec moi depuis longtemps. Et dites-vous bien ceci : je n'ai aucun don, personnellement, mais je sens beaucoup de choses. Et j'ai un bon pressentiment. Tout ira bien.

Genevieve sourit et déposa un baiser sur sa joue, spontanément.

— Nous avons besoin d'apprendre à écouter, dit-il encore d'une voix très douce. C'est tout.

Puis il sortit avec Audrey et la porte se referma.

Il y eut un silence dans la maison. Genevieve se tourna vers le living-room et vit tous ses autres invités, les yeux fixés sur la porte close.

— Ce type est vraiment bizarre ! s'exclama Victor.

— Ouais, je trouve aussi, renchérit Alex.

Thor ne dit rien, mais il avait l'air sombre.

— Il faut dire qu'Audrey est bizarre, elle aussi, déclara Jack.

— Et vous, vous êtes tous cinglés, riposta Genevieve. N'importe quelle personne qui ne plonge pas ou ne passe pas la moitié de sa vie sous l'eau vous paraît bizarre.

— Tu as besoin d'un coup de main pour ranger ? demanda Bethany, comme si elle souhaitait changer de sujet.

— Non merci, ça ira, répondit Genevieve en secouant la tête.

— Alors, je pense qu'on devrait tous rentrer, reprit Bethany. Il va falloir se lever tôt, demain matin.

— Et se taper les discours du professeur, ajouta Alex.

— Espérons que Marshall réapparaîtra, murmura Genevieve.

— Il sera là, dit Victor en la serrant fraternellement dans ses bras. Tu verras !

— Oui, répondit la jeune femme avec un sourire.

— Hé, Victor, tu n'as pas intérêt à partir sans moi ! lança Bethany.

— Mais non ! répondit-il en levant les yeux au ciel.

Genevieve s'avisa brusquement qu'ils avaient réussi à passer tout l'après-midi ensemble sans jamais mentionner le fait qu'un assassin se promenait sans doute dans les rues de Key West.

Il y eut un nouveau silence, que Lizzie interrompit.

— Bon, on y va, nous aussi ! dit-elle en se levant. Genevieve, merci beaucoup. On a passé un moment très agréable.

Genevieve lui sourit.

— C'est moi qui vous remercie d'être venus. Et maintenant, dehors tout le monde !

Dès qu'elle eut refermé la porte, elle sentit le regard de Thor posé sur elle.

— Quoi ? fit-elle, sur la défensive.

Elle croisa les bras et Thor poussa un soupir.

— Je n'aime pas beaucoup être d'accord avec Victor, mais…

— Peu importe ce que vous racontez tous ! lança-t-elle. J'aime bien ce type.

Elle se rendit dans la cuisine pour finir de ranger, et Thor la rejoignit. Il posa les mains sur ses épaules.

— Tu ne vois donc pas ? dit-il avec douceur. Ce type est… voyons, soyons sérieux, il est aussi timbré que ton amie Audrey. Il va nourrir tes peurs, alimenter ton imagination…

Genevieve lâcha l'éponge qu'elle tenait à la main et se tourna vers lui.

— Voilà donc ce que tu penses de moi ? Tu trouves que j'ai une imagination débridée ?

Elle hésita, voyant le doute dans les yeux de Thor, devinant sans peine ce qu'il pensait. Il la prenait pour une folle et il la quitterait bientôt si elle persistait dans cette attitude.

— Ne te force surtout pas à rester là où tu n'as pas envie d'être ! lui dit-elle d'un air digne, ignorant la terrible douleur qui lui broyait le cœur.

Thor n'hésita pas un instant avant de répondre :

— Je suis exactement là où j'ai envie d'être.

Il poussa un soupir.

— Ecoute, nous sommes un peu fatigués, tous les deux, et la journée de demain promet d'être longue. De plus…

— Quoi ?

— Il y a un meurtrier quelque part, répondit-il avec douceur.

— Je ne veux pas que tu restes à cause de ça.

Une lumière brilla dans les yeux de Thor et un sourire passa sur ses lèvres.

— Je suis un peu trop costaud pour que tu me jettes dehors.

Puis il s'éloigna de quelques pas.

— Je dois me lever très très tôt, demain matin. Je vais régler le réveil à 5 h 30. Au moment de partir, je le remettrai sur 6 h 30 pour toi. Ça ira ?

— Oui, répondit-elle simplement.

— J'ai besoin de consulter mes e-mails. Est-ce que je peux utiliser ton ordinateur ?

— Oui, bien sûr.

— A moins que tu aies besoin d'aide pour ranger la maison ?

— Non, non, merci, répondit la jeune femme en secouant la tête. Je n'en ai pas pour longtemps.

Genevieve remplit le lave-vaisselle et finit de laver quelques plats à la main. Ne sachant pas si elle allait passer le reste de la semaine dans son bungalow sur la plage, elle préférait laisser la cuisine en ordre. Quand finalement elle monta, Thor était encore dans le bureau.

Elle hésita un instant à le rejoindre, puis elle décida de prendre une douche pour se débarrasser de l'odeur de poisson grillé qui s'était accrochée à elle. Avant de quitter la salle de bains, elle se demanda si elle devait enfiler un T-shirt ou se coucher nue.

Elle ferma les yeux et se mordit la lèvre. Elle était en train de tomber amoureuse. Trop vite. Trop fort. Il était tout ce qu'elle avait toujours rêvé de trouver chez un homme : vif, intelligent, drôle. Passionné par la mer, comme elle. Et, en plus, il était bâti comme Atlas et savait lui faire l'amour d'une manière qui était à la fois excitante et merveilleusement tendre.

Elle se glissa entre les draps et éteignit la lumière. Mais elle ne réussit pas à dormir. Elle avait les yeux ouverts dans l'obscurité. Il était là, au bout du couloir. Si près d'elle et pourtant si loin.

Elle allait se lever pour rallumer, lorsque Thor la rejoignit enfin. Elle se tourna vers lui et il la prit aussitôt dans ses bras.

Il lui fit l'amour lentement. Il provoquait, taquinait, et, dans la folie du désir qui la submergeait, Genevieve oublia bientôt sa peur de l'obscurité. Elle sentait les lèvres de Thor sur sa peau, la force inouïe de son corps contre le sien, les battements désordonnés de leurs cœurs. Et elle s'abandonna au tourbillon qui la portait toujours plus haut, toujours plus loin, jusqu'à l'explosion finale. Et là, comme toujours, Thor la garda serrée contre lui.

Pourtant, Genevieve crut sentir une différence, cette fois. Il était silencieux, comme perdu dans ses pensées. Et elle eut peur, tout à coup. Peur de l'avoir perdu. Comme si c'était sa façon à lui de lui dire adieu.

Aussitôt, elle voulut se dégager, soucieuse de mettre un peu de distance entre eux, alarmée de constater à quel point son cœur était devenu fragile.

Mais Thor l'attira de nouveau contre lui et l'embrassa doucement sur le front. Genevieve eut le sentiment qu'il voulait lui dire quelque chose, mais aucun mot ne franchit la barrière de ses lèvres.

« Il est solide. »

C'était la formule qu'avait choisie le Capitaine Raoul Terry, un ami de Thor qui travaillait pour les services secrets de la marine, lorsque ce dernier lui avait demandé ce qu'il pensait d'Adam Harrison. *Il est solide*.

Ses recherches sur Internet lui avaient aussi permis de trouver le nom d'Harrison dans un nombre d'articles traitant de phénomènes étranges. Il n'existait pas de site pour l'agence Harrison Investigations. Pas de publicité non plus. Mais les articles avaient mentionné des liens avec le gouvernement, et Thor avait poursuivi ses recherches jusqu'à ce qu'il tombe sur Raoul. Et la réponse de ce dernier l'avait choqué.

« Il est solide. »

Genevieve bougea légèrement. Thor l'attira plus près de lui, tout en se maudissant. Il ne se laisserait pas prendre au piège.

Et pourtant…

Il avait peur. Il n'avait jamais eu la naïveté de penser que sa taille ou sa carrure le mettaient à l'abri des problèmes, mais il avait confiance dans ses capacités de raisonnement et dans son intelligence, et il trouvait effrayant de se sentir perdre pied, de jour en jour.

Comment pouvait-il protéger Genevieve contre ses cauchemars et les visions qui paraissaient la poursuivre ?

Il serra les dents. Il y avait un meurtrier en liberté. Ça, c'était un fait.

Solide…

Ce type était sans doute un lâche, un malade qui abusait de la faiblesse de ses victimes. Il s'en était pris à une prostituée et il n'y avait donc aucune raison de penser que Genevieve courait le moindre risque.

Mais il fallait tenir compte de toutes ces disparitions demeurées irrésolues.

Tout à coup, il sentit une odeur de mer flotter autour d'eux. Encore.

— Genevieve, murmura-t-il.

Elle ouvrit les yeux et le regarda dans l'ombre, souriant, à demi endormie.

— Reste avec moi, murmura-t-il.

Elle plissa le front, se demandant visiblement de quoi il parlait. Elle n'avait pas l'intention d'aller où que ce soit.

— Reste avec moi, répéta-t-il néanmoins.

Et il lui fit l'amour de nouveau, avec une férocité qui frôlait la violence. Puis il la garda dans ses bras, peau contre peau.

Lorsqu'elle se rendormit, il essaya de rester éveillé, mais il finit tout de même par s'assoupir, ses membres étroitement enroulés autour du corps de la femme qu'il aimait.

Comme si sa peau pouvait écarter les démons auxquels il ne croyait pas.

Cette odeur, de nouveau.

L'odeur si caractéristique de la mer, des embruns. Le sel. Le vent. Les vagues.

Ils revenaient. Des hommes, marchant lentement, l'air lugubre, vêtus de haillons. Des squelettes auxquels pendaient encore des morceaux de chair putréfiée.

Ils s'approchaient de plus en plus...

Ici, une espingole. Là, un sabre.

Des touffes de cheveux s'échappant d'un crâne à peine couvert des restes d'un chapeau. Et là, un lobe d'oreille auquel pendait une boucle d'oreille en or.

Genevieve lutta contre sa peur, contre la conviction qu'ils voulaient l'encercler et la prendre au piège.

Soudain, la femme apparut, jeune et belle, ses longs cheveux flottant autour d'elle, sa robe fluide et blanche dans le courant invisible.

Son regard était infiniment triste. Et ses lèvres formèrent le même mot.

Attention !

Genevieve continua de se battre intérieurement pour ne pas céder à la panique et se réveiller. Elle devait attendre, leur laisser le temps de pénétrer son inconscient.

Attention à quoi ? se demanda-t-elle.

Les lèvres pleines et si belles de la jeune femme bougèrent de nouveau, mais ses mots furent noyés dans la sonnerie stridente du réveil.

Genevieve s'assit brusquement sur le lit et ravala un cri, plus effrayée par le bruit que par le rêve. Elle regarda autour d'elle.

Thor était déjà parti.

Elle ne se rappelait même pas avoir entendu la première sonnerie du réveil. Il avait dû se lever avant qu'elle ne se déclenche.

Genevieve ferma les yeux et prit plusieurs inspirations. Elle posa la main sur le lit. Il était trempé ! Et lorsqu'elle mit les pieds sur le tapis, elle vit qu'il était mouillé, lui aussi.

Elle resta là, nue et tremblante, luttant pour ne pas éclater en sanglots.

— Quoi ? cria-t-elle. Que voulez-vous ? Qu'essayez-vous de me dire ?

Mais les ombres du petit matin ne lui fournirent aucune réponse.

Elle poussa un juron et se rendit dans la salle de bains.

Deux hommes étaient assis dans le restaurant de l'hôtel lorsque Thor arriva. Adam portait un short et une chemise à manches courtes, et son compagnon, beaucoup plus jeune, un jean et un T-shirt avec le logo d'un groupe de rock qui avait fait fureur dans les années 90. Avant que Thor ait le temps de saluer Adam, le jeune homme lui dit :

— Bonjour, je m'appelle Josh. Je suis le fils d'Adam.

Thor hocha brièvement la tête et fit signe aux deux hommes qui s'étaient levés à son arrivée de se rasseoir, tandis qu'il prenait une chaise, lui aussi.

— Monsieur Harrison, laissez-moi vous dire d'emblée que je me suis renseigné à votre sujet, hier soir.

Le jeune homme écarquilla les yeux, mais Adam sourit simplement.

— Je n'en attendais pas moins de votre part, dit-il.

— Et je dois admettre que mes anciens collègues n'ont que des choses positives à dire sur votre compte.

Une serveuse s'arrêta à leur table pour verser du café dans la tasse de Thor et prendre la commande. Le jeune homme fit un signe pour indiquer qu'il ne prenait rien. Adam commanda un muffin et un jus d'orange. Thor opta pour des œufs brouillés et un toast. Puis, quand la serveuse se fut éloignée, Adam considéra Thor un instant, tandis que ce dernier buvait une gorgée de café.

— Vous êtes venu me voir ce matin pour me demander de partir, dit-il.

Thor reposa sa tasse en prenant tout son temps.

— Vous ne réussirez pas à me convaincre que notre expédition est hantée par des fantômes, déclara-t-il.

— Le fait qu'une jeune femme à laquelle vous

paraissez attaché souffre visiblement ne vous trouble donc pas ?

— Je pense qu'en abondant dans son sens vous ne ferez qu'empirer la situation.

— Vous avez dû voir, en faisant vos recherches, que j'ai travaillé pour le gouvernement, reprit Adam.

— Oui, en effet. Mais, vous savez, il y a des présidents qui affirment que Lincoln hante la Maison Blanche.

— C'est vrai, dit Josh.

Thor ignora l'intervention du jeune homme.

— Monsieur Harrison, le corps d'une jeune femme a été découvert sur la plage. Un véritable danger plane sur Key West, et ce danger émane d'un meurtrier en chair et en os. Nous n'avons pas besoin de rendre la situation plus difficile qu'elle ne l'est déjà en colportant des histoires de fantômes.

— Les fantômes n'ont pas toujours de mauvaises intentions, intervint Josh d'un air grave. Quand on les laisse faire, ils peuvent aider les vivants à gérer le présent.

La serveuse revint avec leurs assiettes, et Thor la remercia.

— Essayez de comprendre ma position, reprit-il.

— Mais je la comprends très bien ! répondit Adam. Et je puis vous assurer que nous ferons tout pour ne pas vous déranger.

Thor mangea sans le moindre plaisir.

— Laissez mes plongeurs tranquilles, dit-il finalement.

Adam Harrison se pencha en avant.

— Ecoutez, vous vous êtes renseigné sur mon compte. Vous savez que je suis honnête. Donnez-moi une chance en me permettant de rester dans les environs. Et puis nous savons très bien que nous ne parlons pas de vos plongeurs au pluriel. Une seule personne nous intéresse. Et nous savons aussi qu'elle compte beaucoup pour vous.

— Elle vous fait peur, dit Josh.

Thor le foudroya du regard.

— Ne vous détournez pas d'elle, quoi qu'il arrive, reprit Adam avec douceur. C'est une femme exceptionnelle.

Thor se demanda si son sentiment de culpabilité était clairement inscrit sur son visage. Oui, toute cette histoire le mettait mal à l'aise. Il se surprenait à vouloir protéger Genevieve, mais aussi à vouloir... prendre la fuite.

— Je ne crois pas aux fantômes, déclara-t-il finalement d'un ton ferme.

— Ça va venir, dit Josh avec douceur, presque avec tristesse.

Thor soupira.

— Apparemment, je n'arriverai pas à vous convaincre de partir aujourd'hui. Gardez bien à l'esprit, cependant, que je ne crois pas une seule seconde en ce que vous faites. Et veillez à rester discret.

— Je ferai de mon mieux pour me tenir à l'écart de vous, mais vous devez, vous aussi, comprendre que j'ai un travail à accomplir. Je suis convaincu que vous finirez par me remercier.

Thor fut surpris de découvrir qu'il avait mangé ses œufs brouillés sans trahir la fureur qui le consumait. Il se leva.

— J'espérais que nous arriverions à nous entendre, dit-il froidement.

Adam Harrison eut un sourire lent qui ne fit qu'exacerber la colère de Thor.

— Non, dit-il. Vous espériez m'intimider et me forcer à partir. Mais je comprends. Je ne vous en veux pas. Bonne journée, monsieur Thompson. Et bonne plongée !

Rassérénée par une longue douche, Genevieve enfila un maillot de bain, un short et un T-shirt.

Dans la cuisine, elle découvrit que Thor lui avait laissé du café. Elle sourit, se demandant comment elle pouvait se sentir à la fois si touchée et si triste.

Puis elle écarta de son esprit l'idée qu'il ne resterait pas avec elle parce qu'elle était vraiment en train de devenir folle.

Elle réunit les affaires qu'elle voulait emporter dans son bungalow, et quitta la maison. Au moment de tourner la clé dans la serrure, une drôle de sensation l'assaillit.

Elle regarda autour d'elle. Il était encore très tôt. Le jour n'était pas entièrement levé et il y avait des ombres partout. Et, au milieu de ces ombres, Genevieve crut sentir des yeux qui la regardaient.

Elle poussa un juron et s'engagea dans l'allée d'un pas déterminé.

Elle était seule dans la rue. Et elle avait toujours l'impression qu'on la regardait. Elle s'arrêta brusquement, furieuse. Il n'y avait personne. Et pas un bruit. Pas même un chant d'oiseau.

Elle se remit à marcher.

Puis elle entendit des pas. Quelqu'un courait derrière elle.

Elle regarda par-dessus son épaule. Oui, là, près d'un buisson, il y avait une ombre…

Elle se mit à courir à perdre haleine, et jaillit sur

Duval Street au moment même où le livreur de lait sortait d'une maison. Elle l'évita de peu.

— Bonjour ! fit-il sur un ton enjoué.

Genevieve s'arrêta et déglutit péniblement, le cœur battant. Puis elle regarda de nouveau derrière elle.

La rue était vide.

12

Genevieve arriva la dernière, avec juste quelques minutes de retard. La matinée était splendide : le ciel était dégagé et une petite brise soufflait doucement. Des conditions idéales pour plonger.

Le Pr Henry Sheridan avait installé sa maquette et il était prêt à se lancer dans l'un de ses interminables discours.

Il n'y avait qu'un problème : Marshall n'était pas là.

Quand la jeune femme rejoignit le groupe, Thor arborait un air franchement irrité et Victor disait justement :

— Moi, je trouve ça bizarre. Ça ne lui ressemble pas du tout de faire une chose pareille.

— Je suis tout à fait d'accord, renchérit Alex.

— Moi aussi. Je trouve ça inquiétant, dit Bethany.

Marshall n'était pas là mais Jay était présent, ainsi qu'un couple d'inconnus : la femme, blonde, était ravissante, et l'homme, très brun, devait avoir des ancêtres amérindiens.

Genevieve se glissa sur le banc de la table de

pique-nique à côté de Bethany, et lui demanda dans un chuchotement :

— Que se passe-t-il ? Qui sont ces gens ? Je ne comprends rien… Et Marshall, on a du nouveau ?

— Il est retenu sur le continent, « par un cas de force majeure », répondit Bethany. Il a appelé le poste de police hier soir, mais trop tard pour prévenir l'un d'entre nous, apparemment. Voilà pourquoi Jay est ici. Il est venu transmettre le message. Marshall a promis de revenir dès que possible.

Genevieve écarquilla les yeux.

— C'est pour ça que Thor a l'air furieux ?

— Ouais. Il est dégoûté. Il a l'habitude de diriger ses expéditions d'une main de fer, et celle-ci se barre en sucette pratiquement depuis le début.

— Je voudrais un peu de silence, s'il vous plaît ! lança Thor d'un ton sec. Je déplore l'absence de Marshall tout autant que vous, mais c'est un homme responsable : s'il dit qu'il est retenu par un cas de force majeure, eh bien soit. Nous, on continue.

Il y eut un silence.

— Bon, dit le Pr Sheridan en désignant sa maquette. La *Marie Joséphine*. Lancée en octobre 1803, achetée par les Anglais en 1816. Déplacement : mille huit cents livres. Longueur : cent soixante pieds, c'est-à-dire quarante-neuf mètres, ainsi que vous le savez. Tirant d'eau : quatorze pieds et trois pouces, ce qui représente quatre mètres trente-cinq. Elle transportait trente canons et deux canons de proue de près de onze kilos chacun. Ces canons sont quelque part sous l'eau. Les mâts ont été détruits et il y avait des trous dans la coque. Le navire était déjà mortellement blessé avant même que débute la tempête. Nous nous sommes basés sur les descriptions des dommages retrouvées dans un journal de bord tenu par un pirate pour reconstituer le naufrage sur l'ordinateur. Je suis convaincu qu'elle a pris l'eau de telle façon qu'elle s'est fendue en deux au moment d'entamer sa descente. Il est estimé que la tempête qu'ils ont essuyée avait des vents soufflant à une force de près de trois cent vingt et un kilomètres à l'heure. Cela signifie que de grosses portions du navire ont pu être transportées à une distance de près de deux kilomètres. La zone que vous devez couvrir est donc très vaste. Vos indices seront les canons et…

Il sortit une liasse de papiers de sa serviette en cuir.

— … voici des illustrations créées par ordinateur et qui vous montrent à quoi peuvent ressembler les morceaux du navire à l'heure actuelle.

— On dirait des coraux, dit Alex.

— Exactement. Vous pourriez très bien être en train de regarder un morceau de la coque et ne même pas vous en rendre compte. Voilà pourquoi je tenais tant à vous parler, ce matin. Vous devez apprendre à regarder différemment. Etudiez bien ces dessins. La *Marie Joséphine* est là-dessous, quelque part, et si l'on en croit la pièce d'or que vous avez trouvée, vous êtes dessus. Il ne reste plus qu'à la reconnaître, maintenant. Voilà. J'ai terminé pour aujourd'hui, conclut le professeur avec un sourire satisfait.

Les plongeurs regardaient ses illustrations, et pas un seul d'entre eux n'avait bâillé.

— Merci, professeur, dit Thor d'un ton ferme.

Les autres levèrent la tête et se mirent à applaudir. Sheridan rougit violemment.

— Merci. Et bonne chance !

— Hé, professeur, ça vous dirait de sortir avec nous sur un des bateaux, aujourd'hui ? proposa Jack.

Sheridan pâlit presque aussi vite qu'il avait rougi.

— Merci beaucoup, mais je préfère laisser la plongée aux experts, dit-il.

Genevieve remarqua que Jay discutait avec Thor. Ce dernier avait l'air de plus en plus morose. Il se tourna vers le couple d'inconnus qui était venu avec Jay et leur posa plusieurs questions. Finalement, il haussa les épaules, comme si plus rien n'avait d'importance pour lui. Il dut sentir le regard de Genevieve car il se tourna vers elle.

— Tu es avec moi, dit-il.

— Hé, qui plonge avec moi, alors ? demanda Victor. Jack ?

— Moi, répondit la jeune femme blonde avec un sourire en s'approchant de lui. J'espère que ça ne vous ennuie pas trop. Je m'appelle Nikki.

— Salut, Nikki ! dit Victor, l'air parfaitement ravi de ce retournement de situation.

— Désolé, j'aurais dû faire les présentations, dit Jay. Nikki et Brent Blackhawk travaillent pour le gouvernement. Ne grognez pas, s'il vous plaît ! Ils s'y collent parce qu'il vous manque un homme ET un bateau. Jack et Brent resteront sur le *Seeker*, et je vais venir, moi, avec le bateau de patrouille de la police.

— On peut prendre mon bateau, suggéra Jack.

— Oh, super ! répliqua Bethany d'un air taquin.

— Hé, il a juste besoin d'un petit coup de peinture !

— Ne vous inquiétez pas : le bateau de patrouille est parfait, dit Jay.

— Et nous vous remercions, ajouta Thor.

— Ouais, marmonna Alex en secouant la tête. A quoi peut bien penser Marshall ?

— Bon, au boulot, maintenant ! lança Thor.

Il souleva le sac contenant son équipement de plongée.

Genevieve fit de même, puis s'avisa que Nikki l'avait rejointe et marchait à côté d'elle. Elle lui sourit.

— Bonjour ! Mon nom est Genevieve. Vous avez beaucoup d'expérience en plongée ?

Nikki lui rendit son sourire.

— Je me débrouille.

Elle marqua une pause.

— J'aurais préféré plonger avec vous, mais bon... je suis déjà contente d'être acceptée sur l'un des bateaux.

— Je vois, dit Genevieve qui, en réalité, ne voyait rien du tout. Victor est mon équipier, généralement. C'est un excellent plongeur.

— Je n'en doute pas un instant.

— Ah bon ?

— Il ne ferait pas partie de cette expédition, sinon.

Genevieve sourit et hocha la tête. C'était vrai.

Elles se séparèrent en arrivant à l'appontement. Et soudain Genevieve fronça les sourcils. Adam Harrison avait mentionné que deux personnes étaient là pour l'aider — des personnes qui avaient l'habitude de gérer le genre de situation dans laquelle elle se trouvait.

Genevieve avait aussitôt pensé qu'il s'agissait de psychiatres.

— Hé, attendez ! lança-t-elle à l'adresse de la jeune femme.

Nikki se retourna.

— Vous êtes avec Adam, n'est-ce pas ? reprit Genevieve à voix basse.

Nikki hocha la tête et jeta aussitôt un regard en direction de Thor. Genevieve dut se retenir pour ne pas éclater de rire. Elle se sentait étrangement soulagée.

— Pas un mot ! souffla-t-elle d'un air complice.

Tandis que le bateau fendait les flots en direction de leur site d'exploration, Thor ignora Genevieve mais s'entretint longuement avec Brent Blackhawk. L'homme avait une voix douce et grave, et il dégageait un air d'autorité sereine. Genevieve comprenait sans mal que Thor se sente à l'aise avec lui. Blackhawk paraissait capable de traverser n'importe quelle tempête. Il n'était pas austère pour autant, et, lorsqu'il croisa le regard de Genevieve, il sourit instantanément et lui adressa même un clin d'œil.

En observant Thor, la jeune femme eut la conviction, brusquement, qu'il connaissait la véritable raison de la présence de Nikki et Brent. Pourtant, il se comportait de manière affable. Pourquoi ? Attendait-il simplement le meilleur moment pour les jeter aux requins ?

Le moteur du bateau s'arrêta dans un hoquet et Brent Blackhawk vint lui donner un coup de main pour attacher ses bouteilles. Genevieve croisa son regard et crut y lire comme un encouragement. Elle le remercia et rejoignit Thor sur la plate-forme de plongée. Thor la regarda un instant, puis il sauta. Elle le suivit.

Tandis qu'ils descendaient sous l'eau, Genevieve jeta un coup d'œil à son compteur. Quinze mètres… Seize mètres. Dix-huit mètres. Il y avait des coraux sur sa droite. Et, à trois mètres sur sa gauche, une pente qui descendait encore sur plusieurs mètres. Victor et Nikki étaient là aussi, à une dizaine de mètres environ.

Genevieve nageait lentement. Thor ne cessait de regarder par-dessus son épaule, comme pour s'assurer qu'elle le suivait bien. La mer était claire, le courant régulier, et le bruit du détendeur aussi relaxant que la température de l'eau. Des poissons de couleurs vives passaient à toute vitesse autour d'eux. Un énorme mérou se tenait près d'une formation de coraux, et la jeune femme eut une pensée coupable pour son excellent repas de la veille. Il était amical, en plus. Il nagea directement vers elle. Elle tendit la main et laissa ses doigts courir légèrement sur son large corps. Le poisson devait peser au moins soixante-dix kilos de plus qu'elle.

Thor s'était arrêté et il la regardait. Voyant qu'elle n'avait été retenue que par un gros poisson, il se remit à nager.

Genevieve regarda le mérou s'éloigner, et soudain, à sa place, elle vit la femme. Son cœur se mit à cogner dans sa poitrine et elle dut faire un effort pour ne pas cesser de respirer.

La femme la regardait avec ses grands yeux tristes, ses cheveux blonds et sa robe blanche flottant autour d'elle. Puis elle lui fit signe de la suivre.

Genevieve nagea derrière elle, comme envoûtée. Elle avait oublié Thor — jusqu'à ce qu'il lui attrape la cheville. Il la regarda d'un air furieux à travers son masque.

Elle lui montra la femme du doigt, mais Thor secoua la tête. Alors, Genevieve joignit les mains en un geste de supplication. Puis elle s'éloigna rapidement.

La femme l'attendait, quelques mètres plus loin.

Il y avait un écueil derrière elle, et Genevieve se mit à creuser le sable doucement. Elle sentait bien que Thor refusait d'y croire.

Malgré tout, il la rejoignit et entreprit de l'aider dans sa tâche.

Ils travaillèrent côte à côte un long moment, déplaçant une énorme quantité de sable. L'eau autour d'eux était devenue trouble. Mais Thor ne l'abandonna pas. Et il ne cessa pas de travailler.

Finalement, elle heurta un objet dur.

Une boîte !

C'était une sorte de coffret en métal qui avait dû contenir des souvenirs chers ou peut-être des papiers importants. Il était finement ciselé. Ni le sel ni le sable ni le temps n'avaient réussi à effacer totalement les dessins délicats de fleurs et d'oiseaux que l'on distinguait encore à travers tout ce que la mer avait fait pousser sur ses parois.

Thor regarda Genevieve fixement, et la jeune femme tressaillit car ce regard semblait lui dire qu'il la trouvait belle mais trop étrange pour n'être pas tenue à distance.

Il prit le coffret et lui fit signe de remonter à la surface.

Genevieve hocha la tête. Elle se tourna pour remercier le fantôme, mais la femme avait déjà disparu.

Quelques minutes plus tard, ils atteignaient la surface de l'eau. Thor tendit le trésor à Jack, puis ôta ses palmes, les jeta à bord du bateau, et se débarrassa de son masque. Lorsqu'il fut sur la plate-forme, il se pencha pour aider Genevieve. Mais il ne croisa pas son regard.

— Elle nous a refait le coup, dit-il simplement.

— Ça alors ! s'exclama Jack. Hé, Genevieve, tu ne voudrais pas venir t'asseoir à une table de roulette avec moi, un de ces jours ?

Brent Blackhawk les avait rejoints et il prit le coffret des mains de Jack.

— Vous savez ce qu'il contient ? demanda Thor.

Blackhawk eut un haussement d'épaules.

— Il a pu appartenir à Anne, dit-il. Nous y trouverons peut-être des informations qui nous renseigneront davantage à son sujet.

— Parce qu'elle tient à ce que nous soyons informés, si je comprends bien, dit Thor.

— Nous voyons tous ce que nous choisissons de voir, et nous interprétons ce qui nous arrive de la même façon, répondit Brent d'un ton neutre.

— Il y a une serrure, dit Genevieve en se débarrassant de sa combinaison de plongée.

— On la confiera au labo, déclara Thor. Il n'y a aucune raison de détruire un objet vieux de plusieurs centaines d'années.

— Tu veux rire ? s'exclama Jack. Il va falloir attendre tout ce temps ? Quel mal y a-t-il à forcer la serrure ?

— Nous ne sommes pas des chercheurs de trésors, Jack. Notre mission consiste aussi à préserver l'Histoire, lui rappela Thor.

Lizzie apparut à l'extrémité du bateau, suivie par Zach. Un seul regard leur suffit pour comprendre qu'on avait fait une nouvelle découverte.

— Non ! s'écria-t-elle en regardant Genevieve. Tu es incroyable, vraiment !

— Incroyable, répéta Thor à voix basse.

Genevieve passa devant lui.

— Il y a bien des sodas dans la glacière ?

— Oui, il faut fêter ça ! s'exclama Lizzie. On a quelqu'un qui est encore plus efficace qu'un sonar. C'est fabuleux !

Son enthousiasme fit sourire Genevieve.

— Merci, Lizzie, dit-elle avant de regarder Thor d'un air de défi.

Il lui tourna le dos et se rendit dans la cabine pour passer un appel radio. Elle entendit Jay lui répondre presque aussitôt.

— Ouais, Genevieve est allée directement sur un coffret. C'est bon pour aujourd'hui. Rentrons. Avec un peu de chance, on aura des nouvelles de Marshall avant la tombée de la nuit.

Un moment plus tard, Genevieve reçut un accueil délirant de la part des autres membres de l'équipe — et de Nikki, aussi.

— N'ayez pas l'air aussi désespérée ! lui chuchota la jeune femme à l'oreille, tandis qu'elle la serrait dans ses bras. Allez prendre une douche, vous changer, et on se retrouve sur le parking avec Brent. On a rendez-vous avec Adam et Audrey. Tout ira bien.

Genevieve força un sourire sur ses lèvres.

— Merci.

Mais Nikki la prit par les épaules et la regarda sérieusement.

— Il faut vous ouvrir, Genevieve. Le fantôme essaie de vous aider.

— Ce fantôme me fait passer pour une cinglée.

Nikki sourit et haussa les épaules.

— Ouais, les fantômes ont cette fâcheuse tendance. C'est pourquoi j'aurais préféré plonger avec vous. Mais nous devons être prudents.

Elle s'interrompit car Victor approchait. Il souleva Genevieve dans ses bras et la fit tourner.

— Chérie, il faut absolument que tu balances ce dieu nordique et que tu redeviennes ma partenaire.

Il y eut un éclat de rire général, et même Thor parut prendre la remarque avec humour, ajoutant qu'il était bien agréable de se faire traiter de dieu. Puis il reprit son sérieux et déclara qu'il allait porter le coffret au laboratoire du professeur.

Genevieve ferma les yeux une fraction de seconde, le cœur dans la gorge, puis elle se réjouit qu'il ne lui ait pas demandé de l'accompagner.

Elle se rendit dans son bungalow, se doucha et s'habilla, sans réussir à contrôler le tremblement qui paraissait la secouer tout entière. Elle fit aussi vite que possible, craignant que Thor ne réapparaisse.

Paradoxalement, son cœur saignait de penser qu'elle l'avait peut-être déjà perdu, qu'il devait la considérer comme une sorte de méduse exotique — magnifique lorsqu'elle était dans l'eau, mortelle quand elle enroulait ses tentacules autour d'une proie.

Chassant ces pensées de son esprit, elle quitta le bungalow et se rendit sur le parking. Elle était la première et s'appuya contre le capot d'une voiture pour attendre.

Un nuage cacha le soleil. Autour d'elle, les palmiers se balançaient doucement dans la brise qui se levait. Ils paraissaient chuchoter. Genevieve serra les dents. Elle avait l'impression, d'être observée, épiée… Elle entendit comme un mouvement dans les arbres, et faillit pousser un cri lorsqu'une voix retentit derrière elle.

— Hé, salut à toi, belle sirène des profondeurs !

La jeune femme fit volte-face.

— Jack ! Tu m'as fait peur ! s'exclama-t-elle.

Il haussa les épaules.

— Désolé. Je t'offre un verre ?

— Non, merci : je dois retrouver Audrey. Une autre fois ?

— Quand tu voudras, ma belle. Je ne vais nulle part. Tu n'auras qu'à me faire signe et je serai là dans la seconde.

Genevieve lui sourit.

— Merci, Jack.

Il lui fit un signe et traversa le parking en direction de la rue. Presque aussitôt, Brent et Nikki arrivèrent.

— Salut ! dit Nikki en passant un bras sous celui de Genevieve. Ne faites donc pas cette tête-là ! Vous serez bientôt riche et célèbre. Oh, j'oubliais que cette expédition est financée par l'Etat ! Rectification : vous serez vaguement riche et célèbre.

« Je veux juste être saine d'esprit », songea Genevieve.

— Il existe une raison au fait que vous voyez ce que vous voyez, déclara Brent posément.

Genevieve lui offrit un pauvre sourire.

— Toujours ?

— Non, pas toujours. Il arrive que des gens voient surtout ce qu'ils ont envie de voir. C'est pourquoi nous ne sommes pas faciles à joindre. Adam ne fait pas intervenir ses troupes avant d'avoir vérifié que l'affaire est sérieuse.

Une fois encore, Genevieve se dit qu'il y avait quelque chose de vraiment solide chez Brent Blackhawk — solide et sain, au milieu de toute cette folie. Elle hésita.

— Alors… est-ce que vous voyez des fantômes ? demanda-t-elle finalement.

— Tout le temps, répondit-il avec douceur.

Genevieve se tourna vers Nikki.

— Et vous ?

— Pratiquement depuis toujours. Des ombres. Un soupçon de quelque chose. Mais ils ne me parlent que depuis peu de temps.

Les rues de Key West grouillaient de touristes et des musiques différentes jaillissaient des bars, le long de Duval Street. Au milieu de tout ce bruit, de tous ces gens qui s'amusaient, faisaient la fête, profitaient de leurs vacances, au milieu de tous ces gens qui vivaient, tout simplement, cette conversation paraissait vraiment le comble de l'absurdité.

Enfin, ils s'engagèrent dans la petite allée qui abritait la maison d'Audrey. Adam Harrison était là et ce fut lui qui leur ouvrit la porte. Il salua Nikki et Brent avec chaleur et, cette fois encore, sa seule présence agit comme un baume sur le moral de Genevieve.

— Entrez ! lança Audrey depuis le living-room.

Elle était installée devant la table basse qui était couverte de livres, de magazines et de papiers divers.

— Nous venons de passer plusieurs heures à faire des recherches sur la *Marie Joséphine*, la tempête et la manière dont elle a sombré, expliqua Adam. Est-ce qu'il y a du nouveau, de votre côté ?

— Genevieve a trouvé un coffret, aujourd'hui, dit Brent. Un petit coffre fermé à clé.

— Ah bon ? Le fantôme vous y a menée ? demanda Adam, comme si c'était la chose la plus naturelle du monde.

Genevieve hocha la tête.

— Elle vous aime bien, dit Nikki en hochant la tête avec conviction.

— Génial ! marmonna Genevieve.

— Elle vous a peut-être choisie parce qu'elle pense que vous êtes disposée à l'aider, dit Brent.

Il marqua une pause et la considéra quelques instants.

— Certaines personnes sont douées d'un sixième sens, même si bien peu l'admettent. On ne se résigne pas facilement à être pris pour un fou. Vous avez sans doute toujours senti des choses qui sortaient de l'ordinaire, mais c'est seulement maintenant que quelqu'un essaie d'entrer en contact avec vous. Ce fantôme a l'air de vous considérer comme une âme sœur. C'est bien.

— C'est bien ? s'exclama Genevieve. J'ai failli avoir plusieurs crises cardiaques à cause d'elle !

— Oui, mais maintenant, vous êtes habituée, répondit Brent de cette voix tranquille et posée qui paraissait donner un sens aux propos les plus délirants.

— Ce que je ne comprends pas, intervint Nikki en s'asseyant, c'est que Genevieve voie des pirates. D'après ce que l'on sait, les pirates ont survécu, et c'est l'équipage du bateau qui a sombré : les témoignages qui restent sont ceux que l'on a trouvés dans les journaux de bord et les lettres écrites par les pirates.

— Oui, en effet, reconnut Adam.

— Cela dit, comment pouvons-nous être sûrs que le fantôme vient de la *Marie Joséphine ?* enchaîna Nikki. Le cadavre d'une femme assassinée a été retrouvé sur la plage. Cela signifie qu'il y a peut-être d'autres victimes. D'autres fantômes.

— Tu l'as vue ? demanda Adam.

Nikki secoua la tête.

— Je ne plongeais pas avec Genevieve. Nous avons

eu de la chance que Thor Thompson nous autorise à les accompagner. Il sait que nous sommes avec toi.

Adam réfléchit un moment.

— C'est quand même la deuxième fois que le fantôme entraîne Genevieve vers les vestiges de l'épave, alors j'ai tendance à croire qu'elle se trouvait à bord de la *Marie Joséphine* quand le bateau a sombré.

Il y eut un silence. Puis Brent le brisa finalement.

— Genevieve, vous allez sans doute estimer que c'est n'importe quoi, mais je pense que nous devrions essayer de faire une séance.

— Une séance ? répéta la jeune femme en regardant désespérément autour d'elle, comme pour trouver une raison de dire non. Mais, euh... il fait encore jour !

— Ça ne fait rien, dit Brent. Il est vrai que les fantômes ont tendance à préférer l'obscurité mais certains se promènent dans la rue en plein jour. Souvent, ils sont chargés d'une mission.

Il sourit.

— Je vous ai déjà dit que je voyais des fantômes, moi aussi. Depuis pratiquement toujours. J'ai la chance d'être amérindien. Les gens pensent que nous avons une tendance au mysticisme et c'est sans doute vrai. En tout cas, l'univers des esprits nous est familier.

Il marqua une pause, parut hésiter un instant, puis reprit :

— Parfois, il est impossible d'aider les fantômes. Ils déambulent dans les rues et c'est leur manière de se punir pour une action qu'ils ont commise et qu'ils jugent mauvaise. Ils doivent parvenir à s'accepter pour être enfin libérés. Mais il arrive aussi que des événements se produisant dans le monde des vivants les incitent à se manifester.

— Ils peuvent aider à résoudre des meurtres, par exemple, expliqua Nikki.

Genevieve hocha la tête d'un air dubitatif.

— Tout de même... une séance ?

— Cela n'a rien à voir avec ce que vous avez pu voir dans les films, vous savez ? dit Adam. Je comprends votre réticence mais je vous assure que vous n'avez aucune raison d'avoir peur.

Genevieve hésita encore un instant, puis haussa les épaules.

— Bon, d'accord.

— Venez par ici, dit Audrey en leur indiquant une table ronde. C'est là que je fais semblant de contacter les morts, en général, ajouta-t-elle avec un petit sourire mi-figue, mi-raisin.

Nikki et Brent se placèrent de chaque côté de Genevieve et ils formèrent un cercle autour de la table. Lorsque la jeune femme glissa sa main dans les leurs, elle sursauta presque en sentant un fort courant d'électricité circuler à travers tout son corps.

— Il n'y a pas de gadget sous la table, hein, Audrey ? demanda-t-elle.

Son amie arbora un air blessé.

— Pardon, murmura Genevieve.

— Pas aujourd'hui, affirma Audrey avec dignité.

— Alors... qu'est-ce qu'on fait, maintenant ? demanda Genevieve.

— On se tient la main, répondit Brent. Imaginez votre vision.

Genevieve fit ce qu'on lui demandait ou, du moins, elle s'y efforça. Mais elle ne pouvait s'empêcher de penser au ridicule de la situation : tous ces adultes se tenant la main autour d'une table !

— Videz votre esprit, lui dit Brent d'une voix grave et étrangement calme. Fermez les yeux pendant un moment et respirez profondément. Essayez de ne penser à rien. Puis imaginez votre vision.

Genevieve obéit. Puis elle ouvrit les yeux.

La femme était là.

Jay conduisit Thor au laboratoire, et ce dernier en profita pour exprimer ce qu'il avait sur le cœur.

— Vous auriez pu mentionner le fait que vos nouveaux amis sont avec Adam Harrison, dit-il.

Jay lui coula un bref regard.

— Mon chef m'a juste dit qu'ils étaient envoyés par les fédéraux. Il n'a pas mentionné Harrison.

— Ouais. Et vous n'avez pas eu le moindre soupçon ?

Jay haussa les épaules d'un air un peu gêné.

— Si. Mais quelle différence cela fait-il ? Vous le saviez, vous aussi.

— Ouais, en effet, admit Thor.

Il garda le silence un instant, avant de reprendre :

— J'ai demandé à Harrison de garder ses distances mais j'ai l'impression qu'il ne faut pas compter là-dessus.

— Personnellement, il me fait l'effet d'être quelqu'un de correct, dit Jay.

— Je ne sais pas. Lui, peut-être, mais le fils ne me plaît pas : il a une grande gueule.

— Le fils ? répéta Jay, l'air surpris.

— Le fils d'Harrison, oui. Il est à Key West, lui

aussi. Il s'appelle Josh. Je l'ai rencontré ce matin, quand j'ai pris le petit déjeuner avec son père.

— C'est impossible, dit Jay.

— Pourquoi ça ? demanda Thor.

— Harrison a eu un fils, en effet. Et il s'appelait bien Josh. J'ignore qui vous avez vu ce matin, mais ce n'était pas son fils. Josh a trouvé la mort dans un accident de voiture, il y a dix ans.

13

La femme regardait Genevieve fixement. Pour une fois, ses cheveux et sa robe ne paraissaient pas flotter dans l'eau. Ses yeux étaient d'un bleu profond, presque violet, et ses cheveux avaient la couleur des blés mûrs. Elle n'avait jamais été aussi clairement visible.

Elle regarda autour d'elle, tandis que Genevieve s'efforçait de respirer régulièrement, de ne pas cligner des yeux. Elle ne voulait surtout pas la perdre.

Soudain, elle s'avisa qu'elle n'était pas la seule à voir le fantôme.

— Bonjour, lui dit Brent Blackhawk d'une voix douce. N'ayez pas peur.

Mais le fantôme l'ignora pour se concentrer sur Genevieve.

— *Attention !* dit-elle, comme à l'accoutumée.

— A quoi ? demanda Genevieve. A quoi dois-je faire attention ? S'il vous plaît, aidez-moi !

La femme tendit ses bras qui étaient couverts par la soie blanche de sa longue robe.

— *Aidez-moi*, chuchota-t-elle. *Attention !*

— Oui, je veux vous aider, lui répondit Genevieve. Dites-moi ce que je dois faire.

Le fantôme eut l'air désemparé, effrayé. Pourquoi

un fantôme aurait-il peur ? Et de quoi ? Puis, à sa grande consternation, Genevieve la vit disparaître.

— Attendez ! cria-t-elle. Ne partez pas !

Mais c'était fini. La femme ne laissait derrière elle que son avertissement chuchoté.

Attention !

Et plus rien. Ou plutôt l'absence de quelque chose. Car Genevieve sentait comme un changement subtil. Elle regarda Brent, puis Nikki, et prit soudain conscience qu'elle leur broyait la main. En face, Audrey la dévisageait.

Genevieve déglutit péniblement.

— Vous l'avez vue, n'est-ce pas ? demanda-t-elle à Brent.

— Oui.

— Nikki ?

— J'ai surtout senti quelque chose. Je savais qu'elle était là.

— Audrey ?

— Rien de rien, avoua la jeune femme d'un air dépité.

— Certains d'entre nous ont une bonne vision, d'autres naissent myopes, dit Adam avec gentillesse. Certains sont d'excellents acrobates, et d'autres ont le génie des mathématiques.

— Je me demande pourquoi elle a disparu comme ça, murmura Brent.

— « Attention », et « aidez-moi, » répéta Genevieve. Cela ne nous éclaire pas beaucoup.

Malgré tout, elle se sentait infiniment soulagée. Il y avait bien un fantôme. Elle n'était pas folle.

— Je sais ! s'exclama brusquement Audrey. La pauvre femme a été assassinée. Elle n'a jamais eu de funérailles. Il faut lui organiser une cérémonie.

— Mais nous ne savons même pas qui elle est ! répliqua Genevieve.

— Elle passe le plus clair de son temps avec des pirates, non ? Au fait, ils étaient là, eux aussi ?

Genevieve secoua la tête.

— N'empêche, reprit Audrey. Vous cherchez la *Marie Joséphine*. Le bateau a été attaqué par des pirates avant la tempête qui a précipité son naufrage. Ce fantôme doit être celui d'Anne, la fille du capitaine. On devrait organiser un service funèbre en mer pour l'aider à trouver le repos.

— Pourquoi pas ? fit Nikki avec un haussement d'épaules. Ça ne peut pas faire de mal, de toute façon.

— Au contraire ! lança Adam.

— Comment ça ? demanda Audrey.

— Eh bien, est-ce que Genevieve a vraiment envie de la voir disparaître ?

— Evidemment ! s'exclama l'intéressée. Si elle souffre, je veux qu'elle retrouve la paix. Pourquoi ne le voudrais-je pas ?

— Elle est en train de vous aider à retrouver le trésor, fit remarquer Adam.

— Elle nous a déjà bien aidés, dit Genevieve. Il est clair que nous sommes sur la bonne piste. Il nous suffit maintenant d'être particulièrement attentifs. S'il existe un moyen de la libérer, je le ferai avec plaisir.

— Je peux appeler le père Bellamy pour qu'il dise une oraison funèbre, proposa Audrey.

— On devrait en parler à Thor, reprit Genevieve. Imaginez aussi que les journaux l'apprennent. Ce serait la catastrophe.

— Pas nécessairement, dit Nikki. Tout dépend de la manière dont les faits sont présentés.

Ils furent tous surpris par un coup frappé à la porte. Audrey se leva rapidement et entreprit de réunir tous les papiers éparpillés sur la table basse, le canapé et les fauteuils.

— L'un de vous veut-il répondre ? demanda-t-elle.

Genevieve alla ouvrir, et elle écarquilla les yeux. Pratiquement tout le monde était là : Bethany, Alex, Victor, Jack, Jay et Thor. Ce dernier portait des lunettes de soleil, et Genevieve ne put distinguer l'expression de ses yeux.

— Salut ! s'exclama-t-elle.

— On peut entrer ? demanda Victor.

— Euh…

— Bien sûr ! répondit Audrey en se dirigeant vers la porte. Salut, Victor. Bonjour tout le monde.

Elle salua les uns et les autres, mais garda ses distances avec Thor.

— Je suis désolé pour cette intrusion, dit Thor. Jay et moi, nous cherchions Adam. Nous avons croisé les autres en chemin.

— Eh bien, je suis là, dit Adam sur un ton faussement léger.

— J'expliquais à Jay que j'avais rencontré votre fils, ce matin, enchaîna Thor. Mais il ne me croit pas.

Harrison demeura bouche bée. Le choc était tel qu'il lui fallut plusieurs minutes avant de reprendre ses esprits.

— Mon fils est mort il y a dix ans, dit-il doucement.

Genevieve remarqua que le visage de Thor était comme un masque de granit.

— Dans ce cas, qui était avec nous, ce matin ? demanda-t-il.

— Personne, répondit Adam.

— Allons ! s'exclama Thor avec impatience. Vous avez pris un muffin, j'ai commandé des œufs, et votre fils…

— Oui ?

— Il n'a rien commandé, reconnut Thor en revoyant le jeune homme lorsqu'il avait secoué la tête pour signifier qu'il ne voulait rien.

Adam baissa la tête.

— Vous n'êtes pas le premier à le voir, dit-il à voix basse. Parfois, je crois le sentir près de moi, mais…

— Mais enfin, qu'est-ce que vous racontez ? s'exclama Victor.

Mais les deux hommes l'ignorèrent. Ils se regardaient. Ou plutôt Thor foudroyait Adam du regard, et ce dernier soutenait l'assaut sans sourciller. Finalement, Thor se tourna vers Audrey.

— Merci d'avoir accepté de recevoir toute cette horde, dit-il.

Puis il pivota sur ses talons et sortit.

Tous le suivirent des yeux jusqu'à ce que la porte d'entrée claque.

— Qu'est-ce que c'est que cette histoire de fous ? demanda Jack.

Genevieve échangea un regard avec Adam, et ce dernier sourit.

— Peut-être une excellente chose, dit-il.

— On est tous complètement givrés, déclara Jack en secouant la tête.

Puis il ajouta fièrement :

— Normal. C'est Key West.

— Est-ce que quelqu'un a faim ? demanda Victor en jetant un coup d'œil à sa montre.

— Ouais, répondit Jay.

Au même moment, son portable sonna. Il s'excusa et sortit pour répondre.

— Quelqu'un d'autre ? demanda Victor.

— Oui, bien sûr ! murmura Bethany.

— Nikki ? Brent ? Audrey ? « Oncle » Adam ?

Il avait prononcé ces deux derniers mots sur un ton légèrement sarcastique, et Genevieve se dit qu'ils devaient tous se douter qu'Adam Harrison n'était pas vraiment un parent d'Audrey.

— Je mangerais volontiers quelque chose, répondit Adam. Nous avons sauté le déjeuner, Audrey et moi.

— Oui, renchérit la jeune femme. J'ai l'estomac dans les talons.

— Alors, c'est parti ! déclara Victor.

Et il glissa un bras autour des épaules d'Audrey, tandis qu'ils quittaient tous la maison.

Thor retourna à l'hôtel où séjournait Adam. Il doutait fort de retrouver l'équipe qui était de service au restaurant, ce matin, mais il pouvait au moins essayer de découvrir si Harrison était descendu seul à l'hôtel, ou s'il était accompagné d'un jeune homme. Heureusement, la réceptionniste parut le reconnaître et n'hésita pas à lui répondre :

— M. Harrison est seul.

Thor la remercia et ressortit.

Dehors, le jour commençait à tomber et la ville de Key West grouillait d'activités. Les touristes déambulaient tranquillement, regardaient les vitrines, achetaient un petit souvenir à un vendeur de rues. Thor s'arrêta un moment pour réfléchir.

Adam Harrison avait très bien pu demander à un jeune homme de le rejoindre à la table du petit déjeuner : un gamin qu'il aurait engagé pour jouer la comédie. Car, maintenant qu'il avait eu le temps de se repasser toute la scène, Thor s'avisait que le jeune homme qui se faisait passer pour Josh Harrison ne s'était jamais adressé à un autre que lui. Il n'avait rien commandé et n'avait parlé ni à la serveuse ni à celui qui était censé être son père.

C'était un coup monté, bien sûr. Et parfaitement au point. Thor songea qu'il devrait peut-être rendre visite à l'école de théâtre locale. Ou encore mieux : il allait revenir, le lendemain matin, pour parler à la serveuse. Elle confirmerait qu'Adam n'était pas seul.

Thor était furieux. Et il jugeait sa colère parfaitement justifiée. Cette expédition était en train de virer au désastre. Pour commencer, on lui avait vendu Marshall comme un professionnel de premier ordre. Mais un professionnel ne disparaissait pas au beau milieu d'un projet. Un vrai professionnel ne se permettait même pas de tomber malade. Il n'existait qu'une seule bonne excuse pour ne pas remplir ses responsabilités jusqu'au bout dans une expédition de ce genre : la mort.

Thor grinça des dents et regarda une grande femme blonde sortir de l'hôtel. Elle était jolie mais paraissait à cran. Elle dut sentir son regard car elle lui sourit et se dirigea aussitôt vers lui.

— Bonsoir ! Quelle belle fin de journée, n'est-ce pas ? Vous avez du feu ? demanda-t-elle en sortant une cigarette de son petit sac à main.

Sa jupe était très courte, ses talons, très hauts, et son chemisier révélait un décolleté affriolant.

— Désolé, je ne fume pas, répondit Thor.

Elle hocha la tête et remit la cigarette dans son sac, mais sans quitter Thor des yeux.

— Vous cherchez de la compagnie ? reprit-elle.

Thor secoua la tête. C'était une prostituée.

— Désolé, répondit-il encore d'une voix douce. Et faites attention, mademoiselle. On a trouvé le cadavre d'une jeune femme, vous savez ?

Elle sourit.

— Il faut quand même continuer à gagner sa vie. Moi aussi, je suis désolée, beau gosse. Bonne soirée !

Et elle s'éloigna.

Thor partit dans l'autre sens, en direction de la mer, bien déterminé à retrouver Genevieve. Il n'avait pas l'intention de la quitter, tout à l'heure. Il avait juste obéi à une impulsion, au besoin impérieux de mettre un peu de distance entre lui et toute cette folie, toutes ces histoires de fantômes…

Il marchait si vite qu'il entra presque en collision avec Jay Gonzales.

— Hé !

— Salut, répondit Thor. Vous n'êtes plus avec les autres ?

Il ne savait toujours pas s'il fallait inscrire Jay sur la liste des suspects. La mort de sa femme demeurait étrange. Et il était dans les parages, chaque fois qu'une disparition avait lieu.

— L'appel du devoir, répondit Jay.

— Ah bon ? fit Thor, l'air inquiet.

— Non, non, pas de cadavre, cette fois. Pas un vrai cadavre, en tout cas. Un éboueur a paniqué au moment de vider son camion : il a cru qu'il contenait les membres d'un corps humain. Ce n'était pas tout à fait ça, heureusement. Quelqu'un s'est amusé à démantibuler un mannequin et a ensuite jeté les membres dans plusieurs poubelles le long de Duval Street.

— Un mannequin ? Il avait une tête ? demanda Thor.

Jay le regarda d'un air curieux.

— Ouais. Pourquoi ?

— Des cheveux blonds ?

— Une perruque blonde, oui.

— Et alors, vous avez découvert quelque chose ? Il y a un farceur quelque part. Ce serait bien d'arriver à lui mettre la main dessus.

Jay secoua la tête.

— Se débarrasser d'un mannequin n'est pas un crime.

— Genevieve dit que quelqu'un a déposé un mannequin sur le pas de sa porte, le matin où on a retrouvé le cadavre. Elle croyait même que le corps sur la plage était ce fameux mannequin. Vous ne croyez pas que ça mérite une petite enquête ?

— Allons, Thor ! Il y a une différence entre démantibuler un mannequin et tuer un être humain.

Thor le défia du regard, et Jay poussa un soupir.

— D'accord, j'essaierai de savoir qui a vendu un mannequin, et à qui.

— Merci. Vous avez du nouveau au sujet de la victime ?

Jay haussa les épaules.

— Une prostituée est retrouvée morte sur une plage et il n'y a pratiquement aucun indice. A votre avis ?

— Je pense que vous allez résoudre cette affaire.

— C'est un fantôme qui vous l'a dit ? demanda Jay d'un air irrité.

— Non, je partais du principe que vous êtes un bon flic, mais si mon opinion vous indiffère, allez vous faire voir !

Jay poussa un soupir.

— Désolé, dit-il. Ecoutez, je ne pourrai pas sortir en mer avec vous, demain. On manque d'hommes, ici. Mais ils vous laisseront quand même le bateau.

— OK. Il y a du nouveau au sujet de Marshall ? Est-ce qu'il a appelé ?

— Non.

— Et vous ne trouvez pas ça bizarre ?

— Si, admit le policier.

— Il voulait vraiment participer à cette expédition, reprit Thor.

— Je sais. J'ai transmis son signalement à la police de Miami.

— Personne ne sait où il est ?

— Non.

— Vous pourriez peut-être le découvrir en cherchant d'où il a passé son appel ?

— Oui, en effet. Il faut que je m'en occupe. Quoi qu'il en soit, vous avez notre bateau.

Thor hocha la tête.

— Merci. Mais ce bateau est indissociable de Brent et Nikki, n'est-ce pas ?

Jay haussa les épaules.

— Ce n'est plus une expédition professionnelle, c'est l'auberge espagnole, grommela Thor.

Jay eut un sourire.

— Certaines personnes ont de l'entregent. Vous le

savez bien : vous n'hésitez pas à vous servir de vos relations, vous aussi.

— C'est vrai, reconnut Thor.

Jay agita la main et commença à s'éloigner.

— Ils allaient tous manger quelque part. Faites les restaurants de la rue : vous devriez les trouver.

Thor les trouva, en effet. Lizzie et Zach étaient avec eux.

— Je trouve que c'est une idée charmante, disait-elle, comme il se dirigeait vers leur table.

Il y avait une chaise libre, comme pour lui.

— Quelle est cette idée charmante ? demanda-t-il en s'asseyant.

Il était placé entre Nikki et Audrey, et ce fut cette dernière qui lui répondit :

— Un service funèbre pour Anne, dit-elle. Afin que son fantôme repose enfin en paix.

Thor ne put s'empêcher de jeter un regard du côté de Genevieve, assise au bout de la table, entre Jack et Victor.

— Ce sera un service parfaitement normal, expliqua Audrey. Le père Bellamy a souvent dit des messes pour les morts disparus depuis longtemps. Il est libre, demain matin. Et j'ai une amie, au journal local.

Elle vit la grimace de Thor et ajouta vivement :

— C'est quelqu'un qui écrit des articles intelligents. Nous voulons votre permission, bien sûr. Mais elle aime beaucoup cette histoire : une belle jeune femme prise entre plusieurs feux — des pirates, l'amour de sa vie, un père trop strict — et qui finalement trouve la mort de manière tragique. Tous les éléments sont réunis pour intéresser les lecteurs. Evidemment, vous n'êtes pas superstitieux. Mais dans le milieu de la mer, beaucoup de gens le sont... Alors, qu'en dites-vous ?

Thor laissa son regard circuler autour de la table. Jack haussa les épaules. Victor sourit. Genevieve se contenta de le regarder fixement.

— Voyons, Thor, intervint Lizzie, quel mal y a-t-il à jouer le jeu ?

Thor se tourna vers Adam Harrison qui le considérait d'un air impassible.

— Et vous, qu'en pensez-vous ? demanda-t-il.

Adam leva les mains, paumes vers le ciel.

— Je ne vois pas quel mal cela peut faire, en effet.

— Alors ? insista Audrey d'un air anxieux.

Thor regarda de nouveau Genevieve, tout en songeant à la manière dont elle avait mis le cap sur l'endroit où était enterré le coffret, aujourd'hui — et la pièce d'or, l'autre jour. Etait-elle vraiment guidée par un fantôme ?

Il ne croyait pas aux fantômes.

Mais Genevieve y croyait, elle. Et elle n'avait peut-être pas envie de continuer à recevoir la visite d'apparitions surnaturelles. Thor pensait que tout se passait dans sa tête, dans ses rêves, mais comment expliquer toute cette eau de mer autour du lit et dans le lit, chaque matin ?

Un service funèbre mettrait peut-être fin à cette série de délires.

Evidemment, restait le problème de l'assassin qui avait noyé une pauvre jeune femme innocente. D'autant plus que Thor ne pouvait se débarrasser du pressentiment que le meurtre était lié à leur expédition.

Il se tourna vers Audrey.

— Du moment que cela ne nous attire pas d'articles

stupides dans la presse… Je tiens à ajouter, dit-il en s'adressant à tous les plongeurs, que les vacances sont bel et bien terminées. Dorénavant, attendez-vous à plonger au moins trois fois par jour. Nous savons maintenant, sans l'ombre d'un doute, que nous cherchons au bon endroit. Il va falloir retrouver de larges débris, comme la coque du navire, avant de pouvoir compter sur des équipements lourds pour nous aider.

Il marqua une pause avant d'ajouter :

— Et nous le ferons avec ou sans Marshall.

— Où est-il passé, celui-là ? demanda Alex d'un air fâché.

— Ça ne lui ressemble pas du tout de faire une chose pareille, dit Jack. Je le connais depuis son plus jeune âge. Il ne s'est pas taillé une telle réputation en agissant de cette façon.

— Ouais, bon, inutile de recommencer à se faire du mouron, grommela Alex.

— Le dîner arrive ! lança Victor en désignant deux serveurs qui s'avançaient avec des plateaux.

— Chez toi ou chez moi ? murmura Thor en glissant un bras autour des épaules de Genevieve, lorsqu'ils quittèrent le restaurant.

En dépit de ses paroles et de ce geste de tendresse, Genevieve le sentait réservé, comme sur ses gardes. Elle ignorait ce qu'il pensait réellement, et elle en souffrait.

— Tu es sûr de vouloir continuer ? lui demanda-t-elle.

— Plus que jamais… Au fait, tu sais pourquoi Jay vous a faussé compagnie, tout à l'heure ? C'est parce qu'un éboueur a trouvé dans les poubelles un mannequin aux membres arrachés.

Genevieve sentit son cœur battre plus vite et plus fort.

— Non, je ne le savais pas. Un mannequin, vraiment ?

Pourquoi lui mentait-elle ? Pour protéger Victor ?

— Jay va mener une enquête ? demanda-t-elle.

— Il va essayer de découvrir si le mannequin a été volé ou s'il a été vendu à quelqu'un. Tu devrais t'en réjouir ! Après tout, tu as été la victime de cette farce de très mauvais goût.

— Oui, bien sûr. Mais pour être tout à fait franche, je m'en fiche un peu. Tout le monde s'est calmé à la seconde où on a trouvé le vrai cadavre.

— Ouais. Et combien de personnes savent que le corps que tu as vu sous l'eau n'était pas celui de la victime retrouvée sur la plage ? Voyons, il y a Audrey et Bethany, Nikki et Brent… Et avec combien de personnes Bethany a-t-elle partagé cette information, à ton avis ?

— Nikki et Brent n'ont strictement rien à voir là-dedans : ils n'étaient même pas là. Quant à Bethany, c'est mon amie et elle est parfaitement capable de garder un secret. D'ailleurs, qu'est-ce que ça change ? C'était peut-être de très mauvais goût mais je suis sûre que ce n'était rien d'autre qu'une plaisanterie.

— Tu ne me dis pas tout, murmura Thor.

Genevieve eut un geste d'agacement.

— Je veux juste oublier cette histoire idiote.

Thor n'ajouta rien et ils gardèrent le silence pendant quelques instants.

— C'était quoi cette discussion avec Adam, lorsque

vous avez tous débarqué chez Audrey ? demanda finalement Genevieve.

— Une discussion, répondit-il laconiquement.

— Tu ne me dis pas tout, murmura Genevieve à son tour, sur un ton très doux.

Thor fit la grimace, mais continua de regarder droit devant lui.

— Nikki et Brent sont descendus dans un des bungalows de l'hôtel, reprit-il. Je les avais déjà vus avant que Jay ne nous les présente, ce matin.

— Ils peuvent... ils peuvent nous être utiles, dit la jeune femme.

— Ouais. Au moins, elle sait plonger, marmonna Thor.

Ils venaient d'arriver sur le parking et Genevieve remarqua brusquement que Victor n'était pas avec les autres.

— Où est ton voisin de chambre ? demanda-t-elle à Bethany.

— Il a flashé sur une blonde.

— Ah bon ?

— Je ne devrais peut-être pas dormir dans son bungalow, ce soir, reprit Bethany.

— Penses-tu ! s'esclaffa Alex. S'il avait l'intention de ramener une minette, il t'aurait poliment demandé de débarrasser le plancher. Cela dit, tu peux venir chez moi si tu veux.

— Non, ça ira, merci.

— Alors, bonne nuit tout le monde ! lança Alex.

Thor avait toujours un bras enroulé autour des épaules de Genevieve.

— Tu ne m'as pas répondu, tout à l'heure : on va chez toi ou chez moi ? demanda-t-il.

— Allons chez toi, répondit la jeune femme.

Il hocha la tête. En dépit de la manière dont il la tenait serrée contre lui, Genevieve avait toujours l'impression qu'elle était en train de le perdre.

Lorsqu'ils furent entrés, elle lui toucha doucement la joue.

— Ecoute, sincèrement, tu n'as pas à te sentir obligé de poursuivre une aventure qui…

Il l'attira contre lui.

— Faut-il absolument que l'on parle ? demanda-t-il.

Elle secoua la tête.

— Non.

— Alors, taisons-nous.

Et il s'empara de ses lèvres.

Cette ville était un repère de gros nuls, songea Ana Maria Strakowsky qui regrettait amèrement d'avoir quitté Miami pour tenter sa chance ici. Elle avait entendu dire qu'il y avait beaucoup d'argent à gagner dans les Keys mais, pour le moment, elle n'avait vu que des retraités et des gros types pleins de bière arborant des maillots trop serrés. Tout cela manquait singulièrement de classe et d'élégance. Non seulement ils étaient radins mais ils semblaient persuadés qu'elle était là uniquement pour s'amuser ou goûter le charme de leur compagnie. Sans parler des gosses qui couraient partout. Et des pères de famille, aussi. Des types qui avaient peut-être le regard baladeur mais certainement pas le cran d'aller plus loin.

Et puis elle avait croisé un sacré beau mec, quelques heures plus tôt. Celui-ci n'avait probablement jamais eu besoin de payer pour ça. Ana Maria sourit en repensant à lui. Il s'était montré gentil. Elle avait beau se creuser la mémoire, elle ne se rappelait pas la dernière fois qu'un homme avait exprimé la moindre sollicitude à son égard.

Ana Maria était arrivée aux Etats-Unis bien des années plus tôt. Elle avait à peine seize ans, et pourtant elle avait bien compris pourquoi son « sponsor » avait payé pour ses papiers. A l'époque, son objectif était de se servir de son corps comme d'un tremplin. Dans le village où elle avait grandi, elle pouvait espérer épouser un fermier ou pousser sa chance jusqu'à la prochaine grande ville où les hommes étaient moches et guère plus riches, de toute façon.

Le rêve américain était une chose bien étrange. Sa vie n'avait pas vraiment tourné comme elle l'espérait. Le temps avait passé. Elle n'était plus toute jeune…

La chirurgie esthétique pouvait accomplir des miracles, mais pas éternellement. Et elle avait beau être encore fière de son allure, elle ne pouvait ignorer le fait que, chaque jour, des filles beaucoup plus jeunes qu'elle arrivaient sur le marché. *Jeune.* C'était le mot-clé. Et malheureusement elle n'avait pas bifurqué au moment où elle aurait dû le faire, au moment où elle aurait pu utiliser ses économies pour suivre une formation, faire quelques études qui lui auraient permis d'accéder à une carrière moins impitoyable.

Alors elle était là, à chercher un nouveau terrain de jeu, et ce n'était pas drôle.

Au moins, avec la nuit qui avançait, les gosses commençaient à quitter les rues. Au moment de passer d'un bar à l'autre, elle entra presque en collision avec un homme.

Il s'excusa rapidement, l'aida à se rétablir sur ses jambes et laissa ses mains sur ses épaules, tandis qu'il la dévisageait rapidement. Pas l'ombre d'une hésitation, cette fois. Il sourit immédiatement.

— Bonsoir.

Elle lui rendit son sourire, tout en remarquant la manière dont il était habillé. Ce n'était pas Donald Trump, mais il devait gagner correctement sa vie.

— Bonsoir.

— Est-ce que vous êtes… libre ?

— Ça dépend, répondit-elle avec un petit sourire engageant. Tout se négocie, vous savez ?

— Super ! dit l'homme. J'adore négocier.

— J'ai une chambre, reprit Ana Maria.

Et elle lui donna le nom de l'hôtel.

Il aimait négocier, en effet. Il était aussi très beau parleur. Elle ne remarqua même pas qu'ils ne prenaient pas du tout la direction de son hôtel.

Genevieve se blottit plus étroitement contre le corps de son amant.

Ils arrivaient.

Même de loin, elle les sentait marcher à travers la brume, un peu comme si elle les voyait au travers d'une tempête en pleine mer.

Ils s'approchaient… puis ils l'encerclèrent.

Elle commençait à les reconnaître : celui qui n'avait plus de mâchoire et qui arborait une chemise déchiquetée de poète et une épée. Et cet autre, sous son grand chapeau orné d'une plume. Celui-là, enfin, avec ses hauts-de-chausses et ses bottes de cuir.

Et la femme. La belle femme blonde. Elle paraissait infiniment lasse, plus lasse qu'effrayée.

« Pourquoi ? » demanda Genevieve en silence.

Mais elle connaissait la réponse.

— *Attention !*

« Attention à quoi ? A quoi dois-je faire attention ? »

— *La vérité.*

« Quelle vérité ? »

Au moment où la femme ouvrait la bouche pour parler, son visage parut se tordre sous l'effet d'une douleur extrême. Elle se plia en deux, comme à l'agonie, et disparut avec son escorte de pirates, engloutie par la brume.

Thor était têtu. Il fit encore semblant de ne pas remarquer l'eau de mer qui trempait le sol du bungalow, les draps du lit...

Il se réveilla tôt. Très tôt. Il faisait encore nuit.

Il embrassa Genevieve sur le front, tout doucement.

— J'ai quelque chose à faire avant qu'on ne parte en mer, aujourd'hui. Je serai rentré à temps.

— D'accord, murmura Genevieve, encore à moitié endormie.

— Je vais verrouiller la porte. Garde-la bien fermée jusqu'à ce que tu sortes.

— D'accord, répéta-t-elle dans son demi-sommeil.

Il sortit. Genevieve resta au lit. Et, à sa grande stupéfaction, elle se surprit en train de parler au fantôme.

« Revenez ! lui disait-elle. Je vous en prie ! Je veux comprendre. Je veux vous aider.

» J'ai besoin de connaître la vérité. »

*
* *

Thor s'assit à la même table que la veille, et la même serveuse s'approcha de lui.

— Bonjour ! lança-t-elle sur un ton enjoué.

— Bonjour.

— Comment allez-vous, ce matin ?

— Vous vous souvenez de moi ?

— Des œufs brouillés et un toast, c'est bien ça ?

— Bravo ! Et vous vous souvenez vraiment d'hier matin ?

La serveuse lui sourit.

— J'ai vingt-deux ans. Je ne suis pas encore sénile, même si mon frère ne perd pas une occasion d'affirmer que je suis tarée.

— Normal, de la part d'un frère, dit Thor. Vous vous souvenez aussi des gens avec qui j'étais assis ?

— Vous étiez avec un homme plus âgé que vous, répondit la jeune femme.

— Il y avait un jeune homme, aussi. Entre seize et vingt ans.

La serveuse secoua la tête, et son sourire devint hésitant, comme si elle le soupçonnait de chercher à lui jouer un tour.

— Pardon, mais je n'ai vu personne d'autre.

— Il n'a rien mangé. Il était juste assis avec nous.

— Vous me faites marcher, hein ?

— Vous n'avez vraiment vu que cet homme plus âgé et moi ?

Elle hésita, et Thor tressaillit intérieurement. Voilà donc à quoi ressemblait le regard d'une personne qui doutait de votre santé mentale.

— Je suis désolée, mais oui, répondit-elle. Euh, vous voulez du café ?

— Ouais, merci.

Un moment plus tard, alors qu'il était sur le point de partir, Thor se retourna une dernière fois et vit Adam qui entrait dans la salle à manger de l'hôtel. Le gamin le suivait d'un pas légèrement traînant. Il était grand, mince et un peu dégingandé, mais beau gosse, avec un air sérieux, presque lugubre.

— Bonne journée ! lui lança le maître d'hôtel.

Aussitôt, Thor se tourna vers lui.

— Vous connaissez M. Harrison ? demanda-t-il.

— Oui, bien sûr. Il est sympa.

— Et le jeune homme qui est avec lui, il est sympa aussi ?

— Quel jeune homme ?

Thor poussa un soupir irrité.

— Celui-là ! répondit-il en pointant le doigt.

Le maître d'hôtel lui jeta un regard semblable à celui de la serveuse.

— Pardon, mais je ne vois pas de qui vous voulez parler.

A ce moment-là, Josh Harrison vit Thor et lui fit un signe de la main.

Thor pivota sur ses talons et quitta l'hôtel. Il tourna les yeux du côté du soleil qui se levait.

— Je suis en train de devenir cinglé, marmonna-t-il à voix haute, avant de se diriger vers la plage à grandes enjambées.

14

Genevieve n'eut pas de nouvelle vision du fantôme après le départ de Thor. Elle essaya bien de se rendormir, dans l'espoir que la jeune femme aux yeux tristes reviendrait, mais elle n'y parvint pas. Pourtant, elle désirait vraiment la revoir. Elle n'avait plus peur. Et elle avait besoin de comprendre, besoin de découvrir cette vérité dont avait parlé le fantôme.

Finalement, elle se leva, se doucha et but son café en regardant le soleil apparaître lentement à l'horizon. Il fallait qu'elle appelle Jay. Il n'y avait aucune raison qu'il perde un temps précieux à chercher le coupable du « massacre du mannequin. » D'autant plus qu'elle se moquait de découvrir qui lui avait joué ce tour pendable. Cela n'avait plus aucune importance à ses yeux. Elle avait bien d'autres chats à fouetter. Elle se demanda aussi où Thor était encore parti, à cette heure. Elle ne lui racontait peut-être pas tout, mais, de son côté, il avait des secrets, c'était évident.

Finalement, lassée d'attendre, elle ouvrit la porte et sortit.

Le jour n'était pas entièrement levé et des nuages s'amoncelaient déjà. La jeune femme contempla le ciel en espérant qu'un coup de vent les chasserait bientôt. La pluie tombait rarement avant la fin de l'après-midi. A ce moment-là, des trombes d'eau pouvaient s'abattre sur l'île, noyant pratiquement les rues pendant une vingtaine de minutes. Puis le soleil réapparaissait dans toute sa gloire.

Il n'y avait personne au Tiki, mais les autres ne tarderaient sans doute pas à arriver. Tandis qu'elle s'asseyait, un petit courant d'air lui chatouilla la nuque et serpenta le long de son dos. Genevieve tressaillit. La sensation était déplaisante, presque surnaturelle, et elle regarda autour d'elle, à la recherche de fantômes.

Mais elle savait bien qu'aucune créature n'essayait d'entrer en contact avec elle à cet instant. C'était autre chose. On l'épiait. De nouveau, elle avait la désagréable impression qu'elle était surveillée, traquée, ses moindres gestes notés, répertoriés par quelqu'un qui lui voulait du mal.

Elle s'efforça de rire. Quelques nuages d'orage dans un ciel lourd, une brise un peu fraîche pour la saison, un bruissement de feuilles, et son imagination s'emballait. Qui pourrait bien se cacher dans les buissons pour la surveiller, au point du jour ?

Mais au moment même où ces pensées se succédaient dans son esprit, elle entendit encore un bruit suspect et bondit sur ses pieds, le cœur battant, regrettant d'avoir quitté le bungalow.

— Hé, que se passe-t-il ?

Elle fit volte-face. Thor était là, ses lunettes de soleil sur le nez en dépit du ciel gris. Aussitôt, le malaise de Genevieve s'évanouit comme par enchantement. Les nuages parurent s'écarter et la lumière dissipa les ombres.

Elle secoua la tête.

— Je ne t'ai pas entendu arriver, dit-elle avec un sourire.

Elle fut infiniment soulagée lorsqu'il lui rendit son sourire et l'attira dans ses bras, effleurant doucement ses lèvres.

— Les troupes arrivent ! L'exorciste aussi, ajouta-t-il avec un geste du menton en direction du parking.

— Ce n'est pas un exorciste, murmura Genevieve. Tu verras, il est très sympa.

Elle alla saluer le père Bellamy, se rappelant brusquement qu'elle n'avait pas mis les pieds à l'église depuis un bon moment.

Dimanche prochain, décida-t-elle.

Thor ne s'y attendait pas, et pourtant il trouva le père Bellamy sympathique. Le prêtre portait un col romain sous son complet léger, et il avait un sac avec son matériel de plongée. Il demanda immédiatement à Thor s'il l'autoriserait à plonger. Il était prêtre de l'Eglise épiscopale et sortait avec la journaliste amie d'Audrey, Helen Martin. Elle aussi avait apporté son matériel de plongée. Tous deux quadragénaires, ils avaient une attitude simple, directe, et semblaient garder les pieds sur terre.

— Je trouve cette initiative vraiment formidable, lui dit Helen. C'est un signe de respect pour une personne morte il y a longtemps.

Elle sourit.

— Les gens, par ici, adorent les histoires de chasse au trésor, mais ils aiment aussi qu'on honore le passé. Ça va faire un bel article. Merci de nous laisser partager ce moment avec vous.

Marshall n'avait donné aucune nouvelle. Tout le monde y pensait mais personne n'en parla.

Thor confia le bateau de la police à Jack, avec

Alex, Bethany, Victor, Lizzie et Zach à son bord. Il prit les Blackhawk, Audrey, le père Bellamy, Helen et Genevieve avec lui.

Une fois en mer, les deux embarcations amarrées l'une à l'autre, le prêtre prononça sa messe avec dignité et sans faire allusion au moindre fantôme. Il s'adressa simplement à Dieu, et eut une pensée pour tous ceux qui avaient perdu la vie en mer. Il ajouta quelques mots en particulier pour Anne, la jeune femme qui avait péri au cours d'une terrible tempête. Puis des fleurs furent jetées à l'eau. La cérémonie avait été courte, simple et belle.

Et, tout le temps qu'elle dura, Helen prit des notes.

Quand ce fut terminé, Genevieve regarda Thor avec une question dans les yeux, et ce dernier lui sourit. Le père Bellamy aussi le considéra d'un air anxieux.

— Est-ce qu'on peut plonger, maintenant ?

— Oui, répondit Thor.

Bethany et Nikki restèrent sur le pont. Jack ferait également le guet sur l'autre bateau, prêt à intervenir en cas de problème, et il garderait le contact radio.

Thor regarda Brent Blackhawk en train d'attacher sa bouteille sur son dos, et ressentit une étrange bouffée de colère. Il sentait confusément que Brent était le plus impliqué dans ces histoires abracadabrantes : il était celui dont la foi était la plus profonde. Pourquoi, dans ce cas, ne voyait-il pas ce gosse mort depuis dix ans ? Non, décidément, il devait exister une explication rationnelle. C'était peut-être une formidable entourloupe. Mais dans quel but ?

Etouffant un soupir, il se tourna vers Genevieve.

— Prête ? lui demanda-t-il.

— Prête, répondit-elle.

Ils firent trois plongées. Malheureusement, personne ne découvrit rien.

La journée, qui avait commencé avec la menace de la pluie, se déroula sous un ciel clair et sans nuages, et ils purent travailler sans être gênés par le moindre coup de tonnerre ou le plus petit éclair.

Il était plus de 18 heures lorsqu'ils rentrèrent, épuisés, bredouilles mais contents. Le père Bellamy et Helen, surtout, étaient ravis de leur journée car ils avaient beau vivre à Key West, ils n'avaient que trop rarement l'occasion de sortir en mer.

Tandis qu'ils approchaient de l'appontement, Thor entendit Genevieve demander à Brent :

— Croyez-vous qu'elle soit en paix, maintenant ?

Ce dernier secoua la tête.

— Je n'en sais vraiment rien. Je suis désolé.

Ils s'éparpillèrent rapidement en descendant des bateaux. Les plongeurs sortirent leurs équipements pour aller les rincer. Helen rentra vite pour commencer à écrire son article : elle tenait à ce qu'il paraisse dans l'édition du dimanche. Et le père Bellamy s'éclipsa lui aussi pour aller retrouver un couple de retraités qui voulaient renouveler leurs vœux de mariage.

Adam Harrison était venu les attendre sur la jetée.

— Alors, ça s'est bien passé ? demanda-t-il à Thor.

— Oui. Pourquoi n'êtes-vous pas venu ?

— Je voulais faire certaines recherches.

— Et alors ? La journée a été fructueuse ? demanda Thor.

Adam haussa les épaules.

— Peut-être. Il faut encore que je réfléchisse.

— Autrement dit, vous n'avez pas l'intention de partager vos informations ?

— Je ne peux pas partager ce que je n'ai pas, répondit Adam sur un ton serein. Je serai au Tiki.

Et il s'éloigna, le dos parfaitement droit. Thor, qui le suivait du regard, ne put retenir un sourire. Harrison portait un short et une chemise à manches courtes ornée de palmiers, mais, quoi qu'il fasse pour essayer de se fondre dans la foule de Key West, il aurait toujours l'air d'un agent fédéral à la retraite.

Genevieve s'approcha de Thor et l'embrassa sur la joue. Ses yeux brillaient et elle avait l'air heureuse.

— J'ai fini, dit-elle. Je vais me doucher. On se retrouve au Tiki ?

Comme c'était étrange. Et triste aussi. Ils cherchaient un trésor englouti mais chaque fois que la jeune femme découvrait quelque chose sous l'eau, elle était déprimée. Aujourd'hui, ils n'avaient rien trouvé et elle était radieuse… Bien sûr, il la comprenait.

Lorsqu'il eut fini de tout ranger, il sortit son portable et appela Sheridan.

— Vous ne devinerez jamais ce qu'on a trouvé ! s'écria ce dernier, tout excité.

— Des diamants ?

— Non, répondit Sheridan avec impatience. Beaucoup mieux que ça. Des lettres ! Nous procédons avec d'infinies précautions. Heureusement, elles étaient enveloppées dans une vessie de porc. Nous travaillons maintenant à les déchiffrer sans les abîmer. C'est une trouvaille remarquable.

— Super ! dit Thor.

— Et aujourd'hui ? enchaîna Sheridan.

— Rien.

— Ah bon ? Vous y retournez demain, de toute façon.

— Absolument, répondit Thor.

Genevieve n'était plus dans le bungalow lorsqu'il s'y rendit. Il prit une douche et s'habilla. La nuit tombait lorsqu'il arriva au Tiki. Jack jouait aux échecs avec Alex, et Lizzie et Zach les regardaient.

Victor s'était éloigné légèrement et il parlait au téléphone.

Genevieve était assise à une table avec Bethany, Adam, Audrey, Nikki et Brent.

— Thor ! lança Audrey, comme pour annoncer son arrivée.

Aussitôt, le silence s'installa et les autres levèrent la tête vers lui.

— Nous étions sur le point de commander des hamburgers, dit Brent. Vous vous joignez à nous ?

Thor hocha la tête et prit une chaise pour s'asseoir à côté de lui.

— D'où êtes-vous, dites-moi ?

— La Nouvelle-Orléans, répondit Brent.

— Il y a beaucoup de récifs dans ce coin-là, murmura Thor.

Brent eut un sourire.

— On ne vit pas tous là où l'on plonge, vous savez.

— C'est vrai. Et quel genre d'Indiens vient de La Nouvelle-Orléans ? enchaîna-t-il.

Genevieve le dévisageait en fronçant les sourcils. Thor savait bien que sa question était impolie. Mais tant pis. Il en avait assez d'être mené en bateau.

— Si vous vous demandez de quelle tribu je suis issu, mon père est dakota et ma mère, irlandaise, répondit Brent sans se départir de son calme.

Nikki considéra Thor froidement.

— Je suis de La Nouvelle-Orléans, moi aussi, dit-elle. Mon nom de jeune fille est Du Monde. Vous voulez voir nos passeports, peut-être ?

Thor secoua la tête.

— Je suis sûr que vos papiers sont parfaitement en règle, répondit-il.

Adam leva la main, prêt à intervenir, mais Genevieve, furieuse, le devança.

— J'avais oublié à quel point M. Thompson pouvait être odieux. Je vous prie de m'excuser : j'ai un coup de fil à passer.

Et elle se leva.

Thor la regarda partir d'un air inquiet. Il aurait dû être moins agressif. Mais il ne pouvait se débarrasser de la conviction qu'il était manipulé.

C'était ça, ou bien il avait pris le petit déjeuner avec un fantôme.

Bethany et Audrey le regardaient fixement, les yeux écarquillés. Adam arborait un sourire las mais tolérant.

— Attaquez-moi si vous en éprouvez le besoin, monsieur Thompson, dit-il. Mais épargnez mes collègues. Je comprends votre désarroi. Nous travaillons dans un domaine qui fait partie de l'inexplicable, un domaine qui nous dépasse. Ce n'est pas facile à comprendre, encore moins à accepter.

Il marqua une pause et regarda Brent.

— Toi, tu vois des fantômes, n'est-ce pas ?

— Oui, répondit Brent.

— Depuis quand ?

— Depuis l'enfance.

— Et toi ? enchaîna Adam en s'adressant à Nikki.

— Je les ai toujours sentis. Depuis un incident survenu il y a quelque temps, je peux aussi communiquer avec eux.

Thor poussa un profond soupir et secoua la tête.

— Je suis désolé, dit-il. Je sais que j'ai été impoli mais… je cherche des faits.

— Vous cherchez un monde où tout est noir ou blanc, dit Adam. Un monde que vous pouvez contrôler. Mais ce n'est pas la réalité.

— La réalité, c'est le cadavre d'une femme découvert sur la plage, rétorqua Thor.

Audrey fronça les sourcils.

— Mais enfin, Thor, quel est le rapport entre la mort de cette pauvre femme et l'expédition ? Ou entre cette pauvre femme et nous tous ? La victime était une prostituée. Les prostituées ne savent jamais quel genre d'homme elles ramassent.

— Ah ! sait-on jamais qui l'on ramasse ? murmura Nikki avec douceur.

— Vous voulez boire quelque chose ? demanda Brent. J'allais commander les hamburgers. Je peux vous rapporter une bière, pendant que j'y suis.

— Je veux bien, merci, dit Thor tout en songeant qu'il aimait bien ce type, même s'il venait de se montrer parfaitement odieux avec lui.

Il ne cessait de jeter des regards du côté de Genevieve qui était toujours au téléphone. Avec qui pouvait-elle bien parler aussi longtemps ?

Puis il vit que Nikki le regardait en souriant.

— Vous êtes un type vraiment chouette, vous savez ? lui dit-elle.

Il haussa les sourcils d'un air surpris, prêt à lui demander ce qu'elle voulait dire, mais Bethany ne lui en laissa pas le temps.

— Thor, vous avez du nouveau au sujet du coffret qu'on a trouvé hier ? Est-ce qu'il est en argent ? Est-ce qu'il est plein d'or, d'émeraudes et de rubis ?

— Il contient des lettres, répondit Thor.

— Des lettres ? répéta Bethany, l'air déçu.

— Des lettres ? renchérit Audrey, visiblement intriguée.

— Sheridan semble ravi, en tout cas, dit Thor.

Brent revint et lui tendit une bière glacée. Thor la prit et le remercia d'un signe de tête.

— J'étais en train de dire que le coffret que Genevieve a trouvé hier contient des lettres.

— Oh ? fit Brent. Est-ce qu'elles sont très abîmées ?

— Elles étaient enveloppées dans une vessie de porc, répondit Thor.

— Berk ! fit Audrey.

— Hé, les premiers préservatifs étaient faits avec de la vessie de porc, fit remarquer Nikki sur un ton enjoué.

— Oh, c'est immonde ! s'exclama Bethany.

— Imagine les pauvres filles qui se prostituaient à l'époque ! lança Audrey.

— Dieu merci, je vis maintenant, dit Bethany.

Genevieve était revenue. Thor ne pouvait pas la voir mais il sentait sa présence derrière lui.

— Puisqu'on parle de siècles différents, croyez-vous que les fantômes d'une certaine époque se mêlent à ceux d'une autre ? demanda Audrey d'un air pensif. Par exemple, imaginez que vous soyez mort au XVIIIe siècle et que vous croisiez un fantôme mort au XIXe siècle. Ou la semaine dernière. De quoi pourriez-vous bien parler tous les deux ? Est-ce que certains fantômes sont plus forts que d'autres ? Y a-t-il des règles ? Est-ce qu'on peut apprendre à être un fantôme ?

Brent secoua la tête, un sourire aux lèvres.

— Ce sont des questions d'humains, ça. Il faut essayer d'en sortir.

Il marqua une pause, puis reprit :

— La plupart des hommes sur cette terre ont des croyances. La plupart des religions se rejoignent sur certains points, même si elles peuvent paraître diamétralement opposées. Certaines vénèrent un seul dieu, d'autres en célèbrent plusieurs. Mais la plupart ont la conviction que l'être humain n'est pas uniquement composé de chair et de sang, qu'il existe une énergie en nous : notre âme. C'est ce qui fait que je suis *moi* et que vous êtes *vous,* bien plus que n'importe quelle compilation d'ADN. La croyance la plus généralisée est que la chair et le sang meurent — ce qui fut tiré de la terre retourne à la terre, les cendres aux cendres — mais l'âme poursuit son chemin. On a également tendance à accepter que les fantômes soient des esprits, des âmes qui, pour quelque raison que nous ignorons, n'ont pas pu poursuivre leur chemin.

— A vous entendre, ça a l'air tellement simple ! dit Genevieve.

Thor éprouva un pincement de jalousie. « Désolé, je ne suis pas un chasseur de fantômes, moi », songea-t-il avec amertume.

Aussitôt, il crispa les mâchoires. Il n'était pas habitué à éprouver des sentiments aussi négatifs, et il ne s'aimait pas beaucoup dans ce rôle. Bien sûr, la décision de changer devait venir de lui. Mais que devait-il faire pour ça ?

— Oui, ils communiquent probablement, dit Brent,

répondant toujours à la question d'Audrey. Parfois. Est-ce qu'il existe des règles ? J'en doute. Tant de choses de ce monde demeurent un mystère pour la science. Trouverons-nous jamais les réponses à nos questions d'humains ? Cela m'étonnerait. Une fois de plus, la foi est aussi importante que les faits.

— J'ai une idée ! s'exclama Audrey en se tournant vers Genevieve. Imagine que tes fantômes soient d'époques différentes. Après tout, une femme qui a été assassinée par des pirates n'aura sans doute pas envie de traîner avec eux, une fois morte. Elle en aurait trop peur. Mais si elle est d'une autre époque, elle essaie peut-être de te protéger des pirates. Qu'en penses-tu ?

— Je pense qu'on devrait arrêter de parler de fantômes, répondit Genevieve d'un ton ferme.

— Ça tombe bien : voilà les hamburgers ! annonça Victor.

La partie d'échecs était terminée et les autres se joignirent à eux.

— Approchons une autre table, dit Thor en se levant.

La conversation roula un moment sur des sujets aussi neutres que la météo, mais, très vite, la question qui les préoccupait tous revint sur le tapis : Marshall.

— J'ai essayé de l'appeler je ne sais combien de fois, expliqua Bethany. J'ai laissé une foule de messages.

— Moi aussi, dit Genevieve. Pas plus tard qu'il y a quelques minutes.

— Peut-être qu'il n'a pas envie qu'on sache où il est ? suggéra Alex.

— Je pense que la police devrait se pencher sur la question, maintenant, déclara Thor.

— C'est ce qu'ils font, dit Genevieve en tendant la main pour prendre la bouteille de ketchup.

Elle interrompit son geste lorsqu'elle sentit tous les regards posés sur elle. Elle rougit.

— Euh, j'ai appelé Jay, aussi, expliqua-t-elle. Il a demandé à des flics de Miami d'ouvrir l'œil. Marshall leur a téléphoné d'un hôtel sur la plage, mais il n'y a jamais pris de chambre. J'ai dit à Jay que j'allais faire une déclaration officielle de disparition, demain. Si Marshall ne tenait pas à ce qu'on le cherche, il aurait dû avoir la présence d'esprit et la décence de prévenir au moins l'un d'entre nous de ce qui se passait !

— On finira par retrouver Marshall, ne t'inquiète pas, dit Jack. Et on va trouver encore plein de trésors au fond de la mer, ajouta-t-il en s'adressant à Thor.

Après cela, la conversation roula sur des thèmes résolument inoffensifs, et à peine la dernière bouchée avalée, chacun se montra pressé de rentrer. Ils étaient tous épuisés, et une autre longue journée de plongée les attendait le lendemain.

Genevieve avait gardé ses distances et Thor décida de ne pas s'imposer. Il souhaita une bonne nuit à tout le monde et regagna son bungalow. Mais, là, il se mit discrètement à la fenêtre pour surveiller la jeune femme de loin.

Il vit que Victor s'en allait avec Audrey. Adam partit de son côté. Nikki et Brent se dirigèrent vers leur bungalow, main dans la main. Zach et Lizzie prirent la direction de la plage. Enfin, Genevieve se dirigea vers le groupe de bungalows. Allait-elle le rejoindre ou rentrer seule chez elle ?

Soudain, elle s'arrêta sur le sentier. La brise souleva les longues mèches de ses cheveux. Mis à part ce léger mouvement, elle paraissait s'être transformée en statue : une élégante statue d'albâtre.

Soudain, elle fit volte-face et regarda follement autour d'elle. Son regard balaya les arbres et les buissons autour du parking. Puis elle se tourna de nouveau et scruta la plage.

Elle resta immobile un instant, puis se remit à marcher, et enfin à courir. Vers lui.

Sans chercher à lui cacher qu'il l'épiait, Thor ouvrit sa porte à la volée, et Genevieve se rua pratiquement dans ses bras.

— Qu'est-ce qu'il y a ? demanda-t-il sur un ton anxieux en regardant autour de lui.

Genevieve secoua la tête.

— Je... je ne sais pas. C'est ridicule, sans doute. J'ai eu l'impression qu'on m'épiait. Quelqu'un d'autre que toi.

Thor la serra contre lui.

— Merci, murmura-t-elle.

— Je pensais que tu étais furieuse contre moi, dit-il.

— Je le suis. Comment as-tu pu être aussi odieux et impoli ?

— Je suis désolé.

Ils entrèrent. Thor referma la porte et la verrouilla soigneusement.

— Pourquoi as-tu appelé Jay ? demanda-t-il brusquement.

Genevieve écarquilla les yeux et recula d'un pas en rougissant.

— Je... Tu sais bien pourquoi. Au sujet de Marshall, dit-elle.

— Pas seulement, répondit Thor sans savoir d'où lui venait cette conviction.

Genevieve fronça les sourcils puis haussa les épaules, comme si elle capitulait.

— Tu as raison. Je l'ai appelé aussi pour lui dire que j'avais aidé Victor à se débarrasser de ce mannequin.

Thor s'attendait à tout sauf à ça.

— Quoi ?

— Victor m'a juré qu'il n'avait jamais déposé ce truc sur le pas de ma porte, et pourtant le mannequin a atterri dans son bungalow. Et je le crois. Je connais Victor depuis toujours. Je pense qu'il me dit la vérité.

Elle marqua une pause.

— Tu veux que je m'en aille ?

— Non, pourquoi ? J'aimerais bien, par contre, que tu commences à réfléchir avec ta tête et pas avec ton cœur. Alors, tu as tout raconté à Jay ?

— Evidemment ! Je ne voulais pas qu'il perde son temps. Et puisque tu parles de réfléchir avec sa tête, tu ferais bien d'en faire autant. Tu as le droit de ne pas aimer Brent Blackhawk, mais ce n'est pas une raison pour être aussi grossier avec lui.

— Je n'ai rien contre Blackhawk.

— Dans ce cas, pourquoi l'as-tu attaqué ?

— Parce que je n'aime pas ce qui se passe ici.

— Tu veux dire que tu enrages de ne pas pouvoir te battre contre un fantôme ? riposta Genevieve avec colère.

Thor fut tenté de répondre sur le même ton, mais une petite voix intérieure l'en dissuada.

— Je suis désolé, répondit-il finalement d'une voix douce. Je ne crois pas aux fantômes.

Etait-ce vrai ? Ou bien avait-il peur de la vérité ?

Parce qu'elle avait raison : comment se bat-on contre un fantôme ?

— Dans ce cas, tu ne me crois pas, murmura Genevieve sur un ton posé, avant de se détourner.

Il craignit de la voir partir et l'attrapa par les épaules.

— Ne me quitte pas ! lui dit-il.

— Je ne te quittais pas, répondit-elle.

— Ah bon ? Tu avais l'air en colère, alors…

— Oui, je suis en colère. Toi aussi. Mais je ne te quitte pas pour autant. Tu ne me crois peut-être pas, mais j'ai la triste impression que toi et moi, nous sommes pris dans ce qu'on appelle une relation.

— Evidemment que c'est une relation ! s'exclama Thor en l'attirant contre lui.

La colère n'empêchait pas les baisers. Ceux-ci en devenaient juste plus brûlants, plus violents que les autres fois. Et Genevieve répondit à son étreinte avec la même fougue, la même passion.

Bien plus tard, après la tempête et le plaisir, alors que Thor la tenait encore serrée contre lui, il s'avisa brusquement qu'il ressentait encore de la frustration et de la colère à la pensée qu'il était incapable de combattre ce qui la bouleversait.

Audrey avait à peine eu le temps d'ôter ses sandales lorsque la sonnette de la porte retentit. Elle poussa un soupir et alla ouvrir.

— Hé, que se passe-t-il ?

Son visiteur, qu'elle connaissait parfaitement, la poussa pour entrer.

— Hé ! répéta-t-elle, irritée, cette fois. Qu'est-ce que… ?

La porte se referma.

Audrey écarquilla les yeux.

A ce moment-là, il était trop tard pour crier.

Thor mit un temps fou à s'endormir, et quand il s'assoupit enfin, il fit un rêve étrange.

Une terrible bataille faisait rage. Un homme aux cheveux noirs, vêtu de beaux vêtements du XIXe siècle, croisait le fer avec un autre, moins bien habillé et qui avait l'air plus féroce...

Des cris retentissaient au milieu du fracas des épées. Des cris, des mots, mais Thor ne les comprenait pas.

Quand il se réveilla, il lui semblait entendre encore les fers qui s'entrechoquaient.

Genevieve ne dormait pas, elle non plus. Elle était blottie dans ses bras et tremblait de tout son corps, les yeux fixés sur un point indistinct dans la pénombre.

— Genevieve ? chuchota-t-il.

Elle tourna son regard vers lui et murmura :

— Elle n'a pas trouvé la paix. Elle est toujours là.

Thor étouffa un soupir et la tint serrée contre lui.

Il savait déjà qu'au moment de se lever le sol autour du lit serait trempé d'eau de mer.

15

En sortant du bungalow de Thor, le lendemain matin, Genevieve remarqua aussitôt Jay et Victor en train de discuter, au bar du Tiki. Victor gesticulait et il avait l'air très en colère.

Elle se précipita vers eux, persuadée qu'ils parlaient de cette histoire de mannequin. Victor allait être furieux contre elle. Et, en effet, il la foudroya du regard lorsqu'elle arriva à leur hauteur, même s'il continua de s'adresser à Jay.

— Je te dis que je ne sais pas comment ce foutu mannequin a atterri dans mon bungalow ! Je ne l'ai pas pris. Ce n'est pas moi qui l'ai déposé devant la porte de Genevieve. Oui, j'avais projeté de lui faire cette farce, mais j'y ai renoncé.

— Tu reconnais, cependant, que tu as jeté les morceaux du mannequin ?

— Merci ! marmonna Victor à l'adresse de Genevieve.

— Jay, je t'ai appelé pour mettre fin à un problème, pas pour en créer un autre, dit la jeune femme. Je t'ai expliqué que j'avais aidé Victor à se débarrasser du mannequin.

— Genevieve, peu importe que le mannequin

se soit retrouvé à la poubelle ! s'exclama Jay d'un air irrité. Ce n'est pas un crime, ça. Il n'est même pas illégal de le démantibuler avant de le jeter. En revanche, voler un mannequin dans une boutique est un délit.

— Mais je te répète que je ne l'ai pas volé ! protesta Victor.

— Je ne comprends pas, dit Genevieve. Quelqu'un a porté plainte pour vol ?

— Quand j'ai commencé à poser des questions, les vendeurs de Key Klothing ne savaient même pas qu'il manquait un mannequin, répondit Jay. Le propriétaire nous a appelés un peu plus tard pour nous dire qu'il avait cru à un chapardage de gamins et qu'il n'avait pas l'intention de faire des histoires, mais compte tenu des circonstances, il a préféré témoigner.

— Key Klothing, murmura Genevieve. C'est juste à côté de chez Audrey.

— Tu en déduis que c'est elle qui a volé le mannequin ? demanda Jay.

— Non, bien sûr que non ! s'exclama Genevieve.

— Ecoute, Jay, on se connaît depuis combien de temps ? reprit Victor. Si j'avais voulu un mannequin, je ne l'aurais pas volé. Je connais la moitié des commerçants sur Duval Street. J'en aurais emprunté un ou je l'aurais acheté. Tu ne vas tout de même pas m'arrêter pour ça !

— Non. Pas si tu rembourses le commerçant.

— Mais puisque je te dis que je ne l'ai pas volé !

— Ecoute, Victor, je vais payer pour ce foutu mannequin, d'accord ? Qu'on en finisse ! intervint Genevieve.

— Mais je ne l'ai pas volé ! répéta Victor.

— Je sais, répondit la jeune femme. Je te crois. Je veux juste qu'on en finisse. J'en ai marre de cette histoire. Je t'en prie !

Victor la regarda un instant, l'air indigné.

— Mais enfin, Genevieve, tu ne crois pas qu'on devrait plutôt essayer de découvrir QUI l'a volé ?

— Qu'est-ce que ça changera ?

— Je n'en sais rien. Je sais seulement que ce n'est pas moi.

— Alors oublions ça, s'il te plaît. Nous avons d'autres soucis plus importants.

Victor poussa un soupir.

— Très bien. Je paierai, dit-il.

— Non, non. Je vais le faire.

— Ne sois pas ridicule !

— Ecoute, on en reparlera plus tard, dit Genevieve qui voulait passer à autre chose avant l'arrivée de Thor.

Or, ce dernier se dirigeait vers eux.

— Jay, ça te va ? demanda-t-elle encore.

Ce dernier haussa les épaules, juste au moment où Thor les rejoignait près du bar.

— Vous avez des nouvelles de Marshall ? demanda-t-il à Jay.

— Non. Mais Genevieve va faire une déclaration de disparition de personne, aujourd'hui. Nous pourrons alors lancer des recherches sérieuses. Pour le moment, je n'ai fait qu'appeler des copains à Miami pour leur demander de m'aider officieusement.

— Je suis sûre qu'il se passe quelque chose de grave, murmura Genevieve.

— Tu parles ! Si ça se trouve, il a rencontré la femme de ses rêves ! s'exclama Victor.

Mais Genevieve secoua la tête.

— Marshall était encore plus impliqué que nous dans ce projet. Il ne l'aurait pas planté comme ça, sans explication. C'est un type responsable qui s'est forgé une réputation de professionnel en travaillant dur.

Genevieve se tourna vers la plage et remarqua Adam qui se dirigeait vers eux. En chemin, il croisa les Blackhawk et se mit à leur parler d'un air bouleversé. Prise d'un terrible pressentiment, Genevieve les rejoignit.

— Qu'est-ce qui ne va pas ? demanda-t-elle à Adam.

— Eh bien… Audrey a dû oublier de mettre son réveil.

Genevieve sentit son cœur chavirer.

— Vous aviez rendez-vous avec elle ?

— Oui. On devait prendre le petit déjeuner ensemble, répondit-il d'un air lugubre.

— Est-ce que vous êtes passé chez elle ? Elle n'a pas répondu ? demanda Genevieve.

Adam fit oui de la tête.

— Ne cédons pas à la panique ! intervint Nikki.

Mais Genevieve l'ignora et retourna auprès de Jay.

— Audrey a disparu, lui dit-elle.

— Comment ça, disparu ? fit Victor sur un ton impatient. Je l'ai raccompagnée chez elle, hier soir.

— Elle devait prendre le petit déjeuner avec Adam et elle n'est pas venue. Il est passé chez elle et elle ne répond pas. Jay, il faut faire quelque chose !

— Que veux-tu que je fasse ?

Genevieve sortit son portable tout en foudroyant Jay du regard.

— Qu'est-ce qui te prend ? Tu n'as pas remarqué que les gens disparaissent les uns après les autres ?

— Marshall n'a pas disparu ! riposta Jay. Il a appelé le poste. Les adultes ont le droit de faire ce qui leur plaît quand ça leur plaît.

— Ça, c'est des conneries de flic ! lança Genevieve.

— Ecoute, j'ai laissé Audrey devant sa porte, hier soir, lui dit Victor. Elle allait tout à fait bien.

Genevieve avait l'oreille collée à son portable et elle écoutait sonner, sonner, sonner. Finalement, le répondeur prit l'appel.

— Audrey, c'est Genevieve : rappelle-moi à la seconde où tu trouveras ce message, s'il te plaît.

Puis elle referma le clapet de son téléphone.

— Je vais chez elle !

— Tu as la clé ? demanda Jay.

— Non.

— Alors, qu'est-ce que tu comptes faire ? Si tu entres par effraction, je serai forcé de t'arrêter.

— Jay, allons ! Je suis inquiète et tu devrais l'être, toi aussi.

Jay poussa un soupir et secoua la tête.

— Je vais me faire virer, après toutes ces années de bons et loyaux services, marmonna-t-il. Va plonger et j'irai chez Audrey, d'accord ? Et si elle est furieuse parce que je me suis introduit chez elle, je ne t'adresserai plus jamais la parole, je te préviens. Je ne pourrai pas, de toute façon, parce que je serai en train de chercher du boulot ailleurs.

— Audrey ne te causera jamais le moindre

ennui, affirma Genevieve. Elle comprendra notre inquiétude.

— Elle a juste manqué un petit déjeuner, marmonna Jay en s'éloignant. Comme si ça ne nous était jamais arrivé !

— Allez, tout le monde à bord ! lança Thor.

Genevieve s'avisa qu'il n'avait pas suivi la conversation au sujet d'Audrey parce qu'il était en train de boire un café au bar. Devait-elle lui en parler, peut-être même suggérer qu'ils ne sortent pas en mer, aujourd'hui, ou du moins tant qu'ils ne seraient pas fixés sur le sort de la jeune femme ?

Non, décida-t-elle. Jay allait s'occuper d'Audrey. Il existait sûrement une explication. Sa disparition était très récente, contrairement à celle de Marshall. Elle allait plonger et faire son travail pendant que Jay faisait le sien. Il était flic, après tout. Et il était aussi son ami. Il ne la laisserait pas tomber.

Ils se retrouvèrent tous sur la jetée, et Thor distribua les ordres pour la journée.

— Jack, tu prends le bateau de la police et tu restes sur le pont. Alex et Bethany, vous plongez ensemble, comme d'habitude. Zach et Lizzie, vous montez avec eux. Victor, tu resteras sur le pont de mon bateau, pour la première plongée, et puis on changera plus tard. Brent et Nikki, restez ensemble. Genevieve plonge avec moi. Entendu ?

Il y eut des hochements de tête, et chacun se dirigea vers le bateau qui lui avait été désigné.

Adam n'était plus là et Genevieve se dit qu'il était peut-être parti avec Jay. Pourvu qu'à eux deux ils retrouvent Audrey ! Elle toucha son portable, dans la poche de son short. Elle ne pouvait pas l'emporter sous l'eau, bien sûr, mais elle demanderait à Victor de répondre, si jamais il sonnait.

Thor s'installa à la barre et Genevieve alla s'asseoir près de Nikki.

— Le fantôme est revenu me voir cette nuit, dit-elle. Je ne sais pas si je vous l'ai déjà dit, mais, chaque fois, le sol et le lit sont trempés d'eau de mer.

Nikki hocha la tête gravement.

— Elle est là pour vous aider.

— Ouais, marmonna Genevieve.

— Il y a une raison à tout cela, dit Brent.

— Est-ce que les fantômes volent des mannequins ? demanda Victor.

Genevieve le regarda, se demandant si sa question était sincère ou s'il se moquait d'eux. Elle avait tendance à croire en sa sincérité, et pourtant…

Brent hésita et regarda sa femme avant de répondre :

— Certains d'entre eux ont le don de déplacer les objets, mais de là à voler… Franchement, je n'en sais rien.

— Qu'est-ce que vous savez exactement ? demanda Genevieve, espérant que sa question ne ressemblait pas à une provocation.

— La plupart du temps, les esprits restent quelque part ou reviennent dans un endroit pour une raison très spécifique : le plus souvent, c'est pour aider les vivants d'une manière ou d'une autre.

— Jetez l'ancre et le pavillon ! cria Thor depuis l'avant du bateau.

Genevieve enfila rapidement son équipement. Une fois sur la plate-forme de plongée, elle regarda Thor, alors qu'il réglait son masque. Elle sentit une brusque appréhension. Elle avait perdu tout son enthousiasme pour le projet. Elle était comme en état d'alerte, en attente de quelque chose… Et elle pressentait que ce quelque chose allait se produire bientôt.

Elle sauta dans l'eau et sentit la mer se refermer autour d'elle. Des bulles l'entourèrent, tandis qu'elle libérait de l'air de son gilet de stabilisation et entamait sa descente.

Thor les avait emmenés dans des eaux légèrement plus profondes, aujourd'hui. Ils suivaient un chemin qui les menait au-delà des récifs et s'enfonçait brusquement vers un banc de sable.

La jeune femme écouta le bruit de sa respiration. Tranquille. Régulier. Elle était très fière de sa capacité à plonger longtemps avec une seule bouteille.

« Regarde autour de toi, se dit-elle. Regarde et savoure chaque sensation. Rappelle-toi tout ce que tu aimes dans ce travail. »

Mais ça ne marchait pas. Le pressentiment qui l'avait assaillie sur la plate-forme de plongée revint, plus fort que jamais. Elle sentit qu'elle respirait trop vite, trop fort. Son cœur s'était mis à cogner dans sa poitrine.

De minuscules poissons scintillants la dépassaient, uniquement préoccupés par leur prochain repas : des poissons clowns rayés, des poissons chirurgiens jaunes… Sur sa droite, des douzaines d'anémones de mer flottaient dans le courant. Les coraux se balançaient lentement. Un barracuda curieux les suivait à distance. Un énorme mérou nagea vers eux, les regarda un instant, puis s'éloigna. Une étoile de mer se mit à avancer dans le sable, dérangeant sur son passage une minuscule raie qui s'enfonça plus profondément dans son trou.

Genevieve sut ce qu'elle allait voir quelques secondes

avant que le corps n'apparaisse devant elle. C'était le fantôme qui allait la guider vers une nouvelle trouvaille. Il n'y avait aucune raison de s'affoler…

Mais ce n'était pas le fantôme.

Cette fois, il s'agissait d'un corps humain, aussi réel que le corps retrouvé sur la plage. Il était coincé de l'autre côté d'un vaste champ de coraux.

Ce n'était pas un fantôme.

Ni un mannequin.

Soudain, Genevieve eut l'absolue certitude que c'était Audrey.

Son cœur parut crier dans sa poitrine. Elle voulait savoir et, en même temps, elle ne voulait pas.

Finalement, elle s'approcha, s'attendant au pire.

Adam Harrison avait rattrapé Jay avant qu'il ne quitte le parking, et ils s'étaient rendus ensemble chez Audrey.

Jay ne parlait pas. Il était irrité au plus haut point, jugeant manifestement qu'il était beaucoup trop tôt pour s'inquiéter. Victor avait raccompagné la jeune femme jusque chez elle, la veille au soir, et il avait sûrement attendu qu'elle ait poussé le verrou de l'intérieur avant de rebrousser chemin.

Certes, elle n'ouvrait pas sa porte, maintenant. Elle ne répondait pas non plus au téléphone…

— Vous allez entrer ? demanda Adam.

Jay avait promis à Genevieve de s'introduire chez la jeune femme, par effraction s'il le fallait. Il avait tout le matériel nécessaire pour forcer la serrure, dans le coffre de sa voiture de patrouille. Cela ne présenterait aucune difficulté.

— Merde ! s'exclama-t-il.

Adam Harrison se contenta de le regarder, et Jay leva les bras en l'air.

— Enfin, c'est vous le grand médium ! Faut-il vraiment que je m'introduise chez elle ? Est-ce qu'elle est là ? Est-ce vraiment une question de vie ou de mort ?

— Pardon, mais je suis un médiateur, pas un médium, répondit Adam sans se départir de son calme.

Forcément, se dit Jay avec humeur. Il n'était pas ici chez lui, dans sa ville. Tous les gens impliqués dans cette histoire n'étaient pas ses amis, et il ne risquait pas sa carrière non plus. Key West et tout ce qui s'y serait passé disparaîtraient de sa mémoire à la seconde où il monterait à bord de l'avion qui le mènerait vers sa prochaine histoire à dormir debout.

— Alors, vous entrez ? reprit Adam.

Jay poussa un nouveau juron avant de se décider.

— Merde ! Oui, j'y vais. Je pourrai toujours vivre des poissons que je pêcherai… Restez là !

Il alla chercher ses outils dans sa voiture, se demandant comment il allait réussir à forcer une serrure discrètement, en plein jour. Genevieve n'avait pas le droit de lui demander de faire une chose pareille.

— Si vous voyez venir quelqu'un…, dit-il à Adam.

Puis il s'interrompit et secoua la tête.

— De toute façon, je suis flic, hein ?

Il ne lui fallut pas plus de quelques minutes pour ouvrir la porte, et personne ne passa dans la rue à ce moment-là.

Les deux hommes se tinrent sur le seuil.

— Audrey ? cria Jay.

Ils entrèrent.

— Audrey ? Ne touchez à rien, ajouta Jay en s'adressant à Adam.

— Evidemment ! répondit ce dernier avec son habituelle dignité sudiste.

Jay fit le tour de la petite maison. Rien ne paraissait indiquer qu'il y avait eu la moindre lutte. Et la serrure était intacte, jusqu'à ce qu'il la force lui-même. Autrement dit, Audrey était simplement sortie de chez elle…

Ou bien, elle avait laissé entrer quelqu'un.

Le lit était fait. Soit Audrey ne s'était jamais couchée, soit elle s'était levée et elle avait fait son lit. Mais elle n'était pas allée à son rendez-vous avec Adam.

Jay poussa un soupir et rejoignit son compagnon qui n'avait pas bougé d'un pouce.

— J'ai l'impression qu'elle n'a pas dormi ici, dit Jay. Cela dit, je ne vois aucun signe permettant de penser qu'il y a eu la moindre lutte.

— Qu'est-ce qu'on fait, maintenant ? demanda Adam.

Jay secoua la tête.

— Je vais devoir me taper des tas de paperasseries. Je ne peux rien faire pour Audrey avant vingt-quatre heures. Au moins, Marshall a disparu depuis suffisamment longtemps pour qu'on puisse lancer la machine.

Il se dirigea vers la porte, tout en continuant de parler, comme s'il réfléchissait à voix haute.

— Il faut que j'arrive à convaincre quelqu'un d'envoyer une équipe du labo ici. Audrey ouvrait la porte à n'importe qui… Cela dit, son visiteur a dû se pointer drôlement tard.

— Je vais passer la ville au peigne fin, dit Adam.

— C'est ça, murmura Jay. Faites donc !

Tandis qu'elle s'approchait du cadavre, Genevieve s'avisa que la femme était blonde. Audrey était brune avec des reflets roux dans les cheveux, un peu comme elle. Ce n'était donc pas Audrey !

L'espace d'un instant, le soulagement prit le pas sur l'horreur de sa découverte. Mais ce répit fut de courte durée.

Le cœur serré, Genevieve s'arrêta devant la pauvre femme et la regarda. Elle ne la connaissait pas. Mais la vision n'en était pas moins bouleversante. La victime portait juste un slip de bain. Ses seins étaient nus. Ses yeux étaient grands ouverts. Et elle flottait près des coraux parce que la corde qui enserrait ses chevilles ensanglantées s'y était accrochée. Elle avait dû lutter désespérément pour se libérer. Elle n'était pas morte ici. La corde s'était détachée, mais trop tard pour qu'elle ait le temps de s'échapper.

Ses chevilles sanguinolentes attiraient maintenant toute une population de poissons qui nageaient follement autour, se nourrissant de cette chair encore fraîche.

Genevieve eut un haut-le-cœur et faillit crier, en dépit de son détendeur et du fait qu'elle était à plus de dix-huit mètres sous l'eau. Elle se tourna et se trouva nez à nez avec Thor.

Son visage était grave. Il lui fit signe de remonter à la surface et elle hocha la tête. Brent et Nikki les avaient rejoints et, passé le premier instant de stupeur et d'horreur, Nikki prit la main de Genevieve et elles remontèrent ensemble.

Il fallait appeler la police. C'était le deuxième cadavre en quelques jours.

Deux femmes blondes. Tuées de la même façon.

Un meurtrier rôdait bel et bien dans les rues de Key West. Pire : un meurtrier en série.

Thor avait immédiatement reconnu la victime. C'était la prostituée qui l'avait abordé devant l'hôtel d'Adam Harrison.

Il n'aurait su expliquer pourquoi, mais il éprouva le besoin de rester près du corps jusqu'à l'arrivée des plongeurs de la police. Brent Blackhawk était avec lui. Ils ne touchèrent à rien.

Jay Gonzales était à bord du bateau de la police lorsqu'ils émergèrent. Après s'être débarrassé de son équipement, Thor alla le voir.

— Genevieve me dit que ce n'est pas Audrey, fit le policier.

— Non.

— Dieu merci !

— Pas de nouvelles d'elle ?

— Non. Mais qu'est-ce qui se passe ? s'exclama Jay.

— Je l'ai reconnue, dit Thor.

— Quoi ? La victime ? Qui est-ce ?

— J'ignore qui elle est mais je sais ce qu'elle faisait pour gagner sa vie.

— Une autre prostituée ?

Thor hocha la tête.

— Elle est sortie de l'hôtel où est descendu Adam, l'autre soir. Je ne sais pas si elle y avait pris une chambre mais elle cherchait des clients dans la rue. Je lui ai même conseillé d'être prudente.

— C'est tout ce que vous avez fait ?

Thor éprouva une bouffée de colère, puis se rappela que Jay faisait juste son boulot de flic.

— Oui.

— Elle vous a abordé, vous avez compris que c'était une prostituée, alors vous lui avez dit de faire attention. Et ensuite ?

— Elle m'a répondu qu'il fallait bien gagner sa vie. C'est tout. Elle a continué le long de la rue en direction des bars, sans doute à la recherche d'un client. Il faut croire qu'elle l'a trouvé.

Jay hocha la tête.

— Elle a trouvé quelqu'un, ça c'est sûr.

— Le tueur devient peut-être négligent, fit remarquer Thor.

Jay le considéra un instant, le front plissé.

— Vous voulez dire qu'il tue peut-être de la même façon depuis des années mais qu'il se met à noyer les filles trop près du rivage ?

— C'est une possibilité, oui.

— Ou alors, il vient seulement d'arriver à Key West. Ou bien encore, ce sont ses premiers meurtres et c'est un idiot incapable de s'assurer que les corps restent au fond. Qui sait ? Une chose est sûre : j'ai deux cadavres sur les bras, deux disparitions, une bande de chasseurs de fantômes et pas le plus petit indice !

Jay laissa son regard se perdre du côté de l'horizon.

— Qui aurait pu imaginer ce qui nous attendait quand Genevieve a vu ce corps pour la première fois ? murmura-t-il d'un air morose.

Puis il prit une profonde inspiration et se tourna de nouveau vers Thor.

— Il va falloir rentrer. Dites aux membres de vos équipes que j'aurai peut-être des questions à leur poser.

Au même instant, les plongeurs de la police refirent surface. Ils portaient le cadavre sur une civière faite à partir d'un tissu léger permettant de préserver les indices qui restaient peut-être sur le corps.

Thor entendit comme un cri étouffé et il regarda autour de lui.

Le bateau de patrouille que la police leur avait prêté était ancré à six ou sept mètres, et Lizzie, Zach, Bethany, Alex et Jack se tenaient tous à la poupe : ils étaient en train de regarder les policiers.

Thor se tourna du côté de son propre bateau et vit Brent, Nikki, Victor et Genevieve qui considéraient eux aussi les restes de la pauvre femme assassinée.

— Jack ! On rentre ! cria-t-il.

Puis il sauta sur son bateau et démarra le moteur. Personne ne parla, tandis que les deux embarcations fendaient les flots.

La nouvelle s'était propagée comme une traînée de poudre. Il y avait déjà un attroupement, autour des appontements, contrôlé par des officiers de police en uniforme.

Thor amarrait encore son bateau quand celui de la police arriva. Quelques minutes plus tard, les plongeurs descendaient le corps qui avait été glissé dans un sac. La fermeture Eclair du sac n'était pas entièrement fermée et lorsque les deux policiers le soulevèrent, un pan de plastique glissa, dévoilant le visage de la victime.

Thor entendit une exclamation étranglée derrière lui.

Il se tourna et vit Bethany qui regardait le cadavre, les yeux écarquillés.

— Tu la connaissais ? lui demanda Thor d'un ton brusque.

Elle secoua la tête avec véhémence.

— Non !

— Mais tu l'avais déjà vue ?

— Ça ouais ! fit Jack, derrière eux. C'est la blonde de Victor.

16

Même dans ses pires cauchemars, Victor n'aurait pu imaginer une chose pareille. Dans la salle d'interrogatoire, les policiers étaient loin de le ménager. Qu'était devenue la présomption d'innocence ?

Jay n'était pas là. Sans doute avait-on décidé qu'ils se connaissaient un peu trop. On avait donc assigné deux autres policiers pour le « préparer ». Car ce n'était ni plus ni moins qu'une opération visant à l'intimider.

L'inspecteur Suarez était mince, très brun, avec un visage anguleux. Mertz était tout le contraire : chauve, replet, sexagénaire.

— Combien de putes as-tu déjà supprimées ? demanda-t-il.

— Pourquoi tu l'as tuée ? lança Suarez. Et celle d'avant ?

— Ne fais pas le con ! La peine de mort existe encore en Floride, poursuivit son acolyte. La peine de mort, mon vieux ! On peut t'aider à échapper à l'injection fatale, mais il faut commencer par cracher le morceau. Tu nous aides et nous, bons princes, on te revaudra ça.

— Où est ton amie Audrey ? reprit Suarez. Pourquoi

elle ? Elle ne correspond pourtant pas au profil des filles que tu aimes assassiner. Est-ce qu'elle te soupçonnait ? Tu l'as raccompagnée chez elle. Et après ? Elle t'a dit un truc qui t'a laissé penser qu'elle avait deviné, alors tu l'as convaincue de te suivre et tu l'as jetée par-dessus bord, quelque part, c'est ça ?

— Je n'ai tué personne ! cria Victor brusquement.

Il revit la manière courtoise dont les policiers l'avaient tout d'abord approché. Ils souhaitaient entendre chacun des plongeurs puisqu'ils étaient tous présents au moment de la découverte des deux cadavres. Des questions de routine, rien de plus.

Il n'avait pas nié qu'il connaissait la victime.

— J'ignorais qu'elle se prostituait, au départ, avait-il expliqué à Jay. Je croyais qu'elle me trouvait à son goût.

— Ne t'inquiète pas, lui avait répondu Jay. Ils vont te poser des questions. Ça fait partie de l'enquête.

Mais ils n'étaient plus ni courtois ni polis.

— Elle est morte, mon vieux, lui rappela Suarez. Ça signifie que tu l'as tuée.

— Ouais. Tu as lesté le corps avant de le jeter dans l'eau, enchaîna Mertz.

— Parle-nous. On t'aidera, reprit Suarez.

— Quand même, petit, les autres, c'étaient des inconnues, des prostituées, mais Audrey, elle faisait partie de tes amies, insista Mertz.

— Autant que je sache, Audrey est vivante et en parfaite santé, riposta Victor.

— Elle a disparu, dit Mertz.

— Je l'ai raccompagnée, hier soir. Je l'ai laissée sur le pas de sa porte et je l'ai regardée entrer chez elle. Je l'ai entendue pousser le verrou, une fois à l'intérieur. C'est seulement après que je suis parti.

— Mais tu es revenu, dit Suarez.

— Non !

— Imagine l'aiguille en train de glisser dans ta veine, dit Mertz. Il paraît que c'est mieux que la chaise électrique. Hé, Suarez, tu te souviens du mec dont les cheveux avaient pris feu, sur la chaise ?

— Ouais ! On se demande bien pourquoi il avait tant de cheveux au moment de son électrocution, répondit l'autre policier en secouant la tête. L'injection, c'est mieux, à ce qu'on dit. Il paraît que tu perds connaissance avant que le cœur ne s'arrête et que les poumons ne se bloquent. Quand même, imagine ! On t'attache d'abord. Puis on te pique. Tu dois quand même sentir l'aiguille. Et puis tu sais ce qui est en train de se passer, hein ?

— Je vous répète que je n'ai tué personne, dit Victor.

— Est-ce que tu as ressenti la même chose que quand tu as arraché les membres de ce mannequin ? Ou bien tu vas nous dire que tu n'as pas fait ça non plus ?

— Je veux un avocat, déclara Victor.

— Tu n'es pas encore en état d'arrestation, répondit Mertz.

— Parce que vous n'avez pas la moindre preuve ! reprit Victor en se levant. Je m'en vais…

Mertz sourit.

— Pas si vite, mon petit gars. Si tu le prends comme ça, on t'arrête.

— Pour meurtre ? s'exclama Victor, incrédule.

— Pour vol, répondit Suarez avec un haussement d'épaules.

— Quoi ?

— Tu as volé le mannequin, dit Mertz.

— Mais pas du tout !

— Tu l'as brisé et tu as jeté les morceaux à la poubelle. Ton amie, Genevieve Wallace, l'a dit à Gonzales.

— Mais elle avait l'intention de le payer ! Et puis, de toute façon, le commerçant ne voulait même pas porter plainte !

Suarez eut un sourire en coin.

— Rendez-vous compte ! Elle allait payer. C'est une bonne amie, hein ? Mais elle ne peut plus te sauver, maintenant. Crois-moi : on va découvrir la vérité.

— La vérité, vous devriez plutôt la chercher dehors. Si vous voulez m'arrêter, allez-y, mais j'exige un avocat. Sinon, je m'en vais.

— Nous allons t'arrêter, reprit Mertz.

Victor poussa un grognement.

— On a demandé au commerçant de porter plainte, ajouta Suarez.

Victor se laissa retomber sur sa chaise.

— C'est des conneries !

— Hé, le mannequin a bien été volé ! Il était dans ton bungalow. Mlle Wallace t'a surpris en train de le démantibuler. C'est ça que tu voulais faire à toutes les femmes que tu as tuées, Victor ? Tu voulais les découper en morceaux ?

— Je vous répète que je n'ai tué personne !

— Mais nous, on pense que tu l'as fait. Et même qu'il y a d'autres victimes.

— Vous pensez. *Vous pensez !* Pensez ce que vous voulez, mais le fait est que vous n'avez strictement rien contre moi.

Etait-ce donc la manière dont on obtenait la

plupart des aveux ? La torture n'était plus légale, mais ces deux types et la férocité avec laquelle ils le harcelaient auraient presque eu le pouvoir de le faire douter de lui.

— Tu as volé ce mannequin, reprit Mertz.

— Non.

— Tu l'as découpé en morceaux. Tu l'as *assassiné*. De la même façon que tu as assassiné ces deux putes.

— Si je suis en état d'arrestation, j'exige la présence d'un avocat. Tout de suite.

— Tu ferais mieux de nous parler. On peut obtenir un arrangement pour toi. Faire en sorte que tu ne risques pas la peine de mort. Peu importe le nombre de filles que tu as tuées.

Victor grinça des dents.

— Je veux un avocat. Maintenant. Je connais mes droits.

Soudain, il eut une idée.

— D'ailleurs, vous avez oublié de me réciter mes droits !

Un point pour lui. Les deux policiers échangèrent un regard.

Victor maudit Genevieve intérieurement. Quel besoin avait-elle de raconter à Jay qu'ils s'étaient débarrassés de ce fichu mannequin ? Evidemment, elle ne pouvait pas se douter de ce qui allait arriver, mais tout de même !

Il serra les poings pour contrôler le tremblement qui secouait ses mains. Il avait une furieuse envie de lui tordre le cou.

*
* *

Genevieve avait proposé que tout le monde vienne chez elle, après une bonne douche.

— Tu veux faire une fête ? avait demandé Bethany d'un air incrédule.

— Mais non ! Seulement, la police va sans doute avoir besoin de nous parler. Alors, autant rester ensemble.

Et c'est ainsi qu'ils se retrouvèrent dans le living-room, parlant tous plus ou moins en même temps. Ils étaient encore sous le choc de ce qui s'était passé au cours de l'après-midi : la découverte du cadavre, bien sûr, mais aussi la disparition d'Audrey, et surtout le rôle de Victor dans tout ça.

— Je me demande si la disparition de Marshall est liée à ce qui se passe, murmura Alex.

— Moi, je me demande pourquoi on ne nous a pas tous convoqués au poste, dit Bethany.

— Et moi, je me demande pourquoi ils gardent Victor aussi longtemps, dit Jack.

— Vous croyez vraiment qu'ils le soupçonnent ? demanda Genevieve.

— Bien sûr que oui ! répondit Brent. Victor connaissait cette femme.

— Et alors ? C'est un concours de circonstances.

— Evidemment, renchérit Bethany. Victor n'est pas idiot. Il aurait pris davantage de précautions pour se débarrasser du corps.

— Bethany ! s'exclama Genevieve.

— Quoi ? Je n'ai pas dit qu'il l'avait fait !

— Mais non. Personne ne pense une chose pareille, affirma Alex.

— Evidemment ! renchérit Jack.

La sonnerie du portable de Thor les fit presque sursauter.

— Thompson, répondit-il sur un ton bref.

Puis il se leva et s'éloigna. Au bout de quelques instants, il coupa la communication et revint vers eux.

— Je vais voir le Pr Sheridan, annonça-t-il. Je ne serai pas long. S'il y a du nouveau...

— On t'appellera immédiatement, promit Lizzie.

Genevieve hocha la tête, comme pour confirmer.

— Ça vous ennuie si je vous accompagne ? demanda Brent en se levant.

Thor le considéra un instant et haussa les épaules.

— Comme vous voudrez.

Puis, à la grande stupéfaction de Genevieve, il se tourna vers Adam.

— Vous voulez venir aussi ?

— Merci, mais je vais rester ici, répondit Adam. En fait, je ne cuisine pas trop mal. Je vais préparer quelque chose. Vous devez tous être affamés.

Il y eut quelques murmures d'assentiment.

— Entendu. A plus tard, alors ! dit Thor.

Genevieve le regarda sortir avec Brent. Elle était en proie à un malaise grandissant. Audrey avait disparu. Marshall s'était volatilisé. Victor était au poste de police. Et deux cadavres avaient été découverts en l'espace de quelques jours. La situation était grave.

— C'était vraiment Sheridan au téléphone ? demanda Brent, lorsqu'ils furent dans la voiture de Thor.

— Oui.

— Son coup de fil avait un rapport avec les meurtres ?

— Aucun. Il a commencé à travailler sur les lettres qui se trouvaient dans le coffret. Il les traite avec je ne sais quoi — je suis d'une ignorance crasse en ce qui concerne les techniques de préservation du papier —, et il a commencé à les faire traduire.

Thor haussa les épaules.

— C'est un drôle de type. Le genre à penser qu'on récolte ce qu'on sème. Ces femmes vivaient dangereusement, et elles sont mortes dangereusement, si vous voyez ce que je veux dire. Le présent n'intéresse pas beaucoup Sheridan, en général. Plus que tout, il a l'air agacé par le fait que ces meurtres sont en train de déranger notre planning de plongée.

— Oui, il y a des gens comme ça, dit Brent.

Il y eut un moment de silence, puis Thor finit par le briser.

— Vous savez beaucoup de choses sur le sujet des… fantômes, n'est-ce pas ?

— Oui. Je sais aussi que tout ce qui se passe en ce moment est vraiment difficile à accepter pour vous. Vous êtes du genre à ne croire que ce que vous voyez.

— Obtus, autrement dit ?

Brent eut un sourire.

— Ce n'est pas ce que je voulais dire. Vous êtes un dur, dans un monde de durs. Un réaliste qui évolue dans la réalité. Je comprends que vous ayez du mal à vous intéresser à tout ce qui est occulte. Sans compter que ce ne serait pas bon pour votre réputation, si vous passiez votre temps à parler de fantômes de pirates.

— J'essaie, en général, de ne pas accorder à ma réputation plus d'importance qu'elle n'en mérite.

— Sans doute, mais il faut tout de même la soigner,

ne serait-ce qu'un peu. Comment croyez-vous qu'Adam s'y soit pris pour réunir autant de contacts et pour introduire ses équipes là où il le désirait ?

— Oui, en effet. Seulement... même si Genevieve voit des fantômes, je ne pense pas que ce soit l'un d'entre eux qui assassine ces femmes. Que fait-on, à partir de là ?

— J'espère que la découverte de Sheridan va nous aider, répondit Brent.

— Moi aussi. Mais j'ai du mal à croire que ça puisse résoudre le problème qui nous préoccupe.

— Je n'ai jamais prétendu avoir réponse à tout, dit Brent.

— Non, en effet, admit Thor.

Il éprouvait de l'admiration pour cet homme — une admiration atténuée par une certaine réticence, mais qui ne cessait de grandir. Brent Blackhawk avait la capacité d'exprimer ses opinions avec assurance mais sans jamais perdre son calme.

— Parlez-moi un peu d'Adam Harrison, reprit Thor.

— Ah, Adam ! Le dernier des grands gentlemen, répondit Brent avec un sourire et une affection évidente pour son patron. Voyons, il est né sur une plantation en Virginie, au sein d'une famille qui a toujours fait beaucoup de politique. Sa femme est morte peu de temps après avoir mis au monde leur fils unique, et ce fils a été tué dans un accident de voiture alors qu'il avait à peine dix-huit ans. Je pense qu'il était un peu comme Harry Houdini : il avait désespérément besoin de croire qu'il y a une vie après la mort.

— Autant que je sache, Houdini a consacré une partie de son existence à démasquer les imposteurs et les faux médiums.

Brent arbora un sourire neutre.

— Est-ce qu'il a pu les revoir ? insista Thor. Sa femme ? Son fils ?

— Apparemment, non.

— Autrement dit, on ne peut pas faire apparaître qui l'on veut ?

— Non.

— Je vois.

— Non, je ne pense pas que vous voyiez quoi que ce soit, dit Brent, et vous n'avez pas besoin de faire semblant non plus. Je me moque vraiment de savoir si vous croyez ou non à la vie après la mort. Je n'essaie pas non plus de vous convaincre. Je sais seulement ce que je peux faire et ce que je ne peux pas faire.

— Alors, Harrison Investigations est parfaitement légitime, murmura Thor.

— Vous le savez déjà. Je suis sûr que vous vous êtes servi de vos propres contacts pour vérifier.

— Oui, en effet.

— Mais vous n'avez toujours pas confiance en nous.

— Vous êtes des chasseurs de fantômes.

— Nous ne sommes pas des charlatans, dit Brent.

— Pour le moment, j'essaie encore de comprendre ce qui s'est vraiment passé quand j'ai vu ce gosse qui prétendait être Josh Harrison.

— Vous avez sûrement vu Josh, dit Brent sur un ton naturel.

— Un fantôme.

— Oui, un fantôme.

— Bah voyons ! murmura Thor. Et je suppose que vous l'avez déjà vu, vous aussi.

— Oui, en effet. Je le vois même à cet instant.

— Je vous demande pardon ? dit Thor, les sourcils froncés.

— Il est sur la banquette arrière.

— Quoi ?

Thor se retourna, et ils faillirent avoir un accident de voiture.

Brent disait la vérité.

Le jeune homme était assis sur la banquette arrière, juste derrière Brent.

— Merde ! s'exclama Thor.

— Je devrais peut-être conduire, suggéra Brent.

— Bon, moi, il faut que je bouge ou je vais devenir cinglé, déclara Jack en se levant. Quelqu'un veut venir avec moi ? Je compte faire la tournée des bars et demander si quelqu'un a vu Audrey.

— Je vais la rappeler, dit Genevieve en sortant son portable.

Quand la voix préenregistrée d'Audrey lui eut répondu, elle referma le clapet de son portable avec un bruit sec, et secoua la tête.

— Alors, on va la chercher ? dit Jack.

— Je suis tellement inquiète, murmura Genevieve.

— Allons, elle est brune, pas blonde. Comme toi, Genevieve ! lui fit remarquer Alex.

— Et c'est une *charlatane*, pas une prostituée, ajouta Jack d'un ton enjoué.

— N'empêche que je suis inquiète, répéta Genevieve.

Jack s'approcha d'elle et la serra dans ses bras.

— Nous sommes tous inquiets, chérie. Et je ne

tiens plus en place. Je sais qu'elle n'est pas en train de faire la tournée des bars, mais ça ne sert à rien de rester là à attendre. On ne sait jamais : elle a pu croiser quelqu'un, dire où elle allait. Elle a peut-être un parent quelque part qui l'a appelée pour lui demander de l'aide. Ou un client. Elle a peut-être vraiment réussi à faire venir un fantôme… Qui sait ? On peut peut-être découvrir quelque chose. Ça vaut le coup d'essayer, en tout cas. Qui veut m'accompagner ?

Zach se leva et tendit la main à sa femme.

— Ça nous fera du bien de bouger, dit-il.

— Ouais, je viens aussi, dit Alex en se levant.

— Je préfère rester ici en attendant d'avoir des nouvelles de Victor et de Thor, déclara Genevieve.

— Je reste avec toi, dit Bethany.

— On vous appellera si jamais on a du nouveau ! promit Jack.

Il y eut un silence après que la porte se fut refermée sur le petit groupe. Puis Genevieve se leva et débarrassa la table. Adam leur avait préparé un mélange appétissant avec les restes du barbecue, et ils avaient tous mangé de bon appétit.

— Laisse-moi t'aider, dit Nikki en se levant à son tour. Après ça, on aimerait essayer quelque chose avec toi, Genevieve.

— Ah bon, quoi donc ? demanda la jeune femme.

— Une séance d'hypnose, répondit Adam.

Genevieve faillit lâcher les assiettes.

— C'est de la régression par l'hypnose, précisa Nikki. Pour revivre des vies antérieures.

— Je ne sais pas ce que l'on peut découvrir, ou même si l'on découvrira quelque chose, reprit Adam. Mais je peux vous poser des questions pendant que vous serez sous hypnose, et qui sait… Vous n'avez aucune inquiétude à avoir. Nous choisissons un code de sécurité avant que je vous hypnotise. Ce code vous ramènera dans le présent, parfaitement éveillée, si jamais vous faites une expérience trop pénible.

Genevieve s'était mise à trembler et Bethany se leva pour lui prendre les assiettes des mains.

— Inutile de casser la vaisselle, dit-elle sur un ton enjoué.

— Nous ne ferons rien si vous n'êtes pas entièrement consentante, précisa Adam.

— Si, si, je veux bien, murmura Genevieve. Si ça peut aider. Mais… que dois-je faire ?

— Vous détendre et me faire confiance. C'est tout, répondit Adam.

— Ça, c'est ce que disent tous les hommes ! lança Bethany qui cherchait visiblement à détendre l'atmosphère.

Ils sourirent tous les trois, puis le visage de Genevieve redevint grave.

— J'ai confiance en vous, dit-elle.

— Alors, on va commencer.

Profondément troublé à l'idée qu'il risquait de provoquer un accident, Thor gara la voiture sur le bas-côté. Puis il se tourna de nouveau vers la banquette arrière, mais elle était vide.

Il regarda Brent fixement.

— Il y avait quelqu'un, dit-il.

— Oui, acquiesça Brent.

— Il est parti, maintenant.

— Il a dû craindre que vous ayez une crise cardiaque.

— J'ai failli envoyer la voiture dans le décor.

— Oui, j'ai remarqué, fit Brent avec un petit sourire.

— Je ne crois pas aux fantômes. Qu'est-ce que c'est que ces histoires de fous ? Vous manipulez tout le monde avec des jeux de miroirs et de fumée. Comment faites-vous ?

Brent demeura imperturbable.

— A vous de me le dire, fit-il. Vous êtes un homme logique. Mais il existe peut-être dans ce monde des choses que vous ne pouvez pas expliquer. Par exemple, la présence d'un fantôme sur votre banquette arrière.

— Je ne crois pas aux fantômes, répéta Thor.

— D'accord. Vous n'y croyez pas. Mais je devrais quand même prendre le volant.

— Nous ne sommes plus très loin, répliqua Thor. Je peux conduire.

Il reprit la route. Et, malgré lui, il jeta un coup d'œil dans le rétroviseur.

Le gosse était revenu et il le regardait fixement.

— Vous n'êtes pas là, déclara Thor sur un ton furieux.

Et il continua de rouler. Prudemment.

Un vent étrange soufflait. Elle avait l'habitude de la mer. Elle adorait la mer. Mais aujourd'hui quelque chose dans l'air la mettait mal à l'aise, lui faisait peur.

Ou bien était-ce la peur qui provoquait ce malaise ?

Personne ne la croyait, pas même son propre père. Mais après tout il mentait comme il respirait. Elle n'osait pas le dénoncer trop passionnément, cependant. Le risque que la vérité soit alors découverte était trop grand, et cette vérité était pire que tout...

Elle laissa son regard se perdre du côté de l'horizon, convaincue qu'elle pourrait bientôt compter sur l'aide de celui qu'elle appelait de tous ses vœux.

Puis elle se tourna et compta nerveusement les canons sur le vaisseau. Il y en avait tant. La *Marie Joséphine* était une fière embarcation, mais l'Oéan était vaste.

Soudain, elle eut une sensation étrange.

Le silence ! Un silence presque surnaturel.

Elle regarda autour d'elle. Où étaient les hommes de l'équipage ? Il n'y avait personne en haut des gréements. Le vent changeait et les matelots auraient dû se crier des instructions les uns aux autres, se hâter de descendre les voiles.

Mais il n'y avait pas un seul homme sur le pont.

A part lui.

Il la regardait fixement, avec ce sourire qu'elle haïssait tant.

— Où sont les autres ? demanda-t-elle.

— Partis, dit-il simplement.

Et son sourire s'élargit.

— Comment ça, « partis » ?

— Ils avaient envie de nager un peu, répondit-il en s'approchant d'elle, lentement.

Elle le considéra un instant, puis reporta son regard sur l'horizon.

Etait-ce un rêve éveillé ? Une illusion créée tout autant par le besoin que par le désir ? Il lui semblait apercevoir un autre vaisseau, au loin.

Le temps continuait de changer. La mer, si calme un moment plus tôt, devenait agitée. Une brume s'était brusquement levée au-dessus de l'eau, signe indubitable que la température changeait.

Hélas, elle se faisait du souci au sujet d'une tempête alors que ce monstre…

— Vous avez… vous avez pris possession du navire ? lui demanda-t-elle en s'efforçant d'affronter la réalité. C'est impossible, ajouta-t-elle en secouant la tête. Les hommes sont de loyaux sujets de…

— Les hommes sont des marins, ma chère enfant, et les marins se montrent généralement loyaux envers celui qui paie le mieux. Vous paraissez oublier de quel port nous venons de partir. D'autres hommes ont été engagés pour remplacer ceux qui étaient tombés subitement malades… Vous oubliez tant de choses, ma chère.

— Je n'oublie rien du tout ! Vous, monsieur, vous vivez dans les méandres de votre esprit et vous avez imaginé une vérité qui n'a jamais existé.

— Vous m'avez trahi.

— Jamais !

— Vous NOUS avez trahis.

— Il n'y a jamais eu de « nous » que j'aurais pu trahir, monsieur.

Il secoua la tête.

— Cela n'importe plus. L'histoire dira ce qui fut. Et ce sera la vérité. Le pirate a tout détruit.

Elle écarquilla les yeux. Deux hommes sortirent des entrailles du navire. L'un d'eux était immense, avec des bras aux muscles saillants. Elle l'avait déjà vu, une fois : le premier matelot lui criait dessus parce qu'il n'avait pas rempli sa tâche. Il tenait une corde épaisse entre les mains.

Le deuxième homme traînait un sac en tissu contenant du lest.

— Vous auriez dû m'aimer, reprit l'homme.

Elle se tourna et essaya désespérément de grimper par-dessus le garde-fou pour se jeter à la mer.

Trop tard.

Elle sentit des mains sur ses épaules : des mains qui la tiraient, la ramenaient en arrière.

Elle se mit à hurler, comme si ses cris pouvaient déchirer le ciel et la sauver. Mais ils étaient sur elle, forts, musclés. Elle n'avait aucun espoir. Elle le comprit lorsque le premier coup la frappa en plein visage. Elle lutta pour ne pas perdre conscience, sachant déjà ce qui l'attendait mais ne pouvant le croire…

Il y avait un vaisseau à l'horizon. Encore loin, mais il se rapprochait. « Oh, Seigneur ! Oh, Dieu du ciel, pardonnez-moi… »

La corde fut attachée solidement autour de ses chevilles et autour du sac de lest. Et, toujours, elle criait, mordait, griffait, maudissait…

Elle se sentit soulevée.

A l'instant où elle touchait l'eau, elle entendit le premier coup de canon.

17

Le laboratoire de recherches permanent de Sheridan était installé dans son université, au nord de l'Etat.

Il reçut les deux hommes dans son bureau et se lança immédiatement dans des explications, sur un ton qui laissait percer son excitation. Sa table était littéralement couverte de livres et de papiers, au point que Thor se demanda comment il pouvait retrouver quoi que ce soit dans ce capharnaüm.

— La lettre que nous avons réussi à déchiffrer a été écrite par Anne. Elle avait une très belle écriture.

Il les regarda d'un air triomphant.

— Et il se passait apparemment beaucoup plus de choses que nous ne l'imaginions.

— Quel genre de choses ? demanda Thor.

— Je vais vous lire ma traduction. L'encre était presque effacée en certains endroits, mais… imaginez, ces lettres sont presque parfaitement préservées, après toutes ces années !

— Professeur, s'il vous plaît, dit Thor, essayant de ne pas trop trahir son impatience.

Rien ne se passait comme prévu et il éprouvait de plus en plus de difficulté à garder son sang-froid.

Qui pouvait prévoir qu'au cours de cette expédition

il allait rencontrer la femme de sa vie et, dans le même temps, perdre l'esprit.

Car si véritablement il avait vu un fantôme, le moment était sûrement venu pour lui d'envisager de très longues vacances. Et s'il n'avait pas vu de fantôme, alors Adam Harrison et sa troupe se livraient à des activités criminelles.

Il étouffa un soupir et reporta son attention sur Sheridan, tandis que ce dernier commençait à lire la lettre d'Anne.

« Un terrible pressentiment m'oppresse. Jamais je n'ai eu si peur. Trop de mensonges me cernent. Je voudrais les dénoncer mais je n'ose avouer la vérité.

» Heureusement, il viendra. Je le sais.

» Car, pour terrible et menaçante que soit sa réputation, je sais une chose plus forte et plus vraie que toutes les vérités : son amour pour moi. Il veillera à ce que la bataille soit rapide et sûre. Il veillera à ce que les innocents ne trépassent pas. Il sera magnanime. Pour moi.

» Hélas, en attendant, la peur m'étreint. Donc, j'écris et je prie. »

Sheridan se tut et les regarda comme s'il venait juste de traduire les manuscrits de la mer Morte.

— C'est tout ? demanda Thor.

— Oui, c'est tout ! explosa Sheridan. Vous ne voyez donc pas ? Il y avait une conspiration à bord de la *Marie Joséphine*. Evidemment, j'ignore encore pourquoi Anne avait si peur, qui elle craignait et qui elle attendait pour la sauver, mais… nous le saurons bientôt. Je vais continuer de traduire les lettres du coffret et vous allez découvrir d'autres vestiges qui nous apporteront des informations supplémentaires.

— Professeur, on a découvert un deuxième cadavre sous l'eau, lui rappela Thor.

— Oui, oui, c'est fâcheux.

— Il y a un meurtrier, peut-être un tueur en série qui se promène dans les rues de Key West, ajouta Brent.

Sheridan le regarda un instant, les sourcils froncés, puis il se tourna de nouveau vers Thor.

— Et vous êtes des plongeurs professionnels. Ce qui se passe est bien triste, mais je ne vois pas pourquoi cela devrait retarder notre travail.

— C'est simple. La police nous a demandé de ne pas approcher de la zone d'investigation tant qu'ils n'auraient pas terminé leur propre travail.

— Mais c'est absurde ! Vous pouvez les aider dans leur enquête tout en continuant à chercher la *Marie Joséphine* ! s'exclama le professeur. Faire d'une pierre deux coups.

— Je vous rappelle dès qu'on a du nouveau, déclara Thor, coupant court à la conversation.

Sheridan se leva.

— Nous travaillons grâce à une subvention, comme vous le savez. Ce laboratoire… le faire tourner coûte une fortune. Il faut absolument reprendre le travail. Nous devons produire bien davantage pour justifier nos dépenses.

— Je vous tiens au courant, c'est promis, répondit Thor.

Puis, comme ils quittaient les bureaux, Thor jeta ses clés de voiture à Brent, qui les attrapa au vol, l'air surpris.

— Conduisez ! lui dit Thor, d'un air las.

*
* *

A la grande stupéfaction de Victor, on ne l'arrêta pas. Après l'avoir laissé seul un long moment dans la salle d'interrogatoire, Suarez ouvrit la porte, passa la tête à l'intérieur et déclara simplement :

— Tu peux y aller.

— Quoi ?

— Fiche le camp ! Tu es libre.

— Je croyais que vous alliez m'arrêter.

Suarez haussa les épaules.

— Eh bien, on a changé d'avis.

Victor se leva. En passant devant l'inspecteur de police, il sentit tout son corps se raidir et ne put s'empêcher de dire :

— Je vais peut-être vous poursuivre en justice, moi. Pour arrestation abusive.

— Tu n'as jamais été arrêté.

— Brutalité de la part de la police, dans ce cas.

— Nous ne t'avons pas touché.

— Cruauté mentale.

— Hé, petit père, on n'est pas en train de divorcer, hein ?

— Je vous ai à l'œil, en tout cas.

— C'est drôle. J'allais te dire exactement la même chose.

Victor leva le menton, mais jugea le moment venu de décamper sans demander son reste.

Audrey revint à elle, les membres ligotés, bâillonnée, avec un horrible mal de tête qui l'empêchait de réfléchir clairement.

Il lui fallut un bon moment avant que des bribes

de souvenirs ne lui permettent de reconstituer en partie ce qui s'était passé.

Elle était dans la cale d'un bateau et elle pouvait à peine respirer. Elle ne devait pas bouger, afin d'économiser le plus d'oxygène possible, se dit-elle, les larmes aux yeux.

Oui, elle se rappelait, maintenant. Etape par étape.

Elle allait mourir.

Pour le moment, elle était à la merci d'un bourreau dont l'ego n'avait pas de limite.

Mais il se lasserait de la torturer, et alors il la tuerait.

A moins qu'elle ne parvienne à gagner du temps... Oui, se dit-elle. Elle allait jouer le jeu et faire tout ce qu'il lui demanderait, jusqu'à ce que quelqu'un finisse par comprendre.

Elle n'était pas celle qu'il voulait vraiment. Elle le savait. Elle n'était qu'un pauvre substitut. Et les substituts sont si faciles à sacrifier.

Non !

Elle devait se battre, rester en vie, faire n'importe quoi, dire n'importe quoi.

Seigneur !

Genevieve allait débarquer ici tôt ou tard. Et elle aussi, elle mourrait.

En dépit des circonstances, Genevieve avait l'air enjoué lorsqu'elle ouvrit la porte et trouva Thor et Brent sur le seuil.

— Victor a été relâché, dit-elle sans préambule.

— Ah bon ? fit Thor.

— Evidemment ! Ils n'ont rien contre lui, répondit la jeune femme.

— Il est tout de même le dernier à avoir vu Audrey, fit remarquer Thor avec circonspection.

— Oui. Mais il a fait demi-tour et il est rentré dans son bungalow. Bethany a vu l'heure à laquelle il est revenu. Il n'aurait pas eu le temps de faire quoi que ce soit.

Elle agita la main.

— J'ai du nouveau, de mon côté. Mais d'abord, que raconte Sheridan ?

— Qu'il se passait des choses à bord du navire, apparemment. Anne a laissé des lettres dans ce coffret. Elle avait peur de quelqu'un. Et elle attendait quelqu'un d'autre, peut-être pour la sauver. C'est encore un peu flou. Dans sa lettre, elle parle d'une vérité qu'elle ne peut pas révéler. C'est tout ce qu'on a. Ils n'ont encore traduit qu'une seule lettre.

Genevieve eut un large sourire.

— Je connais la vérité, dit-elle.

— Ah bon ? fit Thor.

— Mais commencez par entrer : ce sera plus confortable.

— Est-ce qu'on a des nouvelles d'Audrey ? demanda Brent.

Le visage de Genevieve se rembrunit instantanément.

— Non.

Adam, Nikki et Bethany étaient dans le living-room, et quelqu'un venait de préparer du thé.

— Vous en voulez ? proposa Genevieve.

Thor avait l'estomac dans les talons, mais il secoua la tête. Il était trop pressé d'apprendre ce que Genevieve avait découvert.

— Dis-nous ce que tu sais, je t'en prie !

— Anne n'était pas amoureuse d'Aldo. Au contraire, elle le méprisait, déclara la jeune femme.

— Ah bon ?

Genevieve hocha la tête.

— Je ne sais pas si tu te souviens, mais j'ai fait pas mal de recherches au sujet de la *Marie Joséphine*. Certaines lettres et certains des mémoires ont été écrits par des pirates qui avaient navigué avec Gasparilla, et ils parlaient de l'amour profond qu'il éprouvait pour Anne. Rappelle-toi, quand on en a parlé, l'autre fois, quelqu'un a suggéré que Gasparilla l'avait tuée parce qu'il n'avait pas supporté d'être éconduit. Eh bien, ce n'est pas du tout ce qui s'est passé. Il a essayé de la sauver. Il y avait eu une mutinerie à bord de la *Marie Joséphine*. Et c'est Aldo, le grand amour supposé d'Anne, qui l'a tuée. Gasparilla était en route pour la rejoindre. Il avait promis de faire tout son possible pour ne pas sacrifier l'équipage et pour protéger le père d'Anne. Mais il est arrivé trop tard. C'est Aldo qui n'a pas pu supporter qu'Anne le rejette. Il l'a tuée. De la même manière que ces femmes qu'on vient de retrouver. Il a lesté son corps alors qu'elle était encore vivante et il l'a jetée par-dessus bord. Gasparilla a attaqué le navire. Il a trouvé la plupart des membres de l'équipage morts et s'est battu contre les mutins. La *Marie Joséphine* était déjà en train de sombrer. Elle avait pris plusieurs coups de canon. Bon, ça, ce sont des spéculations de ma part, mais je suis sûre d'avoir raison.

Thor la regarda, le front plissé.

— Et… comment sais-tu tout ça ? demanda-t-il.

— C'était vraiment incroyable, murmura Bethany.

Elle est retournée dans cette vie antérieure. Elle a tout vécu comme si elle était Anne.

Thor sentit la moutarde lui monter au nez.

— Qu'est-ce que c'est que ces conneries ? cria-t-il en foudroyant Adam Harrison du regard.

— Hypnose, répondit celui-ci posément.

— Quoi ?

— Thor, ne commence pas, s'il te plaît ! intervint Genevieve.

— L'hypnotisme est un outil tout à fait valable, déclara Nikki. Des tas de gens arrêtent de fumer grâce au pouvoir de l'hypnose. C'est une technique qui a fait ses preuves et qui a permis à de nombreuses personnes d'aller mieux, de perdre du poids, d'apporter des transformations radicales à leur vie.

— J'ai simplement dépeint cette journée, expliqua Adam. Puis j'ai posé quelques questions à Genevieve.

— C'était stupéfiant, reprit Bethany. On aurait dit qu'elle y était, qu'elle le vivait vraiment.

Visiblement, la jeune femme était encore sous le choc de la scène à laquelle elle avait assisté.

Des tours de passe-passe, se dit Thor. Le pouvoir de suggestion. Tout ce qui arrivait depuis plusieurs jours n'était peut-être qu'une forme d'hypnotisme.

Il croisa les bras sur sa poitrine.

— Génial ! Tu crois savoir ce qui s'est passé sur ce navire, il y a plusieurs centaines d'années.

— Pourquoi pas ? riposta Genevieve. Ça va exactement dans le sens de ce que Sheridan t'a dit. Attends qu'il ait lu d'autres lettres et tu verras que j'ai raison.

Thor décida qu'il n'obtiendrait jamais gain de cause

au sein de ce groupe, alors il décida de changer de sujet.

— Où sont les autres ?

— Ils font le tour des bars pour essayer de glaner des informations au sujet d'Audrey, répondit Genevieve. Jack et Alex ne tenaient plus en place, et Zach et Lizzie ont décidé de les accompagner.

— Et ils ne se sont pas manifestés, depuis ? demanda Brent.

— Non, fit la jeune femme. Mais on peut essayer de les appeler.

— Je doute que ça serve à quelque chose, dit Thor. Ils vous auraient prévenus s'ils avaient eu du nouveau. Tu veux venir avec moi ?

Genevieve haussa les sourcils.

— Où ça ?

— A Miami. Je peux peut-être découvrir quelque chose au sujet de Marshall. On ne sert à rien ici, pour le moment.

— C'est un peu tard pour faire l'aller-retour aujourd'hui, non ? intervint Bethany.

— Je pensais passer la nuit là-bas. Sheridan voudrait qu'on continue à plonger comme si de rien n'était, mais la police nous a demandé de rester tranquilles le temps qu'ils fassent leur boulot. On a au moins une journée devant nous. On peut être de retour demain soir.

Genevieve parut hésiter, et les autres commencèrent à se lever.

— Je reste avec la troupe, dit Bethany en s'adressant à Genevieve. Je vais leur coller aux basques.

— Tenez-nous au courant si vous découvrez quoi que ce soit, dit Brent.

Genevieve les raccompagna jusqu'à la sortie.

— On y va ? lui demanda Thor, à la seconde où la porte se refermait sur eux.

Il était pressé de s'éloigner, tout à coup. Il voulait fuir toute cette folie. Mais pouvait-il vraiment y échapper ?

Il était de retour.

Audrey entendait ses pas au-dessus de sa tête. Apparemment, il s'apprêtait à sortir en mer.

Seigneur ! c'était la fin ! Bien sûr, elle pouvait se battre. Et elle se battrait, bec et ongles. Mais cela ne servirait à rien. C'était la fin, songea-t-elle encore, des larmes brûlantes jaillissant douloureusement de ses yeux.

Mais soudain, au loin, elle entendit une sonnerie de portable. Puis la voix de son bourreau. Elle ne distinguait pas ce qu'il disait mais elle l'entendait parler. Puis, plus rien.

Il avait quitté le bateau.

Un répit ?

La chaleur au fond de la cale était infernale. Elle était sûre qu'il ne lui restait plus d'air, même si elle se répétait inlassablement que l'oxygène lui parvenait d'une manière ou d'une autre — juste assez pour la maintenir en vie. Les planches, sous son corps, étaient mouillées, et l'odeur de poisson était intenable.

Elle allait rôtir avant d'être noyée, se dit-elle.

Puis une prière jaillit de son cœur. « Non, non, je vais survivre ! Je ne veux pas mourir ! Mon Dieu, mon Dieu, faites qu'il ne revienne pas… »

*
* *

— Tu es sûr que c'est une bonne idée ? demanda Genevieve, comme ils s'installaient dans la voiture de Thor.

Il posa la main sur la sienne.

— Je sais que tu te fais du mauvais sang pour Audrey, et, compte tenu de ce qui s'est passé, je le comprends. Mais tout le monde la cherche. Il me semble plus productif d'aller à Miami pour essayer de retrouver Marshall. Nous savons qu'il n'est pas descendu à l'hôtel d'où il a appelé la police, mais il était à Miami. Et quand on s'est rencontrés pour mettre au point l'expédition, il m'avait donné rendez-vous à Coconut Grove. Il y a un appontement public, là-bas, et d'après ce que j'ai compris, il fréquente volontiers cette zone. On pourrait faire la tournée des bars et des clubs, ce soir, sur South Beach, et louer un bateau, demain, pour visiter les yachts-clubs, les marinas, et longer les voies navigables.

Genevieve hocha la tête.

— C'est une bonne idée, mais Jay a déjà donné l'alerte et la police de Miami-Dade s'en occupe, non ?

— Tu crois que les flics de Miami vont consacrer beaucoup d'énergie à essayer de retrouver un adulte qui semble avoir disparu de son plein gré ? Compte tenu du taux de criminalité dans la zone, je pense qu'ils ont des préoccupations un peu plus urgentes.

— Tu as raison, dit Genevieve en souriant. Alors, tu as un plan ? J'avais l'impression que tu voulais juste t'échapper de Key West.

— C'est vrai aussi, admit-il. Vingt-quatre heures, d'accord ? Puis on revient.

— Entendu.

— Est-ce que tu te sens bien ?

Genevieve éclata de rire.

— Tu veux savoir si je fais la navette entre le passé et le présent ? Ou s'il y a un fantôme assis sur mes genoux ?

Il lui sourit et serra sa main dans la sienne. Puis il démarra, non sans avoir jeté un coup d'œil rapide dans le rétroviseur pour s'assurer qu'il n'y avait personne sur la banquette arrière. Mais ils étaient seuls, apparemment.

Comme Thor n'avait toujours rien mangé, ils s'arrêtèrent à Plantation Key pour lui permettre de se rassasier. Puis ils repartirent. La circulation était fluide, ce soir-là, et ils arrivèrent à Miami sans encombre.

Ils prirent une chambre au Mayfair, à Coconut Grove. Thor était pressé de sortir, mais Genevieve voulait se doucher et se changer avant d'aller faire les boîtes de nuit de South Beach.

Thor la rejoignit à l'intérieur de l'énorme douche en marbre et, bien sûr, ils furent bientôt couverts de savon, corps contre corps sous l'eau chaude, avec l'énorme lit à quelques pas de là. Seuls.

Le lit fut bientôt aussi mouillé et glissant qu'eux, et Thor fut stupéfait de constater, une fois de plus, à quel point il lui était facile d'oublier le monde entier lorsqu'il était avec Genevieve. Bien sûr, il y avait l'attirance physique et leur merveilleuse entente sexuelle. Un seul sourire de la jeune femme pouvait faire naître son excitation. Mais ce n'était pas tout. Elle touchait son âme, aussi, comme aucune autre femme n'avait su le faire jusqu'alors. Et lorsqu'ils furent allongés l'un contre l'autre, un long moment plus tard, leurs corps las et merveilleusement apaisés, il sut sans l'ombre d'un doute qu'il était fou amoureux d'elle.

— Heureusement que l'action ne commence pas vraiment avant minuit, dans les boîtes de nuit, murmura la jeune femme.

Il bondit hors du lit.

— Je vais me doucher, dit-il. Je t'interdis formellement de me suivre !

Elle rit. Mais elle attendit sagement qu'il ait terminé avant de gagner elle-même la salle de bains.

Et Thor put constater, une fois de plus, qu'au-delà de sa beauté, sa sensualité, ses talents de plongeuse et son sourire, Genevieve avait une autre qualité inestimable : elle était capable de se préparer en un temps record.

— Allons-y ! dit-il lorsqu'elle fut prête.

Grâce à Genevieve et à son physique, à son sourire engageant, ils n'eurent pas la moindre difficulté pour entrer dans les clubs. Ils dansèrent. Ils payèrent leurs consommations des prix exorbitants. Thor sympathisa avec plusieurs serveuses, tandis que Genevieve flirtait avec les barmans. Chaque fois, ils décrivaient Marshall et demandaient si on l'avait vu. Plusieurs personnes le connaissaient, mais personne ne l'avait croisé récemment.

La frustration de Thor devait se lire sur son visage car, au moment de sortir d'un énième établissement, Genevieve glissa un bras autour de sa taille et lui dit :

— Hé, c'était une bonne idée ! Nous avons rencontré plusieurs personnes qui le connaissent, alors s'il avait été par ici…

Ils atterrirent dans un petit piano-bar plus tranquille, sur Washington. Le pianiste jouait bien et son auditoire était presque silencieux. Genevieve et Thor s'installèrent à une table, vers le fond de la salle, et commandèrent des cafés.

— Il existe forcément une explication à sa disparition, dit Thor en essayant de chasser son humeur morose. Marshall n'est pas une prostituée. Il n'est même pas une jolie jeune femme, ajouta-t-il avec un sourire sans joie.

— Crois-tu qu'il a vraiment appelé la police ? demanda Genevieve. Imagine qu'on l'ait enlevé et qu'une autre personne ait téléphoné en se faisant passer pour lui.

— Je ne sais pas quoi penser, admit Thor.

Genevieve plia et déplia la petite serviette que le serveur lui avait apportée avec sa consommation.

— Je suis inquiète au sujet de Marshall, mais je le suis encore plus au sujet d'Audrey, reprit-elle finalement. Elle est jeune et jolie, elle.

— Oui. Moi aussi, je suis inquiet, admit Thor.

Soudain, une voix féminine, tout près d'eux, s'exclama sur un ton à la fois incrédule et joyeux :

— Genevieve ? Genevieve Wallace ?

Genevieve leva les yeux vers le couple qui venait de s'arrêter devant leur table. Elle fronça les sourcils l'espace d'un instant, puis son visage s'éclaira d'un large sourire.

— Kathy !

Elle se leva et Thor l'imita aussitôt.

— Thor, je te présente Kathleen O'Malley. Nous étions à l'école ensemble. Elle fait partie de ceux qui ont quitté Key West. Kathy, voici Thor Thompson.

Elle embrassa son amie, puis se tourna vers le jeune homme qui l'accompagnait.

— Et voici George Ryder. Il était à l'école avec nous, lui aussi.

Kathy rit. C'était une petite blonde aux cheveux frisés. George était grand, très mince. Il serra la main de Thor.

— Thor Thompson. Vous êtes plongeur, n'est-ce pas ? J'ai vu votre photo dans plusieurs magazines.

Thor hocha la tête.

— Vous pouvez rester un petit moment ? demanda Genevieve.

— Bien sûr ! répondit Kathy, tandis que Thor approchait deux chaises. Je m'appelle Kathy Ryder, maintenant. Nous nous sommes mariés il y a quatre ans.

— Je n'étais pas au courant, dit Genevieve avec un grand sourire. Félicitations. Est-ce qu'on ne vous avait pas élus « le couple qui a le plus de chances de rester ensemble » ou un truc comme ça ?

George haussa les sourcils et Kathy se remit à rire.

— Arrête tes bêtises ! En tout cas, Genevieve, tu es splendide. Tu fais toujours de la plongée ? Vous faites une petite virée loin de Key West ?

— Vous vous souvenez de Marshall ? demanda Genevieve.

— Bien sûr, répondit Kathy. Je crois que si j'aime autant les bateaux et la plongée, c'est grâce à lui. Nous sommes montés à Miami parce que George allait à la fac de droit, et, après, il a décroché un boulot, ici, mais Key West me manque beaucoup. Alors, oui, tu penses bien que je me souviens de Marshall !

— Vous ne l'auriez pas croisé récemment, par hasard ?

Kathy secoua la tête.

— Non, pourquoi ?

— Eh bien, nous faisons partie d'une expédition,

avec Thor et d'autres plongeurs, et il a disparu du jour au lendemain.

— Ah bon ? s'exclama Kathy, visiblement étonnée. C'est bizarre. Ça ne lui ressemble pas du tout. Je le revois encore nous parlant du jour où il aurait son propre bateau et sa propre compagnie. Et il a réussi.

— Oui, murmura Genevieve.

— C'est dingue, quand même, qu'on soit tombés sur vous comme ça, reprit Kathy qui était manifestement la bavarde du couple. Key West n'est pas si loin, et pourtant je n'y suis pas retournée depuis des années. Quand on a un week-end, on va plutôt à Key Largo : c'est juste à une heure de route.

— Cette rencontre est d'autant plus bizarre, dit George, que je pensais justement à vous, tout à l'heure. A toi, à Victor et à Bethany. Je regardais la télé et j'ai vu que l'on avait découvert le cadavre d'une jeune femme. C'est le deuxième en quelques jours, n'est-ce pas ?

Thor et Genevieve hochèrent la tête gravement.

— Tu te souviens qu'une jeune femme avait disparu quand on était encore au lycée ? Le fait divers avait fait la une de tous les journaux, à l'époque. Elle avait tout pour devenir un supermodèle.

— Oui, tu as raison, je me rappelle cette histoire. Elle avait disparu d'un seul coup. Je ne sais pas si on l'a retrouvée. Il faudrait que je demande à Jay.

— Oh, Jay, qu'est-ce qu'il devient ? demanda Kathy. Le pauvre ! C'était terrible, quand il a perdu sa femme. Est-ce qu'il s'est remarié ?

— Non. Je ne l'ai même jamais vu avec une autre femme, depuis, répondit Genevieve.

— Tu lui diras bonjour pour nous ? Et aux autres aussi ?

— Oui, bien sûr.

Kathy consulta sa montre.

— George, il faut qu'on y aille. Nous avons laissé le bébé avec ma cousine. Nous avons un petit garçon, au fait ! Il s'appelle George, évidemment, ajouta-t-elle en levant les yeux au ciel d'un air comique.

— Eh bien, mes félicitations ! dit Genevieve.

Ils se levèrent tous, et Genevieve embrassa ses amis, tandis que les deux hommes échangeaient une autre poignée de main.

— C'était vraiment super de vous voir, dit Kathy.

— Oui, super, renchérit George. Enchanté d'avoir fait votre connaissance, ajouta-t-il en s'adressant à Thor.

Ils s'éloignèrent en agitant la main. Thor et Genevieve se rassirent.

— George était le meilleur élève de la classe, dit la jeune femme.

— Et Kathy ?

— La plus bavarde.

Thor rit, puis il fit signe au serveur de leur apporter l'addition.

Tandis qu'ils roulaient en direction de l'hôtel, Genevieve s'assoupit sur le siège du passager, et Thor repensa à ce que Kathy et George leur avaient dit. Quelque chose l'avait troublé : un fait divers similaire s'était déjà produit auparavant.

D'autre part, Thor avait éprouvé des soupçons à l'égard des membres de leur petit groupe.

Jay, par exemple, dont la femme était morte noyée.

Victor, qui avait été vu avec la prostituée et dont le rôle dans cette histoire de mannequin demeurait inexpliqué, pour ne pas dire suspect.

S'il y avait déjà eu des disparitions similaires à Key West, qui s'était trouvé systématiquement dans les parages au moment des faits ?

Une autre idée se faisait jour dans l'esprit de Thor. Elle était complètement tirée par les cheveux mais il ne pouvait l'ignorer. Et si les fantômes existaient ? Et si le fantôme de Genevieve apparaissait ainsi non pas parce qu'il avait besoin d'aide mais, au contraire, parce qu'il cherchait à leur venir en aide, *à eux les vivants*.

— N'importe quoi ! marmonna-t-il pour lui-même.

— Hein ? fit Genevieve en soulevant légèrement la tête.

— Rien, rien. Désolé, murmura-t-il.

Que pouvait-il répondre ? « Hé, tu connais la meilleure ? Moi aussi, je vois un fantôme. Pas le même que toi, non. Le mien est un gosse qui a une grande gueule… »

Genevieve était tellement fatiguée qu'il fut tenté de la soulever dans ses bras pour la porter jusqu'à leur chambre. Mais, finalement, il glissa un bras autour de sa taille et l'aida à marcher. Elle s'affala sur le lit, murmurant qu'elle allait se lever dans un moment pour se déshabiller. L'instant d'après, elle dormait profondément.

Thor sourit, lui ôta ses chaussures, puis se glissa près d'elle et la serra dans ses bras.

Il n'arrivait pas à se débarrasser du sentiment que le meurtrier était quelqu'un de proche.

Mais qui ?

Lizzie et Zach venaient du Nord. Ils n'étaient certainement pas à Key West lors des disparitions précédentes.

Marshall — qui se jouait peut-être d'eux tous — était de Key West. Mais il quittait souvent la zone pour son travail. Se trouvait-il dans sa ville natale, chaque fois qu'une jeune femme avait disparu ?

Alex ? Il était de Key Largo, c'est-à-dire pas bien loin. Il devait être au lycée, à l'époque où la jeune modèle avait disparu. Mais Victor aussi. Et ça ne les mettait pas à l'abri de tout soupçon.

Jay, bien sûr.

Et Jack, aussi.

Partant de là, Brent et Nikki faisaient partie des rares personnes en qui il pouvait avoir confiance. Des chasseurs de fantômes ! Voilà qui était rassurant.

Thor serra les dents et s'efforça de dormir. La journée avait été longue et il était épuisé.

Il fut réveillé en sursaut, le lendemain matin, par le cri que poussa Genevieve. Il la trouva assise, trempée, et tremblant de la tête aux pieds.

Il bondit aussitôt du lit pour allumer la lumière, puis revint vite prendre la jeune femme dans ses bras. Une forte odeur d'eau de mer régnait autour d'eux.

Genevieve se blottit contre Thor, les yeux écarquillés, son regard exprimant une terreur indicible.

— Il faut qu'on retourne à Key West ! dit-elle.

18

Lorsqu'elle fut tout à fait réveillée et que son cauchemar s'estompa un peu, Genevieve parvint à se raisonner. Plus que tout, elle était réconfortée par la patience et le soutien inconditionnel de Thor. Il n'avait même pas parlé du fait qu'une fois encore le lit était trempé d'eau de mer et qu'une odeur très nette d'embruns flottait dans la chambre. Et puisqu'il choisissait de ne pas en parler, elle pouvait bien faire un effort et contrôler son besoin de rentrer aussi vite que possible à Key West.

Il était encore tôt lorsqu'ils quittèrent l'hôtel pour aller louer un bateau et repartir à la recherche de Marshall. Thor avait promis qu'ils seraient de retour vers 17 heures.

Ils se rendirent à la marina publique, à Coconut Grove, et Thor trouva un hors-bord. C'était une journée idéale pour faire du bateau. La mer était calme, avec juste une petite brise, et le ciel parfaitement dégagé. Bien sûr, les conditions météorologiques pouvaient changer brusquement, mais, pour le moment, elles étaient parfaites.

Ils se dirigèrent d'abord vers le nord, firent le tour de Key Biscayne en suivant les voies navigables à toute allure, puis firent demi-tour. Le centre-ville de Miami leur parut spectaculaire : le profil des gratte-ciel jaillissait au-dessus de l'Océan.

A mesure qu'ils visitaient les marinas, Thor devenait de plus en plus sombre.

— Je ne sais pas pourquoi, mais j'étais persuadé qu'on le trouverait par ici, dit-il en secouant la tête.

Ils rentraient vers la marina lorsque Thor s'écria :

— La rivière ! On a oublié la rivière.

Genevieve se sentit contrariée car elle était impatiente de retourner sur Key West, mais elle ne dit rien et continua de regarder autour d'elle. Soudain, alors qu'ils traversaient un quartier résidentiel, elle s'agrippa à la console.

— Là ! cria-t-elle. C'est le bateau de Marshall !

— Où ça ? demanda Thor.

— Là-bas, amarré à cette jetée à moitié délabrée, devant la maison dont il ne reste que les murs. Je te dis que c'est son bateau. Je le connais parfaitement. Ça fait des années que je travaille dessus.

Thor mit le moteur au point mort et ils avancèrent doucement. Soudain, Genevieve poussa une exclamation étouffée.

Marshall était là, lunettes de soleil sur le nez, les mains croisées derrière la tête, allongé sur le pont, une bouteille de whisky à côté de lui.

Genevieve fut submergée par une vague de fureur. Et avant que Thor ait le temps de lui conseiller la prudence, elle poussa un cri de rage.

— Marshall Miro, espèce de salopard !

Marshall sursauta et se redressa d'un bond. Il

regarda Genevieve d'un air tour à tour incrédule, confus et effrayé.

— Marshall ! cria-t-elle encore.

Thor avait coupé le moteur. Ils étaient tout près du bateau, maintenant. Genevieve n'attendit pas. Elle courut en avant.

— Genevieve ! hurla Thor. Attends, nom d'un chien ! Attends !

Marshall avait bondi sur ses pieds. Il portait juste un short. Pas de chemise.

— Attends ! cria Thor une nouvelle fois.

Il jeta la corde sur le bateau de Marshall et s'élança derrière la jeune femme qui avait fondu sur Marshall et le frappait maintenant de toute la force de ses poings.

— Genevieve !

Thor se jeta vers elle et l'attrapa par le bras pour la faire reculer avant que Marshall ne riposte.

Mais celui-ci n'avait pas l'air de vouloir cogner qui que ce soit. Il ne protesta pas. Il recula simplement en secouant la tête et en répétant :

— Je n'y retournerai pas. Je n'y retournerai pas. Merde, vous ne pouviez pas me laisser tranquille ?

Genevieve le regarda fixement, tellement stupéfaite qu'elle en oublia sa colère.

— Mais enfin, qu'est-ce que tu racontes ? On s'est fait un sang d'encre à ton sujet…

— J'ai appelé. J'ai dit que j'étais retenu par un cas de force majeure.

C'était un type costaud, à la tête rasée et au corps tatoué. Pourtant, à cet instant, il avait l'air terrifié.

— C'est ça ton cas de force majeure ? s'exclama Genevieve.

— Il va falloir trouver des explications un peu plus solides, mon vieux ! ajouta Thor.

Il avait les poings serrés de chaque côté du corps, et le ton de sa voix dut réveiller quelque chose chez Marshall car il parut se hérisser d'un seul coup. Genevieve sentit une brusque explosion de testostérone dans l'air, et elle garda sa position entre les deux hommes afin de s'interposer, si jamais ils en venaient aux mains.

— Calmez-vous ! leur dit-elle d'un ton ferme.

Marshall exhala un long soupir et baissa la tête.

— Je n'arriverai jamais à vous faire comprendre ce qui s'est passé. J'ai failli y rester.

— Qu'est-ce que tu racontes ? demanda Thor.

— Il y a quelque chose dans l'eau. J'ignore ce que c'est mais je sais qu'on a essayé de me noyer. Et il s'en est fallu d'un cheveu.

— Marshall, c'est sous l'effet du scotch que tu parles en ce moment ?

— Je n'ai commencé le scotch qu'après ce que j'ai senti dans l'eau, riposta Marshall.

— Et qu'est-ce que tu as senti dans l'eau ? lui demanda Thor.

— Je n'en sais rien, répondit Marshall, les dévisageant tous deux d'un air de défi. Je ne l'ai jamais vu.

— Ce que tu racontes n'a aucun sens, dit Thor. Tu n'avais pas le droit de nous lâcher comme ça, subitement, au beau milieu d'un projet. Je croyais que tu étais l'un des meilleurs professionnels dans les Keys.

— Autrefois, peut-être.

— Allons, Marshall, je ne comprends rien à ce que tu racontes, lui dit Genevieve sur un ton raisonnable. Tu ne veux pas essayer de nous expliquer un peu mieux ce qui s'est passé ?

Marshall la regarda un instant, puis secoua la tête.

— Il y avait un truc dans l'eau. Encore une fois, j'ignore ce que c'était. Je sais seulement que ce truc a essayé de m'entraîner sous l'eau. Quelque chose me tirait vers le fond, puis me lâchait, puis me tirait de nouveau. Il y avait des drôles de bruits... Et puis, merde, je sais qu'on ne sent rien, sous l'eau, et pourtant je sentais une odeur de pourriture. Ce truc a essayé de me tuer. Je suis sérieux. Il est hors de question que je retourne là-bas. Pas avant longtemps, en tout cas. Pas avant qu'on sache ce que c'était et qu'on s'en débarrasse... Vous entendez ce que je vous dis ? On a essayé de me tuer ! C'est sûrement ta faute, Genevieve. C'est sûrement toi qui l'as fait venir quand tu as vu je ne sais quoi, sous l'eau.

Thor plissa les yeux.

— Ne blâme pas Genevieve, dit-il d'un ton froid. Elle n'y est pour rien.

Il prit la main de la jeune femme.

— Allons-nous-en !

— Allons-nous-en ? répéta Genevieve sans comprendre.

— Que veux-tu faire d'autre ? Tu l'as entendu ? Il ne veut pas revenir... Juste un petit conseil, Marshall : laisse tomber le scotch.

Ils retournèrent vers le hors-bord de location. Thor l'avait un peu abîmé dans sa hâte à rejoindre Genevieve sur le bateau de Marshall, et il devrait sans doute payer pour les réparations. Soit il ne le remarqua pas, soit il s'en moquait. En tout cas, il n'y fit aucune allusion, tandis qu'il fendait l'eau en direction de la marina. Il regardait droit devant lui, le visage fermé, les mâchoires crispées.

— Marshall est vraiment terrifié, lui dit Genevieve.

Elle avait toujours travaillé avec Marshall. Elle était déçue et blessée, et pourtant elle ne pouvait s'empêcher de défendre cet homme qui avait été son patron — sûr de lui, consciencieux, professionnel — pendant toutes ces années.

— Franchement, ça ne lui ressemble pas du tout, ajouta-t-elle. Je l'ai vu affronter des milliers de dangers sans sourciller.

Thor ne répondit pas immédiatement. Finalement, il la regarda avec un petit sourire triste.

— Peu importe l'impression que l'on donne. Nous avons tous peur à un moment ou à un autre. Comment savoir ce qui a déclenché cette terreur dans le cas de Marshall ? Mais une chose est sûre : il n'a pas le droit de te faire porter le chapeau. Tu n'y es pour rien.

Il hésita, puis regarda droit devant lui avant d'ajouter :

— Je ne crois pas que « quelque chose » ait essayé de faire du mal à Marshall. Mais il est clair que ce qui s'est passé a touché un point faible, au fond de lui. En tout cas, on l'a retrouvé. Vivant et en bonne santé. Inutile d'en dire plus aux autres. Il a besoin de temps pour lui, voilà tout.

— Quand même, imagine qu'il y ait vraiment quelque chose sous l'eau : une chose qui aurait essayé de le tuer ?

— Je n'y crois pas, répondit Thor. Je crois qu'il y a bel et bien un meurtrier en chair et en os en train de tuer des jeunes femmes innocentes. Ça, c'est la réalité. Il faut en tenir compte et faire preuve de prudence. Je crois aussi que certaines questions exigent des réponses.

Genevieve garda le silence un moment.

— Nous avons retrouvé Marshall, dit-elle finalement. Il faut chercher Audrey, maintenant.

Thor ne répondit rien.

Ils arrivèrent chez Genevieve avant la tombée de la nuit. Thor venait de se garer lorsque son portable sonna.

— Où étiez-vous ? Ça fait un moment que j'essaie de vous joindre ! s'exclama Sheridan sur un ton excédé.

Il avait l'air de très mauvaise humeur.

— On était en voiture... Qu'est-ce que vous voulez ?

— J'ai déchiffré une autre lettre écrite par Anne.

— Et alors ? demanda Thor.

— Alors, comment se fait-il que cela coïncide avec un article paru dans le journal de ce matin, écrit par la même minette qui a assisté à votre cérémonie funèbre dans l'eau, l'autre jour ? Je vous préviens : si vous avez négligé de nous communiquer certaines informations, vous êtes en rupture de contrat.

— Tout ce que nous avons trouvé, nous vous l'avons donné. Je n'ai pas lu cet article, alors je ne sais pas de quoi vous parlez, riposta Thor.

— Il faut que vous retourniez sous l'eau.

— Dès que j'aurai l'autorisation de la police.

Sheridan poussa un grognement irrité.

— Allons, il ne s'agit pas d'une scène de crime habituelle. Dans l'Océan, ils ne peuvent pas dérouler leur cordon jaune. Il n'y avait aucune raison d'interrompre notre projet.

— Il y a eu mort d'homme, professeur. En ce qui me concerne, un cadavre est une raison suffisante. Est-ce que vous vouliez parler d'autre chose ?

— Oui, forcément. Je veux vous montrer cette lettre. Vous pouvez venir tout de suite ?

— D'accord. Je passerai d'abord chez les flics pour savoir s'ils nous autorisent à plonger, répondit Thor.

Il rabattit le clapet de son portable.

— Il veut te voir ? demanda Genevieve.

— Oui. Apparemment, Helen a publié un article dans le journal, ce matin, et ça coïncide avec le contenu de la lettre que Sheridan vient de déchiffrer. C'est toi qui lui as parlé ?

— Non, mais on a mentionné la possibilité de la mettre au courant, après la séance d'hypnose. Adam l'a peut-être contactée.

— Tu viens avec moi ?

— Voir Sheridan ? Pas question !

— Ce ne sera pas long.

— Je n'en ai pas envie, Thor. Je vais appeler Bethany pour savoir où ils sont tous et si on peut se retrouver pour dîner.

— D'accord. Allons d'abord inspecter la maison.

— J'ai tout verrouillé avant de partir, tu sais.

— Peu importe. Ça ne coûte rien, répondit Thor.

Elle sourit.

Ils firent le tour de la maison, pièce par pièce, placard après placard, comme la première fois. Thor ne pensait pas vraiment qu'il y avait quelqu'un à l'intérieur, prêt à agresser Genevieve, mais il avait le pressentiment que quelque chose se tramait.

— Alors, tu ne veux pas m'accompagner, tu es sûre ? insista-t-il lorsqu'ils eurent terminé leur tour d'inspection.

— Oui, absolument certaine.

— Ne sors pas sans moi, d'accord ?

Elle secoua la tête.

— Non. Je vais t'attendre.

Elle l'accompagna jusqu'à la porte en souriant. Thor ne savait pas trop pourquoi, mais, arrivé sur le seuil, il hésita. Il avait du mal à la quitter. Il l'attira contre lui et l'embrassa longuement, tendrement. Lorsqu'il la relâcha, elle lui demanda doucement :

— Hé, c'était pour quoi, ça ?

« Pour te dire que je t'aime... »

Mais Thor ne prononça pas ces mots. Il doutait d'avoir jamais éprouvé des sentiments aussi forts. Il avait eu plusieurs relations avec des femmes, certaines plutôt sérieuses. Mais il n'avait jamais aimé comme il aimait Genevieve.

— Rien, dit-il simplement. J'y vais. Je reviens aussi vite que possible. La journée a été longue, mais tu as raison : j'aimerais bien dîner avec les autres. On pourra au moins leur donner des nouvelles de Marshall. On aurait peut-être dû les appeler plus tôt, mais j'étais tellement...

— Enervé ?

— Oui. Allez, à tout à l'heure !

Il agita la main et retourna dans sa voiture.

Genevieve lui fit signe, depuis le seuil. Thor tourna la clé de contact et, l'espace d'un instant, il fut presque tenté de couper le moteur. Quelque chose le troublait, mais il n'arrivait pas à déterminer ce que c'était.

Finalement, il s'éloigna à contrecœur.

Genevieve regarda la voiture disparaître au bout de la rue, tout en se demandant pourquoi elle était si pressée de voir Thor s'en aller.

Elle referma la porte, poussa le verrou… et soudain, elle sut. Elle allait essayer d'appeler le fantôme. Thor n'aurait pas compris ça.

Mais comment faire ?

Elle pouvait appeler Adam, mais elle sentait confusément qu'elle devait se dépêcher. Ils étaient lancés dans une course contre la montre. Audrey n'avait plus beaucoup de temps.

Le cœur battant, elle alla s'asseoir sur le canapé et ferma les yeux, essayant de se concentrer, de découvrir s'il lui était possible de communiquer avec les morts, avec cette femme qui avait établi le contact avec elle.

« Je vous en prie, ne permettez pas qu'Audrey meure ! », pria-t-elle silencieusement.

Elle s'appuya contre le dossier du canapé, s'efforçant de vider son esprit. Mais c'était plus facile à dire qu'à faire. Alors, au lieu de lutter contre le cours de ses pensées, elle décida de leur laisser la bride sur le cou.

« Aidez-moi, je vous en prie ! Vous m'avez demandé de faire attention. A quoi ? A qui ? Ne me laissez pas porter la responsabilité de la mort d'Audrey ! Vous pouvez m'aider. Je vous en prie… »

*
* *

Jay n'était pas au poste de police. Ce fut l'inspecteur Suarez qui vint s'entretenir avec Thor. Ce dernier lui expliqua qu'ils avaient retrouvé Marshall.

— Son bateau est amarré quelque part sur la rivière de Miami. Il a décidé de prendre un congé pour des raisons personnelles.

— Alors, tout va bien !

— Pour lui, oui. Je me fais beaucoup plus de souci au sujet d'Audrey.

Suarez eut une moue impatiente.

— Elle est sûrement en train de s'amuser, elle aussi. Vous savez, votre ami Victor est le dernier à l'avoir vue, et il est aussi le dernier à avoir été vu avec cette pute.

Thor fronça les sourcils. Il n'aimait pas la manière dont Suarez s'exprimait. Cette pute, comme il disait, était un être humain qui avait connu une mort tragique : elle avait bien droit à un peu de respect !

— Vous l'avez interrogé, que je sache, répliqua-t-il.

— Ouais ! Et je l'aurais bien gardé au frais, mais le commerçant à qui on a volé ce mannequin a refusé de porter plainte.

Il secoua la tête d'un air dégoûté et agita la main.

— Les gens, ici… ils se tiennent les coudes.

— Vous n'êtes pas de Key West, si je comprends bien, dit Thor.

— Moi ? Ah non ! J'ai vécu un peu partout… Enfin, pour en revenir à nos moutons, votre copain Victor est libre. Mais à votre place, je ferais attention.

Attention !

— Vous n'avez aucune preuve contre lui, n'est-ce pas ?

Suarez haussa les épaules.

— Ce n'est pas le premier crime de ce genre qui a lieu dans le coin. Autrement dit, le meurtrier est quelqu'un d'ici. Comme votre copain.

— Il n'est pas le seul suspect, répondit Thor qui éprouvait le besoin de défendre Victor contre ce type décidément trop antipathique.

Puis il enchaîna :

— J'étais venu vous dire que nous allions reprendre les plongées dès demain.

Suarez haussa les épaules.

— Essayez de ne pas tomber sur un autre cadavre !

Thor se demanda s'il faisait de l'humour.

— Bonsoir, inspecteur.

Il quitta le poste de police plus irrité que jamais, et prit la direction du laboratoire.

Genevieve était tellement concentrée qu'elle jaillit pratiquement du canapé lorsqu'on frappa à la porte. Elle se leva, étouffant un juron, et se dirigea vers l'entrée. Son visiteur était drôlement impatient : il cognait violemment contre le battant. Elle regarda par l'œil-de-bœuf et vit que c'était Victor.

— Calme-toi ! lui dit-elle avant d'ouvrir.

Il passa devant elle, l'air furieux.

— Ça fait vingt-quatre heures que j'attends ce moment ! Est-ce que tu as une idée de ce que j'ai dû subir ? Ces flics m'ont traité comme un abominable assassin !

— Victor, ils faisaient juste leur boulot.

— Ils n'ont pas de suspect, alors ils s'en sont

pris à moi. Je les traînerai en justice. C'était du harcèlement.

— Allons, Victor, ils t'ont relâché !

— Tout est arrivé par ta faute !

— Ma faute ?

— Pourquoi as-tu raconté à Jay que tu m'avais aidé à jeter ce mannequin à la poubelle ?

— Mais enfin, Victor, il le fallait ! Il aurait perdu un temps fou à enquêter là-dessus. Sans compter…

— Et que crois-tu qu'ils font, maintenant ? Ils essaient de prouver que c'est moi qui l'ai volé !

— Victor, tu veux boire quelque chose ? Un soda ?

— Je n'ai pas soif ! Je suis en train de t'expliquer ce que j'ai dû subir.

— Ecoute, je suis désolée. Mais ce n'est pas une raison pour te comporter comme un gosse de deux ans.

— Un gosse de deux ans ? On voit bien que ce n'est pas toi qui as passé tout ce temps dans leur foutue salle d'interrogatoire !

Genevieve le regardait marcher de long en large comme un ours en cage. Il était hors de lui, et elle devait faire un effort pour se rappeler qu'elle le connaissait depuis toujours.

— Les femmes ! s'écria-t-il brusquement. Toutes les mêmes. Des allumeuses ! Elles vous aguichent et, la seconde d'après, elles veulent de l'argent.

— Allons, Victor, tu n'es pas le premier mec à t'être fait avoir par une prostituée ! Comment peux-tu encore lui en vouloir, alors qu'elle est morte, la pauvre ?

Mais il continuait à tourner en rond, comme s'il ne l'entendait pas.

— Victor, arrête ! cria-t-elle. Tu me donnes le tournis. Encore une fois, je suis désolée, mais j'ai fait la seule chose raisonnable, compte tenu des circonstances.

Genevieve regrettait, maintenant, de ne pas avoir accompagné Thor. Depuis combien de temps était-il parti ?

— Où est ton chevalier servant ? demanda Victor brusquement, comme s'il avait lu dans ses pensées.

— Il ne va pas tarder, répondit-elle.

— Sûrement chez les flics, en train de leur rappeler que j'ai vécu ici toute ma vie et que je suis donc le coupable idéal !

— Victor, merde, à la fin ! Je t'ai dit que j'étais…

— Ouais, ouais, tu es désolée.

— Absolument ! Et au lieu de te lamenter sur ton sort, tu devrais te faire du souci au sujet d'Audrey. Après tout, tu es le dernier à l'avoir vue, ajouta-t-elle sans réfléchir.

Victor se tourna vers elle, les poings serrés. Elle le reconnaissait à peine. Quelle idiote ! Elle aurait mieux fait de ne pas lui ouvrir la porte.

— Je devrais te tordre le cou, dit-il entre ses dents.

Genevieve se figea, glacée par le ton menaçant de Victor.

Le connaissait-elle aussi bien qu'elle le croyait ?

Il n'avait pas supporté de découvrir que la femme qu'il croyait séduire était en fait une prostituée.

Audrey l'avait-elle contrarié, elle aussi ?

Avait-il menti au sujet du mannequin ?

Genevieve ne pouvait plus chasser de son esprit la vision des membres en plastique arrachés.

Elle respira profondément, faisant un effort pour garder son calme.

— Je vais chercher des bières, dit-elle posément. Assieds-toi. Je reviens.

Mais elle n'avait pas du tout l'intention de revenir. Elle l'entendait encore marcher de long en large tandis qu'elle ouvrait discrètement la porte de derrière.

19

Thor écoutait Sheridan tout en se disant qu'il était l'universitaire le plus ennuyeux de la terre.

Evidemment, la deuxième lettre d'Anne confirmait tout ce que Genevieve leur avait dit. Le jeune noble espagnol, Aldo Verdugo, que l'Histoire avait pourtant retenu comme étant l'amant de la jeune femme, prêt à tout pour elle, avait en fait manigancé une terrible vengeance contre les Anglais, et surtout contre la femme qui avait eu l'outrecuidance de l'éconduire.

Sheridan parlait toujours, mais Thor ne l'écoutait plus vraiment. Il avait la tête ailleurs ; il était en proie à un malaise grandissant. Si le professeur ne se taisait pas, il inventerait bientôt une excuse pour s'échapper.

Mais ce ne fut pas nécessaire. Son portable sonna.

— Thor, Brent Blackhawk à l'appareil. Où êtes-vous ?

— Au laboratoire.

Il y eut un silence.

— Où est Genevieve ?

— Chez elle.

— Elle ne répond pas au téléphone.

Thor sentit son estomac se tordre sous l'effet de la peur.

— Monsieur Thompson, on peut s'arrêter, si vous voulez, intervint Sheridan d'un air hésitant.

— Oui, répondit Thor en se levant.

Il se rua vers sa voiture, tandis que Brent continuait à lui parler.

— Je sais que vous ne croyez pas à toutes ces choses mais vous devez retourner chez elle, disait-il. Il faut la retrouver. Je suis en route.

— Moi aussi, dit Thor en s'engouffrant dans sa voiture.

Son cœur cognait dans sa poitrine. Et, avant même de vérifier, il sut qu'il n'était pas seul.

Josh Harrison s'était installé sur le siège du passager, cette fois.

— J'espère que vous êtes là pour nous aider, lui dit Thor.

— Elle est en danger. Ça, je le sais, dit le fantôme.

— C'est tout ?

— Le meurtrier est en vie. Mais je ne sais pas tout ce qu'il fait. Je sais seulement… Merde, appuyez sur le champignon, vous voulez bien ?

— Genevieve, bon sang !

Cachée au milieu des buissons d'hibiscus, la jeune femme retint son souffle, tandis que Victor sortait par la porte de derrière.

— Genevieve ? Où es-tu ?

Elle l'entendit marmonner :

— Voilà qu'elle perd la boule, par-dessus le marché !

Il ne pouvait pas la voir. La nuit était pratiquement tombée. Il faisait trop sombre.

Genevieve se mordit la lèvre, se demandant si elle n'était pas, effectivement, en train de perdre l'esprit. Elle adorait Victor. Il était comme un frère pour elle.

Seulement, il était en compagnie de la prostituée.

Et il était le dernier à avoir raccompagné Audrey chez elle.

Elle resta cachée. Elle ne retournerait pas dans la maison. Pas tout de suite. Elle allait courir jusqu'au Tiki. Du moment qu'elle était entourée de gens, il ne pouvait rien lui arriver.

Malheureusement, elle avait laissé son portable à l'intérieur. Et il n'était pas question d'aller le chercher. Pas plus que de s'engager dans la rue devant la maison. Victor pourrait se lancer à sa poursuite.

Elle hésita, puis grimpa par-dessus la clôture du jardin de ses voisins. Ce faisant, elle eut un drôle de frisson.

Elle repensa à toutes les fois où elle avait eu l'impression d'être surveillée, épiée.

L'un de ses proches était l'assassin. Cette certitude l'enveloppa brusquement.

Victor ?

Non. Une telle pensée lui était insupportable.

Elle traversa plusieurs jardins, essayant de chasser l'impression tenace que des yeux la suivaient dans la nuit.

Elle finit par rejoindre Duval Street en se traitant de paranoïaque. Il y avait du monde partout. Elle faillit éclater de rire, tandis qu'elle marchait d'un pas vif en direction du Tiki. Mais, soudain, elle se rembrunit, songeant que si elle croisait Victor, maintenant, elle aurait de bonnes raisons d'avoir peur. Elle l'avait planté là. Il serait plus furieux que jamais. Elle continua d'avancer, allongeant le pas. Mais au moment d'arriver sur le parking, l'étrange sensation la reprit.

Elle ralentit, regardant partout autour d'elle. La nuit était totalement tombée et l'éclairage de la ville créait des ombres sous chaque branche. Des nuages passèrent devant la lune.

« Pourquoi est-ce que je reste là, dans ce parking, à frissonner ? »

Elle se dirigea vers son bungalow, courant presque, mais elle s'arrêta brusquement en voyant une silhouette assise devant sa porte. Quelqu'un semblait l'attendre, mais elle n'arrivait pas à distinguer ses traits.

Elle changea de direction et bifurqua vers le Tiki, mais il n'y avait personne dans le bar. Pas même Clint. Elle hésita, ne sachant que faire. Soudain, quelqu'un l'appela, depuis le parking. L'avait-on suivie ?

Elle courut vers les appontements et vit Jay Gonzales sur son bateau. Il était assis, la tête baissée, comme s'il se concentrait sur une tâche particulière.

Il était flic. Elle pouvait avoir confiance en lui.

Mais quelque chose la retint. Elle ne voulait pas se retrouver seule avec une autre personne. Elle voulait être au milieu d'un groupe.

Elle regarda autour d'elle, ne sachant que faire. Si elle revenait sur ses pas, Jay sentirait sans doute sa présence. Mais si elle bougeait, il la verrait aussi. Elle était pratiquement devant lui.

Jay ne leva pas la tête, cependant. Et soudain Genevieve vit ce qu'il était en train de faire : il nouait et dénouait une corde, encore et encore.

Le cœur battant, elle se remit à marcher, priant pour arriver à passer sans se faire remarquer, terrifiée à l'idée que, d'un instant à l'autre, il allait la voir.

Brent Blackhawk arriva devant la maison de Genevieve pratiquement au même moment que Thor. Ce dernier lui jeta un regard et tourna la poignée de la porte, étonné de constater qu'elle n'était pas verrouillée. A sa grande surprise, il trouva Victor affalé sur le canapé, en train de boire une bière.

— Où est Genevieve ? cria t-il en se ruant sur lui et en l'attrapant par les pans de sa chemise.

— Hé ! Ça va pas, non ? riposta Victor, hésitant entre l'envie de se dégager et celle de lui envoyer son poing dans la figure.

— Calmez-vous, tous les deux ! intervint Brent. Thor, lâchez-le.

Thor s'exécuta.

— Où est-elle ? demanda-t-il entre ses dents serrées.

Victor secoua la tête.

— Je n'en sais rien. Je l'attends. Je crois bien que je lui ai fait peur sans le vouloir…

Il s'interrompit en voyant le regard meurtrier que lui lançait Thor. Brent se glissa entre eux.

— Le plus important est de la retrouver, dit-il calmement. Où est-elle partie ?

— Je vous dis que je n'en sais rien ! s'exclama Victor. Elle a prétendu qu'elle allait chercher des bières et elle est sortie par la porte de derrière comme si elle avait la mort aux trousses. Je l'ai appelée, mais je ne voulais pas me lancer à sa poursuite et lui faire encore plus peur. Alors, j'ai décidé d'attendre qu'elle revienne.

Thor lui lança un regard assassin.

— Laissez-le. Je crois qu'il dit la vérité.

Ce n'était pas Brent qui avait parlé, mais Josh Harrison. Il était entré avec eux et se tenait légèrement sur le côté.

Thor tourna la tête vers lui.

— Qu'en savez-vous ? demanda-t-il d'un ton irrité.

Victor écarquilla les yeux, puis se tourna vers Brent.

— Avec qui il parle ?

— Expliquez-lui, dit Josh.

— Oh, la ferme ! marmonna Thor.

— Pardon, mais nous avons des problèmes plus urgents, intervint Brent. Il n'y a pas une seconde à perdre. Il faut retrouver Genevieve.

— Vous croyez qu'elle est en danger ? demanda Victor, brusquement alarmé. Je vous jure que je n'ai rien fait de mal. J'étais en colère, d'accord, mais elle n'avait pas besoin de s'en aller comme si j'allais…

Thor recula d'un pas et sortit son portable de sa poche. Le meurtrier était un homme qu'ils connaissaient tous. Quelqu'un qui vivait à Key West depuis longtemps.

Pas Marshall. Lui, il était encore à Miami.

En admettant que Victor dise la vérité, ce n'était pas lui non plus.

Alex ?

Il n'était pas de Key West. Key Largo n'était pas bien loin, mais Thor ne le voyait pas dans la peau de l'assassin.

Non, il restait deux suspects potentiels qui avaient

passé pratiquement toute leur vie dans les Keys, et ils étaient assez vieux pour avoir pu tuer la première femme qui avait disparu, des années plus tôt. L'un d'entre eux avait peut-être même noyé sa propre épouse.

Il appela le portable de Jay Gonzales, mais n'obtint aucune réponse.

Brent Blackhawk le regardait fixement.

— Elle a dû se rendre sur la plage, là où elle était certaine de trouver du monde.

— Bien sûr ! s'exclama Victor avec espoir. Elle est sûrement en train de boire une bière au Tiki.

— Allons-y ! dit Thor.

Genevieve avait réussi à dépasser le bateau de Jay, mais elle craignait toujours que ce dernier lève brusquement la tête et la voie. Obéissant à la peur qui avait pris possession d'elle et semblait oblitérer ses facultés de raisonnement, elle bondit brusquement sur le vieux bateau de pêche de Jack, amarré à quelques mètres de celui de Jay, et s'accroupit, le cœur battant follement dans sa poitrine.

Elle attendit, essayant de mettre de l'ordre dans ses pensées, imaginant le pire. Jay l'avait vue. Il était sûrement en train de chercher une arme pour mieux l'attaquer. Il allait surgir d'une seconde à l'autre. Que faire ? Se remettre à courir ? Et s'il ne l'avait pas vue ?

Elle attendit encore.

Et personne ne vint.

« Tu as bien fait, Jack, d'amarrer ton bateau ici ! » songea-t-elle.

Elle ferma les yeux et s'efforça de contrôler les

battements irréguliers de son cœur, de reprendre le contrôle de sa respiration. Au bout d'un moment, elle rouvrit les yeux.

Le fantôme était de retour.

Et alors même qu'elle voyait la belle jeune femme en blanc, Genevieve entendit un bruit étrange, étouffé, comme si quelqu'un donnait des coups contre une paroi, au fond du bateau.

Le fantôme la regarda de ses grands yeux tristes.

Attention ! Elle a besoin d'aide.

Elle ?

Genevieve entendit de nouveau le bruit, et soudain elle se redressa. Il n'y avait personne sur l'appontement. Un rai de lune se glissa à travers les nuages. Et ce bruit, encore…

Genevieve trébucha presque sur l'aviron du canot de sauvetage tandis qu'elle s'avançait prudemment en direction de la petite cabine. Il faisait sombre, mais pas suffisamment pour l'empêcher de constater qu'il n'y avait personne.

Elle a besoin d'aide, avait dit le fantôme.

Qui ? Audrey ?

Genevieve remarqua une trappe permettant d'accéder au moteur, au pied de l'échelle qui menait à la cabine. Un gros verrou coulissant la maintenait en place, mais il n'était pas fermé. Elle tira sur la porte qui lui résista un moment avant de céder brusquement. Elle tomba sur le dos.

Dans l'obscurité, une silhouette apparut soudain, venant de la cale.

— Genevieve ?

Prise de panique, la jeune femme voulut se

redresser, mais il était trop tard. Un aviron s'abattit brusquement sur sa tête.

Bethany était au Tiki lorsque Thor fit irruption et se jeta pratiquement sur elle.

— Où est Genevieve ?

— Je ne sais pas, répondit la jeune femme. Je viens d'arriver.

— Où étiez-vous, tous ? demanda Alex qui arrivait à son tour. Je vous ai cherchés partout.

— Et toi, où étais-tu ? lui demanda Thor d'un air soupçonneux.

— J'ai traîné tout l'après-midi. Je n'ai vu personne, à part Jay, tout à l'heure. Il se dirigeait vers son bateau, mais j'ai eu l'impression qu'il voulait être seul, alors je n'ai pas voulu m'imposer.

— Il est où, son bateau ? demanda Thor.

— Là-bas, sur l'appontement, répondit Alex.

Mais Thor courait déjà dans cette direction, suivi de près par Brent et Victor. Bethany et Alex échangèrent un regard, et se lancèrent à leur tour derrière eux. Soudain, Thor s'arrêta. Parmi tous les bateaux amarrés là, il ignorait lequel était celui de Jay.

— Celui-ci ! dit Victor. *My Lady*.

Thor se remit à courir et bondit sur l'embarcation. Mais il n'y avait personne. Seulement des bouts de corde abandonnés sur le pont.

— Genevieve ! hurla-t-il.

Pas de réponse. Pas un bruit.

— Oh, merde ! s'écria Alex, tout à coup. Regardez, là !

Thor aperçut un corps d'homme qui flottait à la surface, le visage tourné vers le fond.

Thor plongea aussitôt, Blackhawk derrière lui. Arrivé le premier, Thor retourna l'homme, et ils le hissèrent à bord du bateau.

— C'est Jay ! s'exclama la jeune femme.

Alex avait déjà allongé Jay sur le dos.

— Appelle les secours, Bethany ! lui cria-t-il. Vite !

Il déchira la chemise trempée de Jay et, tombant à genoux, se mit à lui faire du bouche-à-bouche.

— Il a une bosse sur la tête de la taille d'un œuf d'autruche, dit Brent.

Thor regarda autour de lui, le front plissé, réfléchissant furieusement. Le meurtrier n'était donc pas Jay. Il s'était trompé. Il ne restait plus que…

— Est-ce que Jack n'amarre pas son bateau sur cet appontement, lui aussi ? demanda-t-il brusquement.

— Si, répondit Bethany distraitement, les yeux fixés sur le corps inerte de Jay.

— Portez-le sur l'appontement ! cria Thor. Vite !

— Hé, je suis en train de lui faire du bouche-à-bouche ! protesta Alex.

— Oui, et le bateau de Jack n'est plus là. Ceci est une vedette. J'en ai besoin. Sortez de là !

Il se pencha et souleva Jay dans ses bras. Il avait besoin du bateau. Quelques secondes ne feraient pas de différence pour Jay, alors qu'elles pouvaient tout changer pour Genevieve.

— Alertez les flics ! Dites-leur d'envoyer un bateau et des hommes à notre recherche ! Et continue le bouche-à-bouche jusqu'à l'arrivée de l'ambulance, quoi qu'il arrive.

Alex leva une main en guise de réponse, et Bethany

regarda Thor tourner la clé de contact de la vedette. A côté de lui, Brent alluma les phares.

— Pilotez : j'ouvre l'œil ! dit-il simplement.

Le moteur vrombit.

Genevieve prit peu à peu conscience du mouvement du bateau, de la chaleur dégagée par le moteur. Elle cligna des yeux et essaya de bouger.

Aussitôt, elle sentit un corps près d'elle.

Une bouffée de panique la saisit. Elle était piégée dans le noir, en compagnie d'un cadavre.

Audrey !

Seigneur, Audrey était morte.

Elle se mit à hurler, mais cela ne servait à rien. Elle ne s'entendait même pas par-dessus le rugissement du moteur. Elle ferma les yeux, s'efforça de reprendre son calme. Elle était encore vivante. Et elle tenait absolument à le rester.

Hélas, elle aurait aussi bien pu être paralysée.

Ses poignets étaient ligotés derrière son dos, et ses chevilles étaient entravées, elles aussi. Une nouvelle vague de panique la submergea, qu'elle combattit de toutes les forces de sa volonté, s'apercevant aussi, confusément, que le corps pressé contre le sien était encore chaud.

— Audrey ?

Pas de réponse. Elle ne savait pas si Audrey était vivante ou morte. Elle savait seulement qu'elles étaient dans de sales draps.

Elle s'efforça de respirer profondément, mais l'odeur d'huile de moteur était si forte que son estomac se souleva, et elle fut prise d'une quinte de toux qui parut lui déchirer les poumons. Lorsqu'elle eut repris son souffle, elle se mordit la lèvre et s'efforça de relâcher autant que possible les liens qui entravaient ses poignets.

C'était Jack ! Seigneur, Jack était l'assassin. Mais il ne s'en sortirait pas, cette fois. Thor avait dû retourner chez elle, maintenant. Il avait dû trouver Victor et l'avait peut-être même battu comme plâtre, mais cela ne l'empêcherait pas de se lancer à sa recherche.

Mais où irait-il ? Comment saurait-il où la trouver ?

Non, elle ne devait pas raisonner de cette façon, sinon elle perdrait tout espoir. Elle continua de tirer sur ses liens. Tant qu'elle luttait, elle avait une chance.

Elle était tellement concentrée sur sa tâche qu'elle ne s'avisa pas immédiatement que le moteur avait été coupé.

Soudain, elle se figea.

Une seconde plus tard, la trappe s'ouvrait.

— Genevieve, tu es revenue à toi ? Je suis désolé, chérie. J'aurais dû te frapper beaucoup plus fort pour t'épargner tout ça. Mais bon, tu l'as bien cherché, aussi. Tout est de ta faute, tu sais ? A cause de toi, je vais être forcé de continuer mon chemin, ce soir, une fois que j'aurai…

Jack s'interrompit et secoua la tête, avant de reprendre :

— Enfin, ne parlons pas de ça. C'est bien dommage, cependant. J'aime vraiment Key West.

Il se pencha pour soulever Audrey et la sortir de la cale. Puis il la reposa sur le sol de la cabine, comme il l'aurait fait d'une poupée de chiffon. Les cheveux de la jeune femme étaient plaqués sur son visage. Ses vêtements étaient trempés.

— Encore chaude ! déclara Jack sur un ton enjoué.

— Jack, dit Genevieve, retrouvant finalement sa voix. Jack, je ne comprends pas.

— Oh, ne me prends pas pour un idiot, hein ! Tu sais ce que je suis vraiment ? Un héros.

— Un héros ?

Il se redressa, les poings sur les hanches, et se mit à rire.

— Imagine-moi avec une grande cape rouge. Je suis un vengeur. Ces filles traînaient partout avec leur minijupe et leur décolleté, à émoustiller, tenter les hommes et leur refiler des tas de saloperies comme le sida. Il fallait bien que quelqu'un les arrête.

— Jack, cette fille était mannequin, autrefois !

Il éclata de rire, avant de la traîner dehors à son tour.

— Un mannequin ? C'est ce qu'elle cherchait à faire croire ! Cette petite pute obtenait tout ce qu'elle voulait — sa chambre, sa bouffe, ses contrats — en passant d'un lit à un autre. Je la connaissais. Je savais bien de quoi elle était capable.

Genevieve essaya de respirer, songeant qu'elle devait le faire parler pour gagner le plus de temps possible.

— C'était la première ? demanda-t-elle.

— La première, oui. Et la seule, pendant des années. Et puis, au bout d'un moment, il y en a eu quelques autres. Huit, je crois, jusqu'à l'année dernière. Je n'ai jamais puni que celles qui le méritaient.

— Jack…

— Excuse-moi une minute, ma jolie.

Il se pencha pour soulever de nouveau Audrey.

— Non, Jack, non, attends ! hurla Genevieve.

Il se tourna, un pied sur le premier barreau de l'échelle qui menait au pont.

— Hé, ne t'inquiète pas ! Je vous laisserai partir ensemble.

Et il monta sur le pont. Genevieve entendit le corps de son amie atterrir sur les planches.

Puis il revint.

— Jack, je ne comprends pas.

Il s'accroupit près d'elle, comme s'il se souciait réellement de son avis.

— Qu'est-ce que tu ne comprends pas, ma chérie ?

— Audrey n'est pas une prostituée. Moi non plus.

Il poussa un soupir et détourna les yeux, portant machinalement une main à sa boucle d'oreille.

— C'est toi qui as tout déclenché, quand tu as cru voir un fantôme sous l'eau.

Il avait l'air sincèrement désolé, et Genevieve reprit espoir. Elle réussirait peut-être à le dissuader de les tuer comme il avait tué les autres.

— Jack, je ne comprends toujours pas, dit-elle.

— C'est pourtant simple, répondit-il en secouant la tête. Tu as cru voir une femme sous l'eau, et hop, voilà qu'une bonne femme remonte à la surface ! C'est moi qui ai essayé de te faire peur avec ce mannequin. C'était une idée de Victor, mais j'ai fait celui qui était contre et il y a renoncé. Je voulais juste te faire peur. Pour que tu arrêtes tes conneries.

Il haussa les épaules d'un air de regret.

— Ça n'a pas marché, malheureusement. Non seulement ça n'a pas marché, mais tu as commencé à délirer sérieusement, et puis tu as découvert le deuxième corps. Et, pour finir, tu viens te jeter toi-même dans la gueule du loup.

— Et Audrey ?

— Audrey et ses soi-disant chasseurs de fantômes ! Je ne sais pas qui sont ces types, mais je ne pouvais pas rester les bras croisés à attendre qu'ils me tombent dessus. Il fallait la museler.

Il secoua la tête et sourit.

— Sacrée minette, je vais te dire ! Elle a fait tout ce qu'elle pouvait pour rester en vie. Elle a vraiment joué le jeu. Je regrette presque qu'elle doive mourir. Mais c'est comme ça. Quant à toi, Genevieve, je suis vraiment désolé. J'ai toujours eu un vrai faible pour toi. Tu étais une petite fille tellement adorable. Tellement jolie. Tu te souviens, enfant, quand tu venais me voir chaque fois que les garçons se moquaient de toi parce que tu étais si grande ? Ils t'appelaient « l'amazone » et tu avais horreur de ça. Rappelle-toi : je te disais qu'un jour ça n'aurait plus aucune importance. Parce que tu serais une vraie beauté et qu'ils regretteraient tous de s'être moqués de toi. Tu n'as pas tardé à prouver que j'avais raison.

— Oui, bien sûr, je me souviens. Mais, Jack…

— Désolé, chérie, mais je n'ai plus le temps de bavarder. Il faut que je trace. Je pars sur les Bahamas. Je connais des gens, là-bas, qui seront ravis de me mettre le pied à l'étrier. J'ai découvert quelques trésors, tu sais, en plongeant tout seul dans la zone. Je n'avais pas besoin de Sheridan ni de tous ses dessins d'ordinateur. Ça fait des années que je ramasse des vestiges de ce navire.

Il se redressa et se baissa pour la soulever dans ses bras. Elle se crispa pour essayer de l'éviter.

— Genevieve, je t'ai expliqué que je ne ferais

pas ça si je n'y étais pas obligé, reprit-il sur un ton patient. Je n'ai pas le choix, je t'assure.

— Mais si, tu as le choix ! protesta la jeune femme.

Elle atterrit sur le pont à côté d'Audrey.

— J'ai une idée, dit Jack.

— Oui ? fit Genevieve avec espoir.

Il ne répondit pas immédiatement. La jeune femme vit qu'il avait deux sacs de lest déjà prêts. Il se mit à nouer une corde autour des chevilles d'Audrey.

— Jack, c'est quoi ton idée ?

— Je vais te laisser choisir laquelle de vous deux plonge la première, répondit-il sans cesser de s'activer.

Genevieve le regarda fixement. Elle ne pouvait pas le croire. Jack ! Il avait toujours été comme un oncle, un ami. Il leur avait appris tant de choses.

— Jack, tu pars pour les Bahamas, de toute façon, reprit-elle d'une voix suppliante. A quoi bon faire ça ?

— Ah, mais c'est nécessaire ! Il faut que je ralentisse ton petit copain.

Il nouait maintenant la corde du deuxième sac de lest aux chevilles de Genevieve.

— Mon petit copain ? répéta-t-elle.

— Oui, Thor. Il est en route. Tu n'entends pas le moteur de son bateau ?

Il se redressa et laissa son regard se perdre dans la nuit. Et soudain Genevieve entendit, par-dessus le clapotement de l'eau, un bruit de moteur qui se rapprochait. Puis elle remarqua autre chose, derrière Jack : le fantôme. La femme en blanc.

Elle n'était pas seule. Les pirates étaient alignés près d'elle.

Son cœur chavira.

Attention !

Hélas, il était trop tard.

« Aidez-moi ! » cria-t-elle silencieusement.

— Qu'est-ce qui t'arrive ? lui demanda Jack, brusquement, remarquant l'expression de son visage. Tu vois encore des fantômes ? Bon sang, Genevieve, si j'avais pu imaginer que tu perdrais la boule comme ça !

Il se baissa, souleva Audrey et la jeta par-dessus bord. Puis il prit le sac de lest attaché aux chevilles de la jeune femme et le jeta également.

— Non, Jack ! Non !

Jack se pencha sur Genevieve, cette fois, et elle se débattit comme un beau diable, tordant son corps dans tous les sens. En même temps, elle voyait les fantômes se rassembler autour de la femme en blanc. Celle-ci paraissait leur donner des instructions. Puis ils se dirigèrent vers la barre. Ils parurent…

Genevieve vit tomber la clé de contact du moteur.

Bravo ! se dit-elle. Ils avaient réussi.

Hélas, pour elle, il était trop tard. Jack la soulevait déjà, tout en grommelant :

— Bon sang, tu es plus glissante qu'une anguille !

Puis il rit.

— Tu devrais te réjouir, pourtant ! Tu connais déjà du monde dans l'au-delà. Et puisque tu es amoureuse, tu pourras revenir hanter Thor jusqu'à la fin de ses jours.

Cette idée parut le réjouir immensément, car il partit d'un énorme éclat de rire.

Puis il la jeta par-dessus bord.

Pendant un moment, Genevieve se balança dans le vide, retenue par le sac de lest.

Jusqu'à ce que Jack soulève le sac.

L'eau lui parut terriblement sombre et froide lorsqu'elle se referma sur sa tête.

Ils étaient encore à quelque distance du bateau de Jack lorsque Thor sentit son cœur cesser de battre.

Il y eut un « splash », et, sous le clair de lune, une gerbe d'argent jaillit à la surface de l'eau. Presque aussitôt, il y eut un deuxième « splash », puis un troisième, et enfin un quatrième.

Thor poussa un juron et accéléra encore. Brent Blackhawk se tenait silencieusement à son côté.

Quelques secondes passèrent. L'autre bateau ne bougeait pas et, tandis qu'ils s'en approchaient, Thor reconnut la silhouette de Jack, à la barre.

Il n'y avait pas une seconde à perdre. Thor fit presque chavirer la vedette de Jay lorsqu'il l'arrêta brusquement. Puis il plongea.

Combien de temps Genevieve avait-elle déjà passé sous l'eau ? Elle était plongeuse professionnelle. Elle se trouvait dans une forme physique exceptionnelle. Combien de secondes, de minutes pouvait-elle survivre sans respirer ?

Thor avait senti Blackhawk plonger juste derrière lui. Mais l'eau était noire, et la nuit, la lune et les phares du bateau n'éclairaient pas au-delà des deux ou trois premiers mètres au-dessous de la surface. Aussi fut-il stupéfait de se trouver presque immédiatement nez à nez avec un corps. Il tira son couteau de sa poche et chercha, à tâtons, la corde qui le reliait au sac de lest. Il la coupa et repartit en direction de la surface en effectuant des battements de jambes de toutes ses forces. Ils n'étaient pas à plus d'une dizaine de mètres sous l'eau, mais la remontée lui parut durer une éternité. Enfin, ils percèrent la surface.

Thor avala un grand bol d'air, avant de crier :

— Genevieve !

Mais ce n'était pas Genevieve. C'était Audrey. Elle était bleue et inconsciente.

Brent émergea non loin et nagea aussitôt vers lui, attrapant Audrey. Thor sentit son cœur chavirer. De combien de temps disposait-il encore ? Et comment Blackhawk pourrait-il hisser le corps inerte d'Audrey sur un bateau qui n'était pas ancré ?

— Allez-y ! cria Brent.

Thor retourna immédiatement sous l'eau.

Genevieve aimait l'eau.

Toute sa vie, elle avait adoré l'eau. Et maintenant, se dit-elle, tandis que le poids attaché à ses chevilles l'entraînait vers le fond, elle allait y mourir.

Elle ne voyait rien. La lune ne pénétrait pas jusqu'à cette profondeur. Ses poignets étaient ligotés derrière son dos, et son corps, au sac de lest.

Les pirates avaient ôté la clé du contact, se dit-elle. Elle ne pouvait pas expliquer comment, mais elle avait vu la clé tomber. Jack ne s'échapperait pas.

Mais quelle importance, si elle était morte ?

Est-ce que Thor le tuerait ? Ou bien le livrerait-il à la justice ?

Jack était un meurtrier en série. Il ne paraissait même pas connaître le nombre exact de jeunes femmes qu'il avait noyées et abandonnées à l'Océan. Elle avait encore du mal à le croire.

Combien de temps pouvait-elle rester sans respirer ? se demanda-t-elle encore, tandis qu'elle continuait de lutter pour desserrer les liens qui entravaient ses poignets. Quatre minutes. Elle était capable de retenir sa respiration jusqu'à quatre minutes. Elle l'avait déjà fait.

Hélas, ses poumons lui faisaient mal.

Plus il s'enfonçait dans l'eau, plus l'obscurité paraissait l'envelopper. Au comble du désespoir, Thor toucha le fond, chercha à tâtons, aveugle…

Il n'arriverait à rien. C'était perdu d'avance…

Soudain, il sentit quelque chose le toucher… Une main. Oui, c'était bien une main, plus légère qu'une plume, qui le guidait. Etait-il en train de mourir, lui aussi ?

Puis la lumière fit place à l'obscurité. Tout d'abord, il crut que cette clarté providentielle lui était envoyée depuis le paradis. Ensuite, il comprit que Brent avait trouvé le projecteur sur le bateau de Jay et qu'il le dirigeait vers l'eau, pour l'éclairer.

Mais cette main…

Il leva les yeux, et il la vit. Elle était blonde, avec d'immenses yeux bleus. Et elle le guidait.

Il la suivit, et tout à coup il vit Genevieve.

Elle était vivante. Elle avait réussi à libérer ses poignets et elle luttait désespérément pour dénouer la corde qui la retenait au sac de lest.

Thor nagea vers elle, coupa la corde et l'attrapa par les épaules. Puis ils remontèrent aussi vite que leurs jambes le leur permettaient.

Ils brisèrent la surface en haletant, et Genevieve

se mit à tousser. Thor l'entraîna vers le bateau de Jay, qui avait tamponné celui de Jack.

Au prix d'un effort surhumain, Genevieve parvint à chuchoter un nom.

— Audrey ?

— Elle est avec Brent, répondit Thor.

Ils arrivèrent près du bateau et nagèrent vers la minuscule plate-forme de plongée, à l'arrière.

Et soudain Genevieve poussa un cri qui, lorsqu'il jaillit, ne fit pas plus de bruit qu'un pauvre miaulement. Il suffit cependant à donner l'alerte.

Penché sur Audrey, Brent n'avait pas vu Jack qui approchait par-derrière en brandissant une rame.

— Blackhawk ! rugit Thor, craignant, s'il lâchait Genevieve, que celle-ci ne glisse de nouveau dans l'eau.

Mais il se trompait : elle s'accrochait à la plate-forme et paraissait même capable de s'y hisser sans l'aide de personne.

Pendant ce temps, Brent avait eu le temps d'éviter le coup.

Thor se rua en avant et Jack se tourna, prêt à le frapper, mais la rame glissa sur l'avant-bras de Thor, tandis que ce dernier se jetait de tout son poids sur leur assaillant, l'envoyant heurter la barre.

Thor lança un regard par-dessus son épaule pour s'assurer que Genevieve était bien hors de danger. Puis, voyant qu'elle avait réussi à s'asseoir sur la plate-forme, il se tourna de nouveau vers Jack, qui s'élança vers lui en poussant un cri de guerre. Les deux hommes titubèrent un moment, puis s'écrasèrent contre le garde-fou.

Jack sortit un couteau, et Thor s'aperçut qu'il

avait lâché le sien sous l'eau, après avoir libéré Genevieve.

Jack l'attaqua, mais Thor parvint à esquiver le coup. Jack se jeta de nouveau sur lui. Brent Blackhawk tendait la main pour essayer d'attraper la rame, mais Jack le vit. Il se rua vers la plate-forme de plongée et saisit Genevieve à bras-le-corps, alors même que celle-ci finissait de se hisser à bord du bateau.

— Je vous tiens, maintenant ! cria Jack.

Il avait la bouche ensanglantée, mais il tenait Genevieve à la pointe de son couteau.

— Jack, tu es fou à lier ! lança Thor d'une voix tremblante de rage difficilement contenue. Mais je m'en fous. Par contre, si tu fais le moindre mal à Genevieve, je te jure que tu connaîtras des souffrances que tu n'imagines même pas.

Jack se mit à rire, puis il fut pris d'une quinte de toux.

Genevieve poussa un cri de rage et lui donna un coup de genou en plein dans l'aine. Jack hurla de douleur et se plia en deux. Aussitôt, Thor attrapa Genevieve par le bras et l'attira derrière lui, prêt à se ruer de nouveau sur Jack.

— Stop ! cria Brent.

Thor se figea brusquement. Lui aussi venait de voir ce que Brent voyait.

Ils sortaient de l'eau. Deux, trois, quatre, cinq, six…

Des pirates en guenilles, leurs chairs putréfiées. Une dent d'or brillait ici ; là, un os blanc jaillissait à travers une manche déchirée.

Ils encerclèrent Jack, qui se mit à crier lorsque ces mains spectrales le saisirent. Les yeux écarquillés d'horreur, il hurlait, hurlait sans pouvoir s'arrêter.

— Non ! Non, au secours ! Seigneur, non !

Ses assaillants le poussèrent et il tomba par-dessus bord, aussitôt suivi par la horde de pirates.

Il y eut un silence de mort sur le bateau, qui dura une bonne minute. Pas un son. Pas un mouvement.

Puis ils se précipitèrent tous vers le garde-fou.

Jack avait refait surface et il cria de nouveau, tandis qu'une main osseuse jaillissait de l'eau, l'attrapait et l'entraînait de nouveau dans l'abysse.

Stupéfiés, Genevieve, Thor et Brent regardèrent fixement la surface de l'eau.

Puis Genevieve s'accrocha au bras de Thor.

— Audrey ? fit-elle.

Brent cligna des yeux, comme pour se forcer à revenir dans la réalité.

— Elle respire, dit-il. J'ai trouvé son pouls : il bat. Tout juste, mais il bat. Dieu sait ce qu'elle a dû subir. Elle a été sa captive pendant plusieurs jours. J'ai lancé un appel radio. Les secours arrivent.

Genevieve poussa un soupir de soulagement. Puis elle se tourna vers Thor.

— Tu… tu as vu ? dit-elle dans un chuchotement.

— Oui, répondit-il simplement.

Et il la prit dans ses bras.

Épilogue

Etrange, songea Thor, le front plissé. Josh Harrison paraissait tout à fait réel, alors qu'Anne était comme… arachnéenne.

Il était sorti prendre l'air, éprouvant le besoin subit de regarder le ciel étoilé, de sentir la brise nocturne sur sa peau. Il y avait trop de monde à l'intérieur. Trop de bruit, trop de joie et de bonheur. Il s'était passé tant de choses, en si peu de temps. Il éprouvait brusquement le besoin de faire le point.

Ni lui ni Genevieve n'avaient perdu leur amour pour l'Océan. Les recherches pour retrouver les vestiges de la *Marie Joséphine* avaient repris de plus belle, et elles avaient rapidement été couronnées de succès. Genevieve, en effet, avait retrouvé un morceau de la coque, et, grâce à cette découverte de taille, ils avaient pu obtenir des équipements plus importants qui leur avaient permis de dénicher un coffre rempli de trésors inestimables. Le travail continuait.

Cette décision de retourner sous l'eau, envers et contre tout, semblait avoir influencé Marshall au point de le convaincre de revenir, lui aussi. En plus, Genevieve avait passé des heures à lui expliquer que s'il y avait des esprits dans l'Océan, ils essayaient certainement de lui dire quelque chose, pas de le tuer.

D'après elle, Anne éprouvait le besoin de faire connaître la vérité au sujet de son tragique destin. Ce n'était pas Gasparilla qui l'avait assassinée. Ils s'aimaient. Son meurtrier était Aldo Verdugo.

Avait-elle senti chez Genevieve une femme suffisamment forte pour lui venir en aide, à elle, mais aussi aux esprits des pauvres jeunes femmes assassinées qui avaient partagé sa tombe aquatique, au fil des années ?

Quant aux pirates, sans doute admiraient-ils cette femme qui avait su séduire leur chef, le terrible Gasparilla. Ils étaient peut-être restés auprès d'elle pour l'aider à faire éclater la vérité.

Telles étaient, du moins, les conclusions qui paraissaient s'imposer, au vu de ce qu'ils avaient senti et vécu. Car ils n'en parlaient plus. Pas une fois ils n'avaient fait allusion aux fantômes. Ce qui s'était passé cette nuit-là restait entre Genevieve, Blackhawk et lui.

Victor et Genevieve s'étaient réconciliés, après que la jeune femme se fut confondue en excuses auprès de son ami.

Et Audrey s'était vite remise. Elle n'avait pas voulu parler de ce qu'elle avait vécu dans cette cale de bateau. Sauf à Jay. Ils avaient passé beaucoup de temps ensemble. Et puis, un jour, ils avaient surpris tout le monde en allant se marier secrètement à Las Vegas. Ils avaient l'air vraiment heureux.

Quant à Thor et Genevieve, ils avaient opté pour un mariage plus traditionnel — du moins pour Key West. La mariée était vêtue de blanc, mais pieds nus. La cérémonie présidée par le père Bellamy s'était déroulée sur la plage, au coucher du soleil, quelques heures plus tôt.

Bethany, Alex et Victor étaient passablement éméchés avant même que ne commencent les festivités, et ils avaient pleuré abondamment, tous les trois, ce qui n'avait pas été sans poser quelques problèmes, Bethany étant la demoiselle d'honneur, et Alex et Victor les témoins du marié. Nikki et Brent étaient là, aussi, ainsi qu'Adam Harrison et bien sûr Marshall, Jay, Audrey, Lizzie et Zach. Une amitié profonde les liait tous, maintenant.

Cependant, amis ou pas, Thor avait éprouvé le besoin de sortir prendre un peu l'air. Et, une fois dehors, il s'était retrouvé devant Josh, appuyé nonchalamment un pilier de de la véranda, avec Anne à son côté.

— Vous n'êtes pas là, grogna Thor. Je ne vous vois pas.

— Je suis là, Monsieur-le-Dur, et vous le savez bien.

Thor regarda Anne. Elle paraissait encore si fragile.

Il trembla intérieurement, songeant à ce qui serait arrivé sans elle et sa bande de pirates.

— Merci, dit-il avec douceur, tandis qu'elle disparaissait lentement.

Il leur fit un signe d'adieu, se demandant s'il les reverrait. Puis il retourna à l'intérieur, dans le bruit, les rires et la musique.

— Où est Genevieve ? demanda-t-il à Victor.

— A l'étage, je crois. Elle te cherchait.

Thor gravit les marches deux par deux.

Genevieve se tenait dans la chambre, debout devant la fenêtre.

Elle se tourna et lui sourit. Aussitôt, il sentit son

cœur bondir dans sa poitrine. Les longs cheveux de la jeune femme caressaient ses épaules et la soie blanche de sa robe. Et ses yeux… Seigneur, il était fou amoureux de ses yeux, fou amoureux du son de sa voix… Fou amoureux, tout simplement…

— Hé, dit-elle avec douceur en marchant vers lui.

Elle tira sur sa cravate pour l'attirer vers elle et l'embrasser.

— Je t'aime, lui dit Thor.

— Je t'aime aussi, répondit la jeune femme. Et je sais que tu me prends pour une farfelue un peu cinglée, mais…

Thor posa un doigt sur ses lèvres.

— J'ai compris beaucoup de choses, murmura-t-il. Je sais, maintenant. Je sais. Et puisque nous sommes d'accord, peux-tu te taire et me laisser embrasser ma femme correctement ?

Ils échangèrent un sourire.

Dehors, les palmiers oscillaient dans la brise, et il y eut — peut-être ? — comme un soupçon de rire spectral se perdant dans la nuit.

Best-Sellers n°341 • thriller

Le cercle écarlate - M.J. Rose

Des hommes nus, aux pieds marqués d'un chiffre rouge : c'est la troisième fois que la journaliste Betsy Young reçoit des clichés de cette mise en scène macabre. La police n'a aucune piste. Seule le Dr Morgan Snow est capable d'établir un lien entre les victimes, car elle reçoit des patientes liées à Scarlet, une société secrète de femmes qui asservissent les hommes à leurs désirs. Morgan, tenue par le secret médical, ne peut révéler cette information à la police. Pas même à l'inspecteur Noah Jordain, qui, sans elle, ne remontera jamais la piste du tueur…

Best-Sellers n°342 • suspense

Les fiancées du Mississippi - Carolyn Haines

Après la mort d'Annabelle, sa fille de 9 ans, dans un incendie criminel, Carson Lynch a connu la descente aux enfers : elle a quitté son mari, son métier de journaliste, et s'est réfugiée dans l'alcool. Deux ans ont passé. A Biloxi, Mississippi, où le patron du *Morning Sun* a recruté Carson, la découverte de cinq jeunes femmes assassinées 24 ans auparavant fait l'effet d'un coup de tonnerre. A peine sont-elles identifiées que la série noire recommence, avec deux nouvelles victimes. Toutes ont l'annulaire gauche sectionné et portent un voile de mariée. S'agit-il du même tueur ? Pour le savoir, Carson Lynch est prête à tout. Car elle a des raisons très personnelles de vouloir retrouver le criminel…

Best-Sellers n°343 • suspense

Dangereuse vision - Heather Graham

Chargés de retrouver le *Marie Josephine*, galion espagnol naufragé au XVIIIe siècle, Genevieve Wallace et Thor Thompson ne vont pas seulement devoir apprendre à explorer ensemble les superbes récifs et les eaux cristallines des tropiques au large de Key West. Car Genevieve, confrontée pour la première fois de sa vie à des visions effrayantes qui les guident dans leurs recherches, va, en levant peu à peu le voile sur le mystérieux naufrage, mettre sa vie et celle de Thor en danger…

Best-Sellers n°344 • roman

Le voile des illusions - Jackie Collins

Trois femmes extraordinaires. Trois carrières prometteuses. Trois divorces imminents.

Dans le monde impitoyable d'Hollywood, où les paparazzi font et défont les stars, Shelby l'étoile montante du cinéma, Lola la bombe latino, et Cat la réalisatrice rebelle, découvrent quelles illusions se cachent derrière le voile du succès. Sous les paillettes éclatent les scandales, les jalousies, les trahisons. Difficile alors, de rester fidèle à soi-même… si ce n'est aux autres.

Best-Sellers n°345 • roman

Retour au lac des saules - Susan Wiggs

A présent que sa fille a quitté la maison, Nina Romano s'apprête à réaliser son rêve de toujours : racheter et rouvrir l'auberge du lac de Saules. Aussi est-elle furieuse d'apprendre que la propriété vient d'être vendue… à Greg Bellamy, le fils de riches qu'adolescente, elle aimait en secret. De retour après son divorce, il a encore trouvé le moyen de se mettre en travers de sa route ! Mais quand il lui propose de s'associer avec lui, elle hésite, déchirée entre sa méfiance envers ce rival déloyal, et son attirance pour un Greg encore plus séduisant qu'autrefois…

Best-Sellers n°346 • historique

Une passion irlandaise - Brenda Joyce

Irlande, 1818.

Après le mariage de leurs parents respectifs, Eleanor et Sean grandissent ensemble. Mais, au fil des ans, Eleanor tombe amoureuse de Sean qui, lui, la considère comme sa petite sœur et ne rêve que de partir à l'aventure. Eleanor essaie en vain de le retenir. Quatre ans s'écoulent sans qu'il donne signe de vie, et la jeune fille, refusant de céder au chagrin, se fiance à un autre. Mais, à la veille de son mariage, Sean réapparaît. Eleanor, bouleversée, apprend qu'il s'est enrôlé dans la rébellion irlandaise et est recherché par les troupes du roi. Alors, elle n'hésite pas : peu importe le scandale, elle suivra Sean n'importe où, fût-ce au péril de sa propre vie. Sean l'enlève le jour de ses noces…

Best-Sellers n°347 • suspense

Les mains du diable - Gwen Hunter

Médecin dans le comté de Dawkins, en Caroline du sud, le Dr Rhea Lynch se trouve confrontée à une série d'étranges événements : tandis que les cas de malaises respiratoires se multiplient de manière inquiétante aux urgences, une jeune accidentée dont le corps porte la trace de sévices atroces se livre à des rituels de magie noire au sein de l'hôpital…
Ce roman est le troisième volet de la série consacrée au Dr Rhea Lynch.

Best-Sellers n°348 • roman

Le testament des Gerritsen - Emilie Richards

La Nouvelle-Orléans, 1965.

Aurore Gerritsen vient de rendre son dernier souffle. Respectant ses instructions, son avocat réunit les proches de la vieille dame, à qui il ne lira le testament qu'au bout de quatre jours, toute personne partant avant ce délai perdant son droit à l'héritage. Un héritage considérable, qui suscite tensions et convoitises. En huis clos dans le pavillon d'été de Grand Isle, les uns et les autres, à travers à travers les journaux intimes, les secrets de famille enfouis depuis des années, et la lecture du testament, vont alors découvrir le lien secret qui les unit à Aurore Gerritsen …

Best-Sellers n°349 • suspense

Spirale meurtrière - Meg O'Brien

Agent littéraire à Los Angeles, Mary Beth Conahan se trouve soudain confrontée aux meurtres de son ex-mari et de deux de ses auteurs. Coïncidence ? Au même moment, l'une de ses anciennes amies, dont elle était sans nouvelles depuis des années, frappe soudain à sa porte pour lui demander de l'aide…
Un récit haletant dans lequel secrets et trahisons s'entremêlent pour mieux nourrir le suspense jusqu'au coup de théâtre final.

Composé et édité par les
éditions Harlequin
Achevé d'imprimer en août 2008

BUSSIÈRE
GROUPE CPI

à Saint-Amand-Montrond (Cher)
Dépôt légal : septembre 2008
N° d'imprimeur : 81204 — N° d'éditeur : 13771

Imprimé en France